热烈祝贺王蒙先生荣获

"人民艺术家"国家荣誉称号

中国海洋大学"985 工程"海洋发展人文社会科学研究基地建设经费资助

WANGMENG YANJIU

王蒙研究

（第六辑）

顾　　问	管华诗		
主　　编	严家炎　温奉桥		
编　　委	（以姓氏笔画为序）		
	王　干	王　安	尤凤伟	托罗普采夫
	朱　虹	朱自强	朱德发	毕淑敏
	李　扬	严家炎	吴义勤	何镇邦
	余　华	迟子建	张　炜	张胜冰
	陈建功	於可训	柳鸣九	南　帆
	贺兴安	郜元宝	郭宝亮	顾　彬
	顾　骧	袁行霈	高洪波	夏冠洲
	黄维樑	黄世中	崔建飞	董　健
	韩少功	彭世团	温奉桥	雷　达

中国海洋大学出版社
·青岛·

图书在版编目(CIP)数据

王蒙研究. 第六辑 / 严家炎,温奉桥主编. —青岛:
中国海洋大学出版社,2020.11
ISBN 978-7-5670-2589-9

Ⅰ.①王… Ⅱ.①严…②温… Ⅲ.①王蒙—文学研
究—文集 Ⅳ.①I206.7-53

中国版本图书馆 CIP 数据核字(2020)第 184218 号

出版发行	中国海洋大学出版社			
社　　址	青岛市香港东路 23 号		邮政编码	266071
出 版 人	杨立敏			
网　　址	http://pub.ouc.edu.cn			
电子信箱	1193406329@qq.com			
订购电话	0532—82032573(传真)			
责任编辑	孙宇菲		电　　话	0532—85902469
印　　制	青岛国彩印刷股份有限公司			
版　　次	2020 年 11 月第 1 版			
印　　次	2020 年 11 月第 1 次印刷			
成品尺寸	170 mm×230 mm			
印　　张	15			
字　　数	260 千			
印　　数	1~1200			
定　　价	48.00 元			

发现印装质量问题,请致电 0532—58700168,由印刷厂负责调换。

目录

CONTENTS

王蒙的 2019

学位论文选载

王蒙讲稿

坚持与时代同步,以人民为中心

——在纪念中国文联、中国作协成立70周年座谈会上的发言

王 蒙

在中国人民革命中,文学艺术起的是推动作用,这是中国革命的特点之一。俄国十月革命时,甚至一批同情革命的作家也吓跑了。与此情况不同,中国1949年的10月,大量著名作家翻山越岭,漂洋过海,八面来归,聚集北京,掀开了共和国的新篇章。胡乔木同志曾经对我说过,中国革命具有更深厚更成熟的文化准备与文化基础。

1949年7月23日,中国作家协会的前身全国文协成立。郭沫若、茅盾、巴金、老舍、曹禺、田汉、丁玲、艾青、赵树理、冰心、孙犁、叶圣陶、周扬、夏衍、林默涵……辉煌的阵容令我这个文学少年醍醐灌顶,五体投地。中国作协具有崇高的威望与吸引力凝聚力。

1956年初,是中国作协青年工作委员会萧殷恩师,支持了我潦草的《青春万岁》初稿,对习作的"艺术感觉"给予极大鼓励,指出了结构上的主要缺陷与修改思路,并以中国作协名义向我所在工作单位——共青团北京市委,发出了为我请创作假的公函。团市委领导汪家镠副书记看了作协的函件,感叹道:"中国作家协会,了不起!"

1957年初,在有关拙作《组织部来了个年轻人》的争论中,茅盾主席、中宣部副部长周扬同志、中宣部有关领导林默涵同志、中国作协党组书记邵荃麟同志,以及郭小川、严文井、秦兆阳、韦君宜、黄秋耘同志等,对我循循善诱,备加爱护,有保护有批评,有鼓励有帮助,使我对党的文艺方针,对作协特别是老一代作家与领导的殷切期望,对自己献身文学事业的选择与应有珍重,都有所领会,有所感悟。

直到20世纪60年代,即使出现了复杂情况,我仍然受到周扬、邵荃麟、冯牧、韦君宜等同志的关心与帮助。中国作协始终是我走上文学道路的一个感

召、一个依靠、一个指南，是我的精神亲人之家。没有作协，就没有今天的王蒙。

作家的劳动主要是个体的，或谓"宜散不宜聚"。作家比较强调个人风格与个性特色，有时一些同行表现了任性与相轻，社会上也时有对作协的刻薄质疑，这为作协工作带来一定的困难。但同时，正是这些难点，说明了作协的存在与积极运转，有助于创造更加健康与诚挚的文风与世风，作家的艰难与或有的孤独与常有的困惑，正是作协存在的理由。所谓"宜散"的文艺家们，正可以在作协的组织中找到美好与阳光的相聚；伟大的信念、使命与传统，心灵的沟通与智慧的切磋，正可以带来文学上相互提携砥砺的希望。作协对于采风与深入生活的组织推动，对于与社会各方面的生动与密集的信息获得，对于青年作家的培育与引领，对于与世界文学界的交流，对于文学报刊与出版物的编辑与支持，对于优秀作品的讨论、彰显、评奖与推广，对于作家的劳动与生活的关爱照顾，其任务是毫无疑义的。我也有幸频频参与了有关工作、活动，从中开阔了眼界，受到了鼓舞，获得了能量。以文会友，以文助神，以文丰富，提升作家们包括自身的精神生活与精神境界，这是毋庸置疑的天职与光荣。

改革开放以来，解放思想、实事求是、团结起来向前看，作协的声音更加响亮，作协的工作更加细致，当然也接受着各种新的挑战，积累着新的经验。我个人也参加到作协的工作中，得到巴金主席，张光年党组书记，唐达成、马烽、翟泰丰、铁凝、金炳华、李冰、钱小芊等作协领导同志的支持帮助，有所长进，有所作为。而令人感奋的是，中国文联与中国作协的工作，始终得到党中央、得到习近平总书记的亲自关怀与有力领导，得到中宣部的密切指引敦促与各有关方面的大力支持，新人新作不断涌现，文学生活兴旺发达，作协的工作日益深入与广泛。

在此中国文联、中国作协成立 70 周年之际，我要向中国文联、中国作协表达我的感激与敬意，向各位同行表达我的祝福与问安。祝愿在习近平总书记贺信精神的指引下，中国文联和中国作协，中国的文艺工作者，中国的文艺事业，不忘初心，牢记使命，坚持与时代同步，以人民为中心，奉献精品，明德育人，引领风尚，在实现中华民族伟大复兴的中国梦的进程中，为实现世界东方伟大中国的文艺复兴，献出我们的全力。

（原载《文艺报》2019 年 7 月 17 日第 3 版）

二〇二〇的春天

王 蒙

病毒迎面而来

二〇二〇年一月十四日与几个老友聚会,听到了武汉可能出现流行病的消息,朋友说已有专家建议采取严格的隔离措施。我想,这得多大的代价? 多大的影响? 不免忧心忡忡,但愿不会闹大。

九天后,二十三日,春节假期前一天,得知了武汉前所未有地控制进出交通的决定,完全可以想象做出这个决定会有多么艰难,明白了严重性,预计将有一系列重大严肃的部署。又总是想着,即使是劫难,终将在有力的措施下平安度过,不能紧张,不能慌乱,天塌不下来。这一天本来晚上预订了与家人在餐馆餐聚,去,不去? 全家人参与意见来回变了六次,最后改为取饭回家与部分家庭成员享用,算是迎接春节。我自觉态度还算淡定,但仍觉此次疫病,像一辆邪恶列车,直对着庚子春节冲撞而来。

有道是:"对于灾祸,第一是要承认,第二是不怕,第三是要战胜它。""承认"云云,曾觉得是废话,灾祸有什么承认不承认的呢? 现在终于明白了:这确实是个问题。须要承认,须要面对,须要正视! 准备最坏的,争取最好的。这就叫实事求是。时事多艰,不能不丢掉侥幸心理。

大疫情大部署

面对疫情,迎战开始了。我们的文化传统、革命传统里,从来就有的战斗精神,团结协作、众志成城、一呼百应,随之激发。毕竟我们是多灾多难的民族,中国共产党是苦难辉煌的党,中华人民共和国是在铁与火的战斗中建立起来的社会主义国家,我们走过的每一步,都不是轻易的。中央下了决心,做了部署,我们就会像在革命战争中那样,调动起人民力量,进行总体战、阻击战、围歼战、遭遇战、肉搏战,而且是科学迎战、行业迎战,全国一盘棋迎战,集中优势兵力谋求绝对优势,咬紧牙关,排除万难,不怕付出代价,一定要达到共克时艰、转危为安的目标。

宅在家里的这段日子里,除天天看疫情报道,看电视新闻与各项决策以外,又正好认真看了一遍 CCTV4 播放的电视剧《解放》。我看到在解放战争时一些大战役大布局过程中,党中央领导层磋商乃至于不同意见的交换,看到了在某些战役前的顾虑与选择;而人民解放军最终总是棋高一招、抢先一步,等到冲锋号吹响,我们集中三四倍于敌人的力量,压倒敌人而不是被敌人所压倒。我为之赞叹,也更理解了大变局中的大运筹、大部署。

人民战争是我们的看家本领

到湖北去,到武汉去。抗疫开始,首先是各路医护人员,他们以尖兵出击的献身精神,冲在了最前面。他们是真正的白衣战士,冒着被感染的危险,近距离面对面地展开分秒必争的营救,从死神魔掌下夺回一条条生命。他们穿的防护服装,让人想起防化兵装备,这分明是人类与新型病毒展开的现代化战争。他们的勇敢令人肃然起敬。

当我们看到各地援鄂的医护人员回家时受到英雄般欢迎的时候,不能不想起抗疫拼搏中付出了生命与健康代价的医务工作者,想起了病殁同胞与他们的亲人。死生大矣,岂不痛哉!先天下之忧而忧,后天下之乐而乐。我们沉重地、小心翼翼地珍藏着对他们的纪念与哀思,思考着应尽的责任,顾念着仍在病榻上的重症患者们。

在白衣天使身后,是全中国人民。他们中有忙碌的志愿者,有穿梭的快递小哥,有较真儿的检疫人员,有交通要道上奔驰的司机,有严格的公安干警,有不厌其烦的社区工作人员,有每日运送大量医疗垃圾的保洁员,还有深入 ICU 采访的新闻工作者……尤其要向解放军致敬,子弟兵从来都是我们的"保护神"。还要向那些医学专家道一声"辛苦",你们以专业精神和不倦的调研,发挥了专业建言、引领普及的领军作用。

这是一场人民战争!是上上下下团结一心互相支援互为后盾的人民战争!

我们这些别无选择的宅家的众生,心系武汉,心心相印,时时牵挂。我们为火神雷神的"显灵"而鼓舞,为每一个出院的病人高兴,为每一句温暖的话语而动情,为医患的共同奋斗而欣慰。我们在思考:我们的人民是多么可爱的人民,他们人性中的善良是多么真诚。对于医患关系、警民关系、干群关系,如何引导使之更加和谐;如何奖励褒扬以正祛邪;如何激发人们相互温暖、相互理解、相互支持的意愿;如何改变与消除戾气、化消极因素为积极因素;如何化解社会风气痼疾与多种纠纷;如何建立更加健康的人与人之间的关系;如何使全体人民更加团结起来,见贤思齐,向各行各业的专家学习,向勤奋的劳动者学习。

我们看到引领的力量、动员的力量、爱心的力量,我们看到了人性的可塑造可教化,看到人民坚毅负重、顾全大局。民为邦本、人心可用。我们也看到了科学的力量、医药学的力量、中医药学的力量、心理关怀的力量、各行各业的力量、舆论的力量。钟南山等专家频频出镜,防疫卫生知识空前普及,措施到位雷厉风行……这些,正是党的领导的力量,社会主义中国的力量。人民是中心,疫情是命令,防控是责任,我们经受住了考验,我们还必须迎接更多的考验。生于忧患,死于安乐,这是中华民族伟大复兴的应有之义。

以百姓之心为心

大家业、大发展、大格局、大事件,当然有各种声音。我们听到了万众响应的朗声呼喊,我们看到了严格防控的行动力量,我们收到了来自外界的各种赞扬,我们歌唱着各条战线先进人物的模范事迹。

同时听到了多种多样的声音,需要我们了解与参考,警醒与注意。其中有困惑与忧疑,见解与角度,宏论与争议;还有诚恳的但不可能都是精当的出谋划策;也有信口开河,有磨磨唧唧。当然还有起哄与假新闻,有性急的吹嘘和居心叵测的谣言。

我们的初心,我们的根本在于为人民服务。发展迅速,成绩卓著,但显露一些短板,遇到各种考验,听到各种兴观群怨,实属必然。尤其在面临新的挑战的时候,我们需要更多的信心更多的担当,更多的包容更多的耐心,更有力的决断和更紧密与群众的联系。毛主席有名言:只有代表群众,才能教育群众。这个春天的抗疫,使我们看到了中国特色社会主义制度的优越性,也显现出我们治理体系和治理能力的短板。但是只要"以百姓之心为心",及时"反省""自省",短板可以补齐,教训可以汲取,困难可以克服,消极可以化解。经过抗疫的锤炼,我们的地方官员与行业官员独当一面敢于担当的精神、处理突发事件与危机公关的能力,应该得到提升;我们的医疗体系与预警体系,应该更加缜密完善;我们的信息传播、舆论引领,可以更加切近贴心、入理入情、亲和周密。"得民心者得天下",各行各业,东南西北,没有最好,只能更好。可以慰国人,可以安天下。

免疫力

通过这个春季的特殊生活方式，我迷上了、爱上了、深深钟情了一个词："免疫力"。

免疫力，是指人的自身识别和排除的机制，说得通俗一点儿，就是立于不败之地的能力。免疫力是需要自身锻炼的，也是可以通过外界的有效干预和补充而加强的。疫情中幸而未中招的大多数人，能指望的首先是免疫力三个字。

个人和社会都需要免疫力。抗疫是公共卫生领域的斗争，流行病来势凶猛而且牵涉面大，病原体复杂而且万分紧急，在这种困难时期，共同面对才是硬道理，不能添堵，不能添晦气，更不可唱衰自衰。成见和偏见、咋呼与幻想都只能坏事。怎样面对人类共同的灾疫与意外，这是很好的人生功课，是三观功课也是心理功课。珍惜前人的付出，感恩前方的辛苦，充实自我，不敢萎靡消沉，不可轻浮失重，拒绝上当，不钻圈套，不落陷阱，我们应该追求正面与有定力的生活态度。

宅家的俩月很充实。我观看新闻，时时关心一线抗疫与国计民生，为每一步的艰难进展而欢欣鼓舞。我与武汉抗疫小朋友阿念互致问候，我发起了每天晚上在家庭群中的微信歌会，我完成了一部长篇小说新作，我继续着两年前开始的《荀子》研读笔记。我读书读刊读报，谨防新冠病毒与心理病毒的入侵。逆境中静下心来，清醒反思，降温降调，追求身心健康，以期国泰民安。

大考的启示

习近平总书记说，抗疫是"一次大考"，说得太好了。我们处在新的复杂多变的时代，这次疫情是对领导力量的大考，也是对中国人民的大考；是先在中国举行的大考，继而是对万国万民的大考。病毒不仅瞄着我们的喉头与肺部，而且不无阻挡国家经济发展、阻挡共赢"一带一路"的势头，我们的答卷决定着我们的命运，也影响着人类共同体的命运。

这次疫情告诉我们，各种本土的境外的生物的精神的心理的文化的经济的病毒与疫情还可能会出现，战疫正未有穷期。前进的道路上还有一场又一场考试，大考不断，中考连连，小考时时刻刻。不能松懈，不能自吹自擂，更不能在风言风语中迷失。

人民是考官，实践是考官。自我考量与自我审视，对照考量与对照审视，从灾难中我们学到了比平时更多的东西，有经验也有教训，有自信也有反省。中国人早就知道："多难以固其国""君子以自强不息"，这样的大考，只是前进道路上的八十一难之一。要立于不败之地，一是永不言败，二是不轻言胜，三是总结经验以利再战。

我们终于迎来了阶段性的胜利成果，湖北解封、武汉解封，桃红柳绿，我们交出了好的答卷。但全球疫情正呈蔓延之势，严峻复杂，给世界政治经济大变局又增添了变数。不能松懈，不能疲惫，不能忘乎所以。在抗疫的同时，我们还有远非轻易的脱贫攻坚任务、更加长远的经济社会发展任务，事比天大。

大考来了，大考还没有结束！我们学习了，我们还在学而时习之！二〇二〇之春的经验教训与启示，已经或正在成为财富。迎接新的大考，我们准备好了！

（原载《光明日报》2020 年 4 月 8 日第 1 版）

《笑的风》致读者

王 蒙

二〇一九年七月、八月，我写完中篇小说《笑的风》近八万字。同年十二期发表于《人民文学》杂志。杂志卷首语特别提到，此作"是一篇显然具有长篇容量的中篇小说"。

二〇二〇年一月、二月，《笑的风》分别被《小说选刊》与《小说月报》选载。

同时出现了一个在我写作史上前所未有的情况，发表与选载后的小说，把我自己迷上了，抓住了。我从发表出来的文本中，发现了那么多蕴藏和潜质，那么多生长点与元素，那么多期待与可能，也还有一些可以更严密更强化更充实丰富的情节链条因果、岁月沿革节点与可调整的焦距与扫描。这些，等待我的修饰，等待我的投入，中篇小说文本它拽住了我，缠住了我，要求着与命令着我，欲罢不能，难舍难分，欲原样出单行本而不能，我必须再加一大把劲，延伸，发挥，调节，加力，砥砺，制造一个真正的新长篇小说，姑且称之为《笑的风·长篇版》，甚至于我想到本书可以题为《假如生活欺骗了你》。请读者帮我出主意，如果再版的话，叫什么好呢？我又用了两个月时间，用了只重于大于而不是轻于小于夏季原作的力度，增写了近五万字，一次次摆弄捋理了全文，成为现在的文本。

"高龄少年"写着，改着，发展着，感动着，等待着，也急躁着，其乐何如？其笑其风是什么样子的了呢？

(原载《笑的风》，作家出版社 2020 年 4 月第 1 版)

又一群日子的涌来

王　蒙

　　20世纪的最后五年,我开始了自传三部曲的写作,《半生多事》《大块文章》《九命七羊》,写得酣畅淋漓,顺风顺水,分别出版于1995年、1996年、1997年。其时我曾经表示过,写完了这几部书,到2004年,我七十岁了,估计该告老辍笔,游山玩水,花鸟虫鱼,颐养天年了。

　　这时出现了一个重要的因素,出版人刘景琳先生动员我写一部关于老子的《道德经》的书,我畏难,谈到了自己古代哲学史、古代汉语方面没有受过科班教育的短板,刘兄强调的则是我经验、经历、思考、分析、灵性方面的所谓长处。终于他说动了我。于是我开始了对于孔、孟、老、庄的进军,然后发展到对列子与荀子的解析与感悟。我读得、活得、写得、想得、讲得越来越充实,打开了众妙之门,其乐无穷。有点"青春作赋,皓首穷经"的意思了。这个期间的小说创作,主要是系列微型或片段接连的小故事与寓言,一开始叫《笑而不答》,后来叫《尴尬风流》,以启示理性思维为主。也还有点动静。

　　光阴似箭,生活仍然是浪花起伏,感慨良多,小说情的激发仍然时时冲击着我。2005年,一次大雾中从天津回北京,乘车走了一夜,一夜听着梅花大鼓,拨动小说之弦,而后我写作了中篇小说《秋之雾》,有怀恋也有叹息,有刻画也有情思。2008年,太原之行让我回想起当年瑞芳在这里读工学院(太原理工大学)的情景,百感交集,发表了短篇小说《太原》,与早几年写的《济南》堪称短篇姊妹。2009年,发表了《悬疑的荒芜》与《岑寂的花园》,回忆中涌现了许多新鲜与发展的元素与兴头,有欢呼也有无奈与哭笑不得,端的一面是"逝者如斯夫,不舍昼夜",一面是"苟日新、又日新、日日新",是繁花迷眼、热热闹闹的风景。然后在2012年,经历了瑞芳去世的生离死别,痛苦与珍惜,往事与现实,画面与声响之后,我的文学情感的流淌又激荡起来,迅猛起来。2013年,出版了获得新生的尘封旧作《这边风景》。同年冬在澳门大学,我写了散文诗式的短篇《明年我将衰老》,发表于2014年1月号的《花城》,获得了当年《小说选刊》的奖项。一身二任,后来收入了同年舞蹈型新作长篇小说《闷与狂》,成为其中一章。一位受人尊敬的副总理读了此篇文章专门在大年初二给我打了电话。

而与《人民文学》编辑部同志特别是马小淘小朋友的打交道,蓦然助力于再次打开了中短篇小说的创作闸门。我写大城市郊区的农民,我写几十年的沧桑,我写心情里贮存了多半辈子挥也挥不去的记忆与幻想,我写仍然的爱恋、趣味、好奇、记忆、重温与条分缕析,析不明白,就干脆大大方方地留点小说的神秘。2012 年是《山中有历日》与《小胡子爱情变奏曲》,2014 年是《杏语》,2015 年 4 月号,《人民文学》《中国作家》《上海文学》同期发表了我的新作《仇仇》《我愿飞上那蓝色的月亮》与《奇葩奇葩处处哀》。然后 2016 年是非虚构中篇小说《女神》。而 2019 年,1 月是中篇《生死恋》,短篇《地中海幻想曲》与《美丽的帽子》,3 月是非虚构中篇《邮事》,12 月则是接近长篇小说的《笑的风》……对不起,俺不仅是"耄耋肌肉男",更是"耄耋小说狂"。所有的日子都来吧,让我编织你们,用生命的甘苦与丰盈的牵挂,用四季的花饰与飘飘摇摇的花瓣落叶编织你们。所有的日子都去吧,我琢磨你们,写下了你们,涨起了不比四十年前乏弱的晚潮。

我终于明白,立正! 我向一切显示出安宁与尊严的老作家致敬与祝福! 至于自身,管他古稀耄耋,管他生离死别,管他往事如烟非烟,管他老生马谭杨奚式的慢抬快落四方步,管他搁笔者的不平心理,写啊,写! 写小说是多么快乐,人生经验了那么多,快乐幸福了那么多,悲伤哭泣了那么多,微笑了也晾凉了那么多……所有的日子又来了! 它们铺天盖地,它们四面八方,扑来了,洒来了,涌来了,闹起花灯焰火秧歌与拉丁舞加太极拳来了,你想不写也不可能。写出一篇又一篇小说来,一切经历都不糟践,一切思绪都被反刍,一切逝水都留下自己的波纹与镌刻,这是造化,这是给世界给生活的页页情书,这是依依,这是永远。

(原载《中华读书报》2019 年 12 月 11 日第 3 版)

《笑的风》
评论小辑

你追求了什么？
——王蒙、单三娅关于长篇小说《笑的风》的对话

王　蒙

原编者按： 王蒙先生与新中国共同成长，参与、见证中国当代文学的发展之路，推动文学事业的繁荣，是当之无愧的"人民艺术家"。他总是激情在怀，以文学为武器，去攻克一个个艺术的堡垒，写就一部接着一部的文学作品，是文学上的"马拉松选手"。今年86岁高龄的他，新近出版了长篇小说《笑的风》，在评论家看来，整部作品写得自由与潇洒，悠游与从容，"其史诗性美学品格、开放的文本结构，以及对时代、历史、人性等宏大命题的哲学思考，都堪称向中国小说传统的一次回望和'返本'"。围绕这部小说的创作缘起、酝酿过程、创作理念、风格特点、语言追求等话题，王蒙先生夫人、《光明日报》原高级记者单三娅女士和他展开了深入对话。

1. 写不出大时间、大空间、大变化的小说，怎么对得起吾国吾民

单三娅： 作为一个86岁的写作人，你这次又发挥了优势，《笑的风》竖跨60年，横扫大半球，让人一路回顾感慨。从主人公傅大成、白甜美、杜小鹃的爱情，从家庭婚姻角度来看中国、看世界，或者反之，这个视角你在《生死恋》里也尝试过，这次又发挥到淋漓尽致。

王蒙： 历史的成果是有代价的，新生活的兴高采烈的另一面，是老习惯老家当老念想的失落。小说人会全面细腻地温习与咀嚼我们的生活进程。起笔时线条较单一，写起来以后，才越来越明白我的故事有多大的潜力。活生生的生活，正在成为历史，成为"故"事。它吸引了我，引领了我，小说的格局扩大着，运用了年事高者的全部优势，各种记忆、经验、信息、感慨，全来了。

我努力去接农村的地气，大城市的牛气，还有全世界的大气、洋气、怪气，更要让这些材料通气：通上新时代、新时期、历史机遇、飞跃发展、全面小康、创业

维艰、焕然一新、现代乃至后现代的种种。我们所经历的最有趣、最热闹、最难忘,也没少发愁的一切的一切。所有的日子,所有的兴奋,所有的困惑,所有的艰难,所有的获得与失落,所有的挑战与和解,都来了,都在那里开锅沸腾,都在这里聚集、冲突、选择,拼出一脉风光……写不出大时间、大空间、大变化的小说来,怎么对得起师友读者?怎么对得起吾国吾民、此时此代?

单三娅:你这是一种风格,大时代大背景。也还有其他路数,而且似乎越来越普遍,就是地域化的写作。有的作者喜欢完全抹去时代,有的作者弱化大背景,也不能不说写出了时代的一种风貌。

王蒙:地域特点在一部分作家中很重要,比如老舍、赵树理、福克纳、果戈理。在另一些作家中则视具体作品而异,如巴金的《激流三部曲》并不突出四川或者某个地理环境,鲁迅的《阿Q正传》有显然的浙江绍兴吴越特色,但是更重要十倍的特色不在地域,而在中国,在国民性。托尔斯泰的《哈泽·穆拉特》当然极富地方特色,但他的三部巨著并非如此。我的《这边风景》干脆是新疆伊犁特色,《活动变人形》甚至还有河北沧州味儿,而《笑的风》中鱼鳖村不无东北特色,Z城是边疆小城特色,然后至少也写到了北京、上海、广州与当年的欧洲。地域特色,也可以是多点的地球村特色。《笑的风》的特色在于其广阔性、全球化,这样的视野与写法,是改革开放的产物。世界大不一样了,中国大不一样了,文学描写的疆域怎能没有拓展呢?

2. 生活的符号、历史的符号令人怀念,钟情无限

单三娅:《笑的风》读下来,有几个递进。第一章至第七章,主人公傅大成在日军占领下的东北出生,在"大跃进"时代上了高中、娶妻生子,大学时期已为人父,改革开放初期成了著名作家。第八章至第十五章,傅作家遇到文学知音杜小鹃,他们乘改革开放之风驰骋于中外文坛,这段信息叠加,目不暇接。第十六章到第十八章,写的是傅白婚姻的转折,从犹豫不决到庭审、闹婚、离婚,可以看出这是你下笔最痛快淋漓的篇章,有思辨,有紧张度,把想辩护的想抨击的想唾弃的都倒出来了。后十一章,二次婚姻走向淡漠,傅大成走向老年,陷入回顾与反思。他甚至像一个旁观者这样来总结自己的过往:"对不起,所有哭天抹泪、怨天尤人的家伙那里,有几个人配说自己的生活是悲剧呢?不是丑剧闹剧已经难能了。""请把陈旧的大成、甜美、小鹃的爱情悲欢,让位给新新人类的故事吧。"……从这些段落,我不知怎么咀嚼出作者你自己内心深处的一种过客感、匆匆感。

王蒙：近一二百年，中国是个赶紧向前走的国家，好像是在补几千年超稳定带来的发展欠缺的债。停滞是痛苦与颓丧的，超速发展也引起了种种病症。所以傅大成患了晕眩症，我们的社会也患上了浮躁症，20 世纪 80 年代已经有所谓"各领风骚"三五天的戏言。傅大成回忆过去，有了一种已无须多言的感觉，这就是一代一代的递进。后浪推着前浪，历史不断前行；当新的后浪追过来了，于是后浪又成了前浪；每个人都是后浪，也都成了前浪。"此情可待成追忆，只是当时已惘然。"每当写作的时候，我不是只追忆他人的沧桑，也惘然于自己的必然沧桑啊！正因为是匆匆过客，才不愿意放过。

单三娅：现代性是你在写作中一直探讨的一个话题，《活动变人形》中就有涉及，后来《生死恋》就更加明晰，而且大多是从恋爱婚姻这个角度来谈的。现代化这个课题，中国人实践了百多年，讨论了百多年，思想家、作家也大声疾呼了百多年，到现在，在谈论恋爱婚姻时还需要讨论这个话题吗？或者说，傅大成、杜小鹃们的选择不是相对自由的吗？他们幸福了、失落了、悲剧了，难道不是他们自己选择的结果吗？

王蒙：作为一个古老、自足、曾经自信、当真具有博大精深的文化传统，又尝够了近现代落后挨打滋味，直到如孙中山所说的面临"亡国灭种"的危难的中国，怎样既维护民族的传统，又实现创造性转化与创新性发展，成为一个有中国特色的现代国家，这一直是 1840 年以来，国家民族家庭个人，从领袖志士到知识界到人民大众所面临的中心课题。这不仅是发展学、社会学、政治经济学与科学技术的重大命题，而且包含了老老少少、男男女女、城城乡乡的追求与发展、成功与失败、梦想与现实，改变了不知多少人、多少家庭的命运，应该写出多少小说来啊！

小说小说，特色以小见大。中国文化认为家庭是社会的细胞，齐家是从正心修身到治国平天下的桥梁。《笑的风》的最初构思，来自一个婚恋的否定之否定的未终结故事，而一写起来，时代、沧桑、变化、再变化、欣喜、困惑、期盼、失落、奋进、发展……迎面扑来，汹涌澎湃。既个人，又社会；既琐屑，又巨大；既欢欣，又两难。得而后知不得，富而后知未足，摆脱之后知空荡，二度青春之后知世事维艰。写傅大成、白甜美、杜小鹃之间的婚恋纠葛，更要写鱼鳖村、Z 城、北京、上海、广州；写 20 世纪 30 年代与当时的流行歌曲，还要写欧洲，包括希腊、爱尔兰、匈牙利；写到"二战"与柏林墙、东西德、苏联与社会主义阵营，也写到史翠珊的名曲《回首当年》，还有交响乐与克拉拉的爱情，以及中国作家会见当代联邦德国作家君特·格拉斯的情景。从 20 世纪 60 年代、党的十一届三中全会,一直写到 2019 年。

单三娅：你这么一说,我就明白了。读的时候,老觉得你扯得太远,有显摆之嫌。这么说,那些人名、事件、歌曲,都是某个时代的符号,是历史印记,公认的,只要一提起来,那个时代也就呈现出来了。你的人物,总是在大时代中。

我们都是从改革开放一路走过来的。记得 1988 年我第一次去到世界上最发达的国家,当时的感觉是处处不如人。这几十年的中国,身在其中觉得是渐变,回首却发现其实是突变。历史长河一瞬间,地球上十几亿人口的大国命运,就翻天覆地地变了。改革开放初期,一首歌曲,就能引起争议,一场与科威特的足球赛,都是国人最大的兴奋点,更不要说你写到的傅大成采访咱们女排第一次获得世界冠军了。有些人红过之后归隐了,有些事轰动之后平息了,可是在书中一回放,哪怕只是些许片段,都让人想笑想哭。我感觉你又一次在挽留时代,就像当年写《青春万岁》一样。只要你生活过,你就不会放过! 你用那么多篇幅写到外国,提到东德总理格罗提渥,回溯匈牙利事件、著名马克思主义学者卢卡契,现在的青年人已经不大知道这些名字了。看似闲笔,却流露了你对于历史的多情回忆。

王蒙：当然。有人强调文学与时代政治背景不相容,有人说王蒙太政治。但这就是我。生活的符号、历史的符号令我怀念,钟情无限。这比显摆不显摆重要一百倍。

20 世纪的中国,政治、历史、时代、爱国救亡、人民革命、抗美援朝、社会主义、改革开放,在社会大变动中,家庭个人,能不受到浸染吗? 能不呈现拐点、提供种种命运和故事情节吗? 杯水风波、小桥流水、偏居一隅,可以写,当然;但同时写了大江东去、逝者如斯、风云飞扬、日行千里的男女主人公,为此,难道有谦逊退让的必要吗?

3. 要在小说中念叨念叨她们，这是小说人的良心

单三娅：你从来都是一个为女性说话的人,甚至有年轻作家说,你是她"见过的从'五四'到现在最彻底的女权主义者"。《笑的风》里,你倾注了一贯的这种情感,把没有文化的白甜美写得有能力、有气度、有眼光,有在大潮中弄潮的一切本事,唯一搞不定的却是她的男人傅大成,她用多么惊人的业绩也换不来傅大成安分的心。你的立场、感情显然是倾注在白甜美一边的。但是对于杜小鹃,同样是女性,她充其量就是破坏了白甜美的婚姻,而这个过程中她还不断在纠结,最后又放走了傅大成,她还有优雅知性的一面。她也同样有情感的需要,

你却没有给她那么多的同情。是不是因为她是插足者、打破者？可不可以说，这表明你还是一个现有婚姻秩序的维护者？或者说是弱者的同情者？

王蒙：可以说我对白甜美是喜爱的，但我对杜小鹃也充满了正面的情愫，写作中并没有陷入二者择一的苦恼。怎么办更好呢？我答不上来，人类也还没有做出万无一失的答案。一夫一妻的婚姻制度是人类文明的成果。傅大成只能在白甜美与杜小鹃之间选择一个，没有一个万全的办法。小说的意义不在于解套有术，但是可以告诉读者：要爱你的妻儿老小配偶，要同情和体贴他们。我从来提倡"爱妻主义"，当然也讲"爱夫主义"，这包含着责任感。你有权利追求个人的幸福，你也有对家庭成员、亲人的责任。至少要明白，你带给对方的痛苦，恰恰就是对你自己的伤害，就是杜小鹃诗里写下的"报应"。人生不满百，不要伤害谁，想想未负心，羞着犹安慰。

我其实是同情所有百多年来中国现代化进程中付出了终生代价的妇女们，我想着她们。我特别同情那些原来被包办嫁给某个男性、生儿育女的女性，两代男性人物融入时代大潮，甩掉了封建包办婚姻的包袱，有的还成为高士名家要人，他们的"原配"与"亲娘"女性倒成为封建符号，而她们自己只能向隅而泣。她们当中有我的母辈，还有白甜美这样的姐妹。但不等于我要为封建婚姻唱赞歌，我也没有阻止她们的原配丈夫建立新生活的意思。只是说，现代化是要付出代价的，会把处于旧轨道上的同胞尤其是女同胞甩将出来，许多女性承受了痛苦，被做出了奉献。我要在我的小说中念叨念叨她们，这是小说人的良心。

无论如何，杜小鹃赶上了新时代新潮流，她本人受过良好教育，充满文化自信。我的一位朋友说，在婚恋分裂中杜小鹃胜白甜美是"胜之不武"。好了，有这句话，小说作者就可以祭白氏的亡灵，包括为她那样的同命运人物，洒一掬同情之泪了！白甜美个人材料极佳，但在家里她充满文化自卑，我同情。我还要强调，杜小鹃是善良的，她的名诗与唱词是"要不，你还是回去吧"，这的确是她心里有过的一种想法，绝无虚伪，但与此同时，她又确实毁了白甜美的家。有什么办法呢？这就是生活啊。

单三娅：我想，对于这些最弱势女性的痛切的同情，最早在你心里种下种子的，应该是你的母亲、姨妈和姥姥的痛苦经历，她们是你在长篇小说《活动变人形》里三位主要女性的原型。但是在《笑的风》里，你不愿意让你的女主人公那么悲惨，而且要为她扬眉吐气。所以白甜美虽然被迫离婚，但因为能够与时俱进，她的命运并不悲惨，经济独立、社会承认、儿女孝顺，她活得相当精彩了！

王蒙：她们确实是弱势个体。对几千年的封建包办，不唱赞歌，但也不等于向昨天前天望去,只有痛斥和冷漠,那也得算是历史虚无主义!现代生活中,仍有父母干涉子女,子女干涉父母,传统的疤痕加上了现代的尴尬。对了,咱们从央视法治频道上,看到了多少与婚恋有关的刑事案件,金钱、门第、交易、欺诈,我们能仅仅是冷眼旁观,甚至是看热闹吗?我们也许难以从家庭维护与司法、民政的角度施以援手,但至少可以在小说里说几句温暖的、体贴的话。对传统,有一点挽歌风,应该是可能的,也许是必要的。

4. 大浪是水滴构成的,水滴的情态千差万别

单三娅:咱们回到一个永远也说不清、写不完的话题,就是个人与历史的关系。如果把个人比作水滴,把历史比作大浪,那么从现象来看,水滴只能随大浪涌动。而文学家们,却总是想把那一滴滴的水珠打捞上来,审视、掂量、诉说,告诉人们,它们被忽略了、淹没了、歪曲了、改变了,有些文学写作甚至使人怀疑历史的方向。文学的这类关注确实重要,尤其是在越来越关注个体生命的现代文明社会,文学打捞出更多的历史侧面、个人命运,功不可没。但是,"纵化大浪中,不喜亦不惧"。历史滚滚向前,说无情一点不假。你是所谓的"和解"派,这种"和解"意味着什么呢?这是我们应该主动选择还是被动接受的呢?正如你在书中所问:"人生是谁的构思呢?"这个"谁"是内在的还是外在的?是异己的还是自己的?是人自己决定的?还是历史替他决定的?

王蒙:大浪大潮决定方向,所以当然,傅大成与杜小鹃,白甜美与老郑,他们的命运离不开中国的社会主义现代化,中国的改革开放发展。大成与小鹃的成就、名声、婚恋、游历,是一代中国知识分子命运的例证。他们并没有在大浪潮中被忽略、被委曲,他们即使不算弄潮儿也得算冲浪者,是勇者与泳者,是经历者、书写者、歌唱者与见证者。

而同时,个人的命运、个人的特殊遭遇,也提供了许多叫人嗟叹、叫人同感、叫人顿足,又叫人喝彩的故事与细节。这些又与他们个人的出身、处境、性格有关。大浪的伟大在于它构建了一滴滴水珠的命运,它让鱼鳖村的傅家有了新的气象,而且傅大成还要更高的追求,还要追求新的事业与新的情感契合。历史的迅速发展为难了白甜美这样包办婚姻的"残余妻室",但同时她是社会激流中拼搏奋斗的佼佼者。

大浪也是水滴构成的,而水滴的情态千差万别。爱情婚恋的悲欢离合并非全部由社会制度婚姻习俗决定。自由的、富裕的、现代性充分的人,照样会有失败的婚恋家庭生活。文学关心到这一层面,对历史是一种补充,对每个人的品

性与选择,是一种审视与掏诚相告。

单三娅:你说得没错。大浪和水珠,个人与时代,单独拿出,各说各事,都有其理,但显然还都不是本质与全面,或者说还不够全面丰富。所以不可截然分开。我赞成把个人命运放到历史大潮之中,当水珠融进了大浪,它的沉浮,也就有了原动力和大意义。

王蒙:这个问题有时牵涉对文学作品的评价,这是由写作人和读者双方共同完成的。比如说《红楼梦》,胡适从中看到的是"自然主义""琐屑",他认为宝玉衔玉而生,证明曹雪芹没有受过良好的教育,他还认为《红楼梦》比不上《儒林外史》。冰心告诉我,她年轻时,深受甲午战争的刺激,所以不爱读《红楼梦》,她喜欢读的是救亡与尚武的书。

高明的作者也许不直接写大时代。毛泽东说《红楼梦》是写阶级斗争的,是四大家族的兴亡史。他还说过,中国地大物博,人口众多,历史悠久,在文学上有部《红楼梦》。那么,《红楼梦》究竟是写了大浪还是写了水滴呢?

历史大潮是强大的,鱼龙混杂、泥沙俱下、一刀切。铭心刻骨的与具有深远活力的文学,往往是让你在大浪中看得到、关怀得到的滴滴水珠的情态;是能从水珠的轨迹中感受山雨欲来、大浪滔天。是"于无声处听惊雷",还是从挤出的眼泪里看到某种无病呻吟?有种种层次的文学,也有远远突破了文学小壳子的涛声滚滚、雷声轰轰,还有"我以我血荐轩辕"。

5. 让内心的磅礴激情变成语言的火山

单三娅:你的独特的王蒙式的语言风格,已有许多论者叙述过,我就不重复了。但是从你这几年的小说写作风格看,似乎在喷薄的语言之中,越来越多地夹带作者自己直接的感受,有时简直分不清是人物的心理活动还是你自己的心理活动?是人物的发问还是你自己在发问?人称的转换也是随时随地、不受限制,有时简直分不清是褒是贬,是庄是谐,是他(她)是你。好像各色人等,都急着挤着要从一个小门里出来。你给了自己更多的语言上的松绑,颠覆了教科书的规范。

王蒙:这里最大的动力是激情。包括回忆与想象之情、感慨与爱憎之情、改天换地之情,也有留恋之情、珍重之情、嗟叹之情、梦想与追求之情、倾诉与歌唱之情。过去的七八十年,尤其是近三四十年,当回忆的触角触到了仍然生动、仍然鲜活、仍然亲切的往人往事的时候,我就心情激动。经过的一切,那么伟大,那么艰难,那么争论,那么嘶哑,又那么"不争论"地干起来再说,错了再改。我们是那样抢得了先机,那么急忙,那么追赶,有时候又是那样窘迫。所有的故事,包括高亢兴奋与沮丧无奈,哪个故事不够我们喝一壶的?有多少梦想变成了现实?又有多少新的考验在等待着我们?

对一个小说人、文学人来说,我们能不表现这样的激情于一二吗?又怎么可能不把这种激情变成语言火山喷薄爆发,变成语言巨浪冲决闸门呢?生活的激情、人间的激情、历史的激情、社会的激情,包括今年抗疫的激情,推动着小说人。我们没有做出更直接的贡献,难道在这样的人物与故事日新百出的时代,还不好好写出几篇小说吗?

但类似《生死恋》与《笑的风》的语言爆炸的写法,并不是我的唯一。我是有几套笔墨的,比如《尴尬风流》,比如《青春万岁》,比如《这边风景》,都是另外的路子。《生死恋》与《笑的风》,也反映了某些老年写作的特点,好像急于诉说点什么:回忆、联想、念头,风风雨雨、电闪雷鸣般地涌来,信息库存膨胀着,写起来左右逢源,揽月捉鳖,天花乱坠,八面来风,太幸福了!当然,不可能老这样,也许下一篇老僧入定,拙朴简洁。谁知道呢?

6. 一代代的中国人将生活得更加清醒、自如

单三娅:再说说生活与个人的关系。《笑的风》中,说得最多的一句话是"假如生活欺骗了你"。正说也罢,调侃也罢,人们常常用普希金的这句译诗来自怨自艾,有时是顾影自怜,有时是自我安慰。但是生活,真的会欺骗人吗?以傅大成为例,他不是从生活中得到了许多吗?为什么又觉得受了欺骗呢?

王蒙:诗人自有诗人的气质和角度,诗是好诗,诗句动人,但未必科学,权且自我安慰。对于这个问题,我在书中已有回答。当傅大成回顾自己的人生时,他对自己说,生活又如何可能欺骗自己呢?是自己常常过高估计了自己,那不是自己在欺骗自己吗?人生有高有低,有喜有悲,有聚有散,有兴有灭。你能不承认你不喜欢的一切吗?你能从不仅是正面的而且是侧面的反面的一切中,认识人生的魅力与庄重,也认识历史吗?

在书的结尾我们看到,傅大成对自己的过往有了忏悔,有了思考,他必须接受所有的后果,几十年的一切得失,终于成为他人生财富的全部,这就是我的态度。当人们悔恨时、掌握命运力不从心时,常常会发出"假如生活欺骗了你"这样的感慨。但说欺骗也罢,生活也注定恩惠了你,抚慰了你。

单三娅:改革开放是中国的一个非常特殊的历史时期,十年动乱结束之后,赶超世界。正如你所说,"这是一个突然明白了那么多,又增加了那么多新的困

惑与苦恼的时代"。现在看来,这几十年的机会我们抓住了,中国到达了一个新的高度,中国人的眼界视野角度都不是几十年前了,中国人的自省性、自律性、自愈性、自信心都比过去高了。你也暗示,后面一代代的中国人将生活得更加清醒而且自如。这让人想到,一个古老宏大的民族,经过改革开放以后这四十余年的发展,更加成长了成熟了。这么一分析,小小长篇小说《笑的风》,它的含意还有点挖掘头儿呢。

王蒙:《青春万岁》中的那段历史,是我放不下的,改革开放这段历史,更是挥之不去的。它的浓缩,它的醇厚,它的深刻,举世震惊,改变了中国和世界。傅大成们从弯路和挫折中学习了、明白了许多,我们的人民淡定了、沉稳了许多。不是吗?形势的发展教育了我们,我们也教育了自己。热泪、恋惜、对错,历史、生活、时代,为我们提供了多少文学艺术作品的契机,正是从这个意义上,曹丕说:"盖文章,经国之大业,不朽之盛事。"

(原载《光明日报》2020 年 6 月 10 日第 14 版)

(单三娅:《光明日报》原高级记者)

关于《笑的风》答《中华读书报》

原编者按:对多数读者来说,普希金的诗歌中,最熟悉的莫过于《假如生活欺骗了你》。可是读了王蒙的新长篇《笑的风》之后,才似乎对这首诗有了更深切的体会。

什么样的生活欺骗了你? 假如欺骗了你,能否一笑而过?《笑的风》既符合小说主人公傅大成的个性,也符合王蒙的性情,有气势昂扬的斗志,也有云淡风清的洒脱。小说既有横跨六十余年的时间跨度,又有从鱼鳖村到小镇到世界各地的空间跨度。既有宏阔的格局和视野,又承载了历史和现实的厚度,读来却很轻松,正是"重剑无锋,大巧不工"。

《笑的风》超越了《青春万岁》的激越,也超越了《活动变人形》的决绝,是对历史的抚摸和吟唱,更是清明和超越。评论家孟繁华认为,《笑的风》写的是时代之风,是作家心灵的自由之风。近日,《中华读书报》记者舒晋瑜与王蒙先生就《笑的风》展开问答。

《中华读书报》:《笑的风》看得特别过瘾。虽然并没有经历过,可是读来却感觉写得那么真实! 爱情那么纯洁,傅大成是"陈世美",抛弃发妻白甜美,追求所谓精神的契合,可是他后来对于发妻的思念、忏悔也令人感动;他对白甜美和子女的伤害,是不可原谅的,可是他对于爱情的理想主义,对于感情生活的不将就,又让人心生敬意。看完觉得他是知识分子中很具典型的代表,他的又懦弱又勇敢的追求,又妥协又努力的挣扎,太丰富了! 虽然您也在小说中提到"小说家最反感的事情是阅读人的对号入座"。但看完还是忍不住要问:这个人物有原型吗? 写作《笑的风》的缘由是什么?

王蒙:"五四"以来,有许多作品,讲封建包办婚姻的不合理,追求自由恋爱为基础的婚姻,我深深为之感动。封建包办婚姻制度,是激起中国的反帝反封建反官僚资本主义的人民革命的根据之一。但我也看到,反掉了封建包办,爱情与婚姻仍然多种多样,千变万化,有各种幸福甜蜜,也有各种苦恼变数。爱情怎样才算成功美满？怎样会有种种遗憾？人的生老病死、喜怒哀乐，本来想进那间房子，结果进入了另一间房子，命运、感恩、忏悔、糊涂、赞叹、微醺……这不可能不引起文学的关切。

自由的恋爱与婚姻，仍然有与生俱来的各种故事，各种酸甜苦辣，各种性格命运，各种道德困惑与智慧死角，更何况处在一个飞速发展的时代，飞速变化的地域呢？

《中华读书报》：故事并不复杂，却以随处可见的各种时代符号，折射社会变迁。作为故事中出现的"王蒙"和讲故事的人，这种亲历的角色，是否使您对小说主人公多了一份关切和同情？您如何看待傅大成和他的爱情？

王蒙：我的人生经历，年事，使我一写到什么人物、情节，各种历史与时代的浪花、记忆、感慨、怀恋、蹉跎，像风雨雷电一样地迎面扑来。没有办法，傅大成被结婚是昨天的中国的痕迹，他太窝囊了，我也替他憋了一口永远为之痛惜的恶气。但以白甜美的特色，她完全有可能获得大成的相当一部分心。尤其在政治运动中，白氏带来的是当时可能的安稳的好日子。生一场病，傅大成的男女之情、共同儿女的双亲之情外又加上了感恩之情，叫作恩爱之情。然而，改革开放给了大成、甜美、阿龙、阿凤一家以新可能，新的机遇，新的要求，新的"得而后知未得，富而后憾贫瘠，学而后知不足，愈而后知有病"。这也是发展中的新挑战新问题新麻烦吧。而杜小鹃的"历史"也留下了后遗症。不多说了，请看小说。

《中华读书报》：作家是什么？小说中借白甜美的口，评价"作家神经，蒙人，作家折腾人、坑人，作家败家，作家靠不住，作家还得罪人。老是犯错误，找倒霉、受处分。有了什么来着，你们叫文学，就没有了好日子……"是否一代程度上也代表了您的观点？当了一辈子作家，您眼中的作家是什么？

王蒙：当然，那不是我的观点。甜美是聪明杰出但终究缺少教育背景的新农民。我借机调侃一下，其实正反含义都有。横看成岭，纵成峰啊。

《中华读书报》：能谈谈白甜美吗？她是传统的包办婚姻中的受害者，可她本身是没错的，甚至是完美的女性。您对她饱含同情的关注，是否也有更多的隐喻？

王蒙：人，国人，农村中埋没了多少人才，谁说得清呢？我们是不是应该更勇敢地去奋斗，去创业，去恋爱，去劳动呢？我们可以不可以更珍惜、善待与己的生命、青春、机遇呢？我们是不是可以更充分地去面对改革开放带来的发展的平台呢？

《中华读书报》：小说既有横跨六十余年的时间跨度，又有从鱼鳖村到小镇到世界各地的空间跨度。承载了历史和现实的厚度,读来却很轻松,真正是"重剑无锋,大巧不工"。写这部作品,在小说技术上是否已不存在任何难度?比《人民文学》杂志多出的五万字,多在什么地方?

王蒙:主要是傅大成与杜小鹃二人婚后的生活,改革开放后的种种,极感亲切,但绝非一帆风顺的一切。有什么办法呢?旧事难忘,新事难全,有得就有失,有亲就有疏,而生活又是大江东去,新潮荡漾,百态千姿,为它鼓一百次掌也不会觉得手痛,为它(为己)哭两场,也很自然。

《中华读书报》:《笑的风》的知识性无处不在,音乐、文学、政治甚至交通工具,您如何看待这些庞杂的知识在小说中的价值?

王蒙:是构建这个特殊的改革开放、大大开眼、拓宽生命与精神空间的时代与文学世界的需要,是欢呼与温习我们的经验的需要,也是老头儿顺手一拨拉的结果。这是本书的一个特色。

《中华读书报》:小说的大格局和大视野,自然与您的经历、胸襟、学养和见识等多方面有关,也与您举重若轻的驾驭有关。小说主人公是您熟悉的作家,且小说中出现了诸多我们熟悉的作家名字,包括陆文夫、邵燕祥、贾平凹以及天津大个子作家(一望而知是冯骥才),等等。写《笑的风》于您来说,还是相当轻松愉快的吧?

王蒙:我们经历了中国的太多的变化发展,世界的变化发展,对一个耄耋小说人来说,世界越来越小,历史越来越短,时代的符号俯拾即是,我自己也有符号性,我熟悉的人与事,我熟悉的日常生活吃喝拉撒睡,都有了极刻骨的文学性,既可以极大胆地据实写出背景来,又可以勇敢虚构畅想,构建下个大大地延伸了时间空间的新世界,新视野,新格局,新笔墨。对于一个小说人,他当然是其乐无穷啊!

《中华读书报》:《活动变人形》的主人公倪吾诚,留洋后接受了新式教育,他的精神世界醒了,但面对封建旧传统不知所措,在现实生活中迷惘、挣扎、无力、失败;《笑的风》中的傅大成,参加五四青年节征文获奖,成为"青年农民秀才",一路高中、大学、工作,成为知名作家,在包办婚姻之后,又经历了婚外恋、离婚、再婚与晚年的二度离婚。从倪吾诚到傅大成,对于知识分子的精神世界的探求,您有什么变化?

王蒙:一个是中华民国的故事,一个是中华人民共和国的故事,有相同之处,更有不同之处。但又不是绝对的黑白比对,人生,爱情,家庭,毕竟不是通过简单的制度颠覆更迭来获得与创造一切的。

《中华读书报》:特别喜欢小说中出现的诗词。《只不过是想念你》《无法投递》等诗歌,都细细看了,还有大量现代诗词,都是您本人创作的吧?这些诗词,既符合人物性格特征,又丰满了小说的诗性。能谈谈您的诗歌?您的诗歌在小说中也是按捺不住出现的吗?

王蒙:越来越受《红楼梦》的影响,那里头有多少诗词歌赋啊。陆文夫说过,王蒙首先是诗人,其次是小说人,哪怕他说这个话里也有对我的小说的不够纯然的遗憾,但我不反对以上的话。诗情,是我写作的依据与享受,动力与生命。

《中华读书报》:作为知识女性,杜小鹃有才华、有文化,对爱情大胆追求,可是缺乏同情心。您怎么看待这个人物?

王蒙:杜小鹃比白甜美自信多了,两个人没有办法比较。说到杜小鹃,也还算善良,看到大成与白甜美离异的痛苦,她当真说了"要不,你还是回去吧",还作了同名的诗。

《中华读书报》:《笑的风》是一次充满激情的写作,"笑的风"喻意丰富,您说过可以理解为"风送来的笑声,也可以说风笑了,也可能说笑乘风来,也可以说风本身是笑的",但总体上,也是青春和爱情的写作。《青春万岁》之后的六十六年,您书写爱情依然这么富有激情、充满浪漫主义。您觉得自己是怎样的诗人(或作家)?

王蒙:是还没有过世的作家,是还活着的作家,是活得写得有滋有味的小说人,是对一切趣味盎然的那个王蒙。

《中华读书报》:有人说获奖对作家来说是一种挑战。可是您获得茅盾文学奖之后,创作状态依然活力四射。您的创作出现过什么变化吗?或者说,您的创作变化一般与什么有关?

王蒙:得各种奖都是快乐的,包括国内外的奖,我还在俄罗斯、澳门、日本的大学里获得了博士学位,也不亦乐乎,但对创作影响是零。同一时期,写不同的题材体裁,笔墨也不一样。生活经验多了,见识多了,写起来更加来劲,要写的内容乘着笑的大风(至少是五级)干脆滚滚而压上来了。

［原载《中华读书报》2020 年 6 月 17 日第 11 版(有删减)］

关于《笑的风》问答

王　蒙

人民网　郭千华:您近日出版的小说《笑的风》时间跨度从 20 世纪 50 年代至今,给读者留有很多解读空间。在写作之初,您想通过这部小说表达哪些观点和感受?

王蒙:小说的启动是一个爱情与婚姻的故事,在中国现当代的巨变与发展当中,个人的与家庭的命运,与时代(也许甚至于可以说是与年代),与历史,与社会,与传统,与创新突破,是分不开的,它甚至于也可以算历史小说呢!

人民网　郭千华:主人公傅大成上高中时因一首诗《笑的风》走上文学创作之路,您怎么理解"笑的风"? 它在小说中有哪些寓意?

王蒙:是爱情与青春,是新生活新诱惑,是生活的缤纷,是越来越多的可能与起动。还有飘荡与起伏。

人民网　郭千华:我注意到文中有大量时代标志性信息,可以说是借普通人的命运起伏盘点中国近七十载风云际会。在岁月的变幻中,您和主人公傅大成对文学和婚恋有哪些同样的感悟?

王蒙:我的婚恋方面的经历,与书里的主人公几乎是风马牛,不相及。但我们都很重视婚恋家庭。作品中有一个词其实是我本人发明的:"爱妻主义"。

人民网　郭千华:在您出版的众多书籍中,哪些书籍的写作心路给您留下深刻印象? 可否与我们分享一下当时的感受?

王蒙:忒多了。可以说的是新作《笑的风》,写得我神魂颠倒。

人民网　郭千华:您目前正在写、打算写些什么题材的书? 除了生活经验外,您如何为创作注入新的灵感与素材?

王蒙:我正在忙的是一本或两本谈荀子的书。小说创作也跃跃欲试。

人民网　郭千华:多年来,您一直保持着旺盛的创作力,能跟我们分享下笔耕不辍的秘诀吗?

王蒙:兴趣广泛,关注广泛,一写小说,每个细胞都在跳跃,每根神经都在抖擞。

人民网　郭千华: 随着互联网的发展,网络文学逐渐获得年轻人的喜爱。您如何看待网络文学? 在年轻一代如何阅读、写作方面,您有何建议?

王蒙: 我理论上从来都支持网络文学,同时殷切地希望提升网络作品的文学、思想、语言品质。

人民网　郭千华: 回首六七十年的文学生涯,您如何看待作家的责任和使命?

王蒙: 鲁迅是"我以我血荐轩辕",我们至少是"我以我笔荐轩辕"吧。读什么书,做什么人,关系很大。

中国新闻网　上官云: 这次出版的《笑的风》,其中依然写到了爱情。想请问您,这次写爱情的角度或者说表现手法,跟之前的作品有哪些不同? 或者说您是怎么来构思这部书的?

王蒙: 通过个人故事,婚恋家庭的特殊命运,爱恋情仇的情节写历史,写地理,写人生,写社会,写价值观、人生观、世界观的冲撞与整合,这是文学,这是《红楼梦》直到《茶花女》《安娜·卡列尼娜》的传统,这是耄耋作者的家底。

中国新闻网　上官云: 这部书的书名很富有诗意,这个名字的由来有没有故事? 在全书中,写到了不少人物,您自己塑造得最满意的是哪一个? 为什么?

王蒙: 我有一系列三字名的作品:《夜的眼》《海的梦》《春之声》《深的湖》《秋之雾》。

还有,我极喜欢苏联电影《格兰特船长的儿女》的插曲:《快乐的风》。

我最喜欢白甜美。你也会喜欢的,我想。

中国新闻网　上官云: 这部书出版后,据说是比第一次刊登时增加了五万字的内容,您能不能简单透露下,是如何做出这种修改的? 增加的内容主要涉及哪些方面?

王蒙: 这是我写作史上的第一次,中篇版《笑的风》发出后,恰逢疫情宅在家中,自己的中篇新作完全把自己迷住了,难解难分,难离难舍,如歌如梦,如醉如痴。越修理越大发,比夏天写中篇稿时还疯还热,于是它成了现在的十三万字的长篇新作。

中国新闻网　上官云: 读者们都能感觉到,包括《笑的风》在内,您这些年在作品方面一直比较高产,在该书的跋中您也写道,"不写出来,岂不是白活了?"您是如何保持这种旺盛创作力的? 有没有秘诀?

王蒙: 爱生活,爱家国,爱世界,爱文学、爱语言,爱每一根草与每一朵花,每一只小鸟,爱你我他,当然,更有她。保持热乎乎的生活态度。永远抱着希望,活得更好，写得更好。

中国新闻网　上官云：我们都知道，您有一个"高龄少年"的昵称，大家都觉着您非常的时髦、新潮，愿意尝试新鲜事物。现在除了写作之外，您平时的生活怎么安排？还会继续写作吗？

王蒙：锻炼身体，笔耕不辍，每天写作五小时，走步九十分钟，唱歌四十五分钟，看电视三个小时。

《中国青年报》　蒋肖斌：八十六岁创作一部长篇小说，写一个人从年轻到耄耋之年的一生，其中会不会折射自己的人生？

王蒙：一小部分，会有，但主人公的经历与我距离太大了。

《中国青年报》　蒋肖斌：您说一切获得都有另一面的失落，那对您来说，人生到现在最大的收获是什么，因此又失落了什么？

王蒙：数十年生聚，数十年经验教训，数十年大变化大发展。党和国家的大事业，八十五六年的光阴凝结了我的五十卷文集。失去了快马而过的八十多年光阴了，告别了那么多亲朋故知，师长同伴……

《中国青年报》　蒋肖斌：您觉得好的婚姻应该是怎样的？

王蒙：托尔斯泰说幸福的家庭是一样的，不幸的家庭，各有各的不幸。未必。我的一个侄子说，看了《笑的风》，他觉得傅大成与白、与杜组成的家庭都是幸福的，麻烦在于他的一身而二任。

《中国青年报》　蒋肖斌：很多读者对您的印象是从《青春万岁》开始的，几十年过去了，作为作家，如果写年轻人，您还能把握住现代年轻人的精神风貌吗？

王蒙：够呛，不敢吹，也不敢不战而降。

《中国青年报》　蒋肖斌：同样是写 20 世纪 50 年代的年轻人，过去写，和现在写，会有什么不同？

王蒙：当然不一样的。十九岁与回首十九岁，能一个样儿吗？回首大发了，脖子够费劲的啦。

《中国青年报》　蒋肖斌：《笑的风》的目标读者是什么群体？会不会担心现在的年轻人不爱看这样的小说了？

王蒙：且看看再说，干吗担心呢，书的命，要看当下，也要看长远。

《北京青年报》　张嘉：您透露，《笑的风》在《人民文学》发表后，出现了一个在您的写作史上前所未有的情况，"发表与选载后的小说，把我自己迷上了，抓住了"。请您具体讲述一下是什么把您迷上了,抓住了。您后来补充的五万字,主要是哪些部分呢? 对于现在的《笑的风》,您是否认为是个人最好的一本小说呢?

王蒙:一大部分是傅大成二次婚姻后的感情经历。一小部分是毛茸茸的生活与情趣。这是我非常喜欢的一部。写得神魂颠倒,如醉如痴,细胞跳跃,神经嗫嚅。

《北京青年报》 张嘉:您是什么时候有了创作《笑的风》的念头? 创作初衷是什么? 有故事原型吗?

王蒙:我知道不止一个为摆脱包办婚姻的遗产而苦斗,斗得惨胜而最后仍然不成功的故事。

通过个人故事,婚恋家庭的特殊命运,爱恋情仇的情节写历史,写地理,写人生,写社会,写价值观、人生观、世界观的冲撞与整合,这是文学,这是《红楼梦》直到《茶花女》《安娜·卡列尼娜》的传统,这是耄耋作者的家底。

《北京青年报》 张嘉:请讲下疫情期间您的生活。

王蒙:每天写作五小时,走步一个半小时,唱歌四十五分钟,看电视三个小时。

《北京青年报》 张嘉:请讲一下您未来的写作计划,您的创作激情和灵感是如何保持的?

王蒙:一个是热爱,一个是兴趣,一个是活力。

《北京青年报》 张嘉:请问您是如何保持"少年感"的?

王蒙:抱着学习的态度,欣赏的态度,关心的态度看待世界、人生、人。

《人民日报》(海外版) 张鹏禹:小说名为《笑的风》,缘于傅大成1958年春夜由一种奇异的感受创作而成的一首诗。以此作为标题,您当时有什么考虑和寓意?

王蒙:是爱情与青春,是新生活新诱惑,是生活的缤纷,是越来越多的可能与起动。

《人民日报》(海外版) 张鹏禹:小说延续了您以往创作的《活动变人形》等作品一如既往的对知识分子生活和精神状况的关切,在您眼中,傅大成这类在20世纪60年代进入大学的知识分子具有哪些特点? 小说意在哪些方面对这类知识分子的代际特点进行揭示?

王蒙:在他们身上,有旧世界的遗留,有迅速的发展带来的狂喜与困惑,与多种的可能和选择的激烈,有各自的小说一样的故事。他们的生活不乏热烈与变化。

《人民日报》(海外版) 张鹏禹:《笑的风》给人印象深刻的还有对爱情、婚姻、文学关系的探讨,傅大成与白甜美、杜小娟的两段婚姻是否可以看作包办与自由恋爱两种婚姻模式的代表?《我们夫妇之间》中,同样表现了傅大成与白甜美之间存在的问题。这是不是我们永远需要面对的问题?从婚恋角度看《笑的风》,您认为傅大成还有更好的选择吗?

王蒙:我答复不上来,只能请读者发声。

《人民日报》(海外版) 张鹏禹:小说中,傅大成游历了北京、上海、西柏林等地,甚至后来在北京居住生活。从城市想象与文学的全球化想象视角来看,您认为对这些经历的描写对小说人物塑造有哪些作用?表现空间的拓展,对文学创作有什么意义?

王蒙:是空间的拓展,是时间延伸,是时间与空间,现代与前现代乃至一点点后现代的互动与混淆,总而言之,是非常小说的小说。

《人民日报》(海外版) 张鹏禹:小说故事从 1958 年延续到今天,几乎贯穿了中国现代史,您在时间选择上有什么考量?

王蒙:不考量,一敲键历史就过来了。虽然是从 1958 年开始写的,但时间感应该更长,如包办婚姻、侵华战争、回溯与回忆等。时间与空间,都是小说故事的重大因素。

《人民日报》(海外版) 张鹏禹:小说中有一些您自创的诗文、散曲,也有书信体的插入,这些内容体现了您对小说形式的哪些追求?

王蒙:一个是受中国小说传统的影响,例如《红楼梦》,这一类叙而加赞,加诗词歌赋的地方多了。一个也是受中国评书、说书手段的影响,给以继承与突破。

《人民日报》(海外版) 张鹏禹:小说中有不少诸子百家的经典名句和古诗文,是否与您之前一段时间潜心研究古代经典有关?

王蒙:当然,也与小说人物的文化语境关系重大,甚至也是时代特色与语境背景。

《人民日报》(海外版) 张鹏禹:《笑的风》给人的阅读感受是气势强劲、一气呵成,甚至很多句子不用标点,词语的排比有无穷尽之感,不像春风,而像排闼而来的大风。您在创作过程中对小说语言有着怎样的主观追求?是否和我们阅读的感受一样,创作时有无数词句奔涌而出?

王蒙:意在笔先,情在意中,写起来如火如荼,如潮如浪,难以自已。

王蒙《笑的风》：假如生活欺骗了你

王　干

　　王蒙是中国当代文学一个巨大的存在，他的存在不仅是历史意义上的，还是现实层面上的在场。王蒙在文学史上的位置横跨 70 年时间，成为共和国文学的一面旗帜，他的作品也成为共和国的一面镜子。这个被铁凝称为"高龄少年"的老作家王蒙还是一个活火山，依然保持着当年出道时的热情和汹涌。今年出版的长篇小说《笑的风》，又像火山一样汹涌地喷发出《青春万岁》的热情，《活动变人形》的深邃，《女神》的优美和悲怆，是值得咀嚼和回味的难得之作。

《活动变人形》的"升级版"

　　长篇小说《笑的风》是由中篇小说扩展出来的，这在王蒙的创作史上好像还是第一次，王蒙自己向记者透露，《笑的风》在《人民文学》发表后，"我又用了两个月时间，用了只重于大于而不是轻于小于夏季原作的力度，增写了近五万字，一次次摆弄捋理了全文，成为现在的文本"。

　　王蒙对这篇小说的偏爱，可以从"重写"的热情看出来。那么《笑的风》为什么能让一个笔耕近 70 年的作家如此痴迷呢？小说讲述了作家傅大成 60 年的人生遭际，尤其和白甜美和杜小鹃的婚恋故事，展现了 60 年的时代风云际会。细读小说，发现《笑的风》是一部傅大成的成长小说，也是他命运的交响曲。作为王蒙小说的忠实读者和追踪者，我发现《笑的风》是有某种基因传承的，可以说是他 30 多年前长篇小说的续写，或者是升级版。《笑的风》是继《活动变人形》之后的又一部关于家庭婚恋的穿越时空的长篇小说。

　　《活动变人形》是王蒙创作史上一座里程碑式的作品，2018 年举办的"改革开放最有影响力的 40 部小说"，《活动变人形》入选其中，和《白鹿原》《平凡的世界》等并驾齐驱。《活动变人形》的主题至今看来还是没有得到"解决"，留学归来的倪吾诚与妻子静宜的婚姻生活是痛苦且不幸的。倪吾诚接受了现代文明的影响,追求的是浪漫精神生活,而妻子静宜作为地主的女儿,深受传统文化的影响,恪守着与倪吾诚不同的农业文明的伦理,两人的"三观"差异,带来诸多冲突。两人上演了一场场恐怖的家庭战争,吵架、出走、离婚,以悲剧结束。小说写到中华人民共和国成立前戛然而止。有人同情倪吾诚,也有人同情静宜,追求幸福的爱情和完美的婚姻是人的权利和本能。曾经有读者问,如果倪吾诚追求到浪漫又温馨的爱情生活,他会幸福吗?

《笑的风》前半部分中,傅大成的婚姻生活和倪吾诚极为相似,没有爱情的婚姻,也没有激情和灵感。大自己5岁的白甜美俊美、干练,除了话少以外,几乎没有缺点,但"文学青年"傅大成觉得这样的生活太枯燥了。改革开放以后,遇到理想爱人杜小鹃,那个在夜色中传来银铃般笑声的杜小鹃,让他寝食难安、朝思暮想,两人相爱了。傅大成顶着各种压力和原配妻子白甜美离婚了,哪怕白甜美以死相拼,傅大成也义无反顾。应该说,当年倪吾诚向往的理想爱情生活,由傅大成实现了。婚后的生活也是充满了诗意和艺术。但是时间长了,美好的爱情并不容易保鲜。离开白甜美之后,傅大成反而经常会想起她的种种好处。在和杜小鹃度过了激情燃烧的岁月之后,随着杜小鹃南下广州照顾孙子,两人的婚姻再次出现危机,傅大成又费尽万千磨难才得以和杜小鹃离婚。这次离婚没有上一次惨烈,两人都很平静,傅大成回到小渔村去祭拜前妻白甜美,人生的困惑同当年诗歌《笑的风》带来的困扰一样难以释怀。

《笑的风》可以说是作家傅大成一生的回忆录,他从一个渔村的普通孩子成长为一个知名作家,之间经历了太多曲折,因为《笑的风》这首诗歌遭遇到的悲喜剧让他一生波澜起伏、山穷水复、峰回路转、柳暗花明。尤其小说里写到他修自行车的"手艺"高超,让人产生了很多黑色幽默的联想。《笑的风》又是傅大成的反思录,因为不平凡的一生,尤其经历了两次冰火两重天的婚姻生活,傅大成原本以为的价值观尤其是爱情观越来越陷入困惑,与白甜美思想不同无法对话,缺少"爱情"的火花,杜小鹃敏感、细腻、轻灵、多情,容易迸发出激情和灵感,但时间久了,两人的隔阂逐渐加深,最后也只能以分手告终。自由与恋爱、婚姻与幸福在什么样的维度上才能体现真正的意义和价值? 傅大成一生追求的爱情幸福在实现以后,反而陷入了更大的困惑。这让《笑的风》又成为傅大成的忏悔录,尤其小说的后半部分,傅大成和杜小鹃的情感陷入了新的危机之后,傅大成对白甜美的优秀品质更加怀念,"每想起白甜美,他只想五体投地,叩头流血,哭死他这个姓傅的"。怀念追思的过程,让傅大成产生了忏悔的情绪,小说里写道:"在梦里见到了甜美,她很富态而且含笑,她的话他听不清明,但是他听到了他家乡的原装口音，土土的方言说过去以后，似乎又倾向普通话了，带点干部至少'白总'的腔调，这时她的嘴角上渗出了鲜血。"这是傅大成的梦境，也是他内心的恐惧和战栗，后来小说写傅大成跪拜在白甜美的墓前，写他的痛哭，无疑是忏悔和认错。"笑的风"变成了"哭的风"，爱情的风变成了忏悔的风。这大约出乎傅大成的意外，也出乎我们读者的意外。

对于新旧婚姻观的困惑在《活动变人形》中主要写双方的痛苦，而《笑的风》里傅大成因为得不到爱情的滋润而灵魂痛苦，可等他失去了白甜美之后灵魂依然痛苦。80 岁的傅大成陷入人生的迷茫，古今中外那些关于爱情和婚姻的经典也解决不了他的困惑。从《牡丹亭》到《铡美案》，从笑的风到哭的风，傅大成走过的岁月悲欣交集，难以言清。他在回忆中反思，在反思中忏悔，忏悔中又无尽地回忆。《笑的风》在某种意义上，也是倪吾诚的忏悔录，这对当年狂热追求新文明的倪吾诚来说始料未及，对作家王蒙来说也始料未及，对读者来说，更始料未及。

对现代性的索求和追问

王蒙曾经考虑将这部小说命名为《假如生活欺骗了你》，这是从傅大成的视角作为出发点的，而现在用《笑的风》则是出于作家的客观视角。小说其实潜藏着这样的潜台词，假如爱情欺骗了你，假如婚姻欺骗了你，假如生活欺骗了你，甚至，假如文学欺骗了你，怎么办？傅大成应该是属于被生活馈赠丰厚的作家，但他同时又是被生活欺骗戏弄的作家。我们在《笑的风》里看到了傅大成对"现代性"的追求，但现代性带给傅大成的困惑甚至脆弱也同样煎熬着他。"现代性"是近年来困扰学界的一个历史性的话题，改革开放以后对现代性的争论也没有停止过。关于现代性的说法很多，定义也颇为复杂，在我看来，现代性是相对于古代性而言，或者说，它是农业文明之后的又一个文明形态，经历这种形态的转换产生的心理眩晕是必然的。傅大成这些年的悲欢离合都是"现代性"所赐。

中国是一个农业大国，农业文明有着沉淀深厚的土壤，近代以来对现代性的接受与反接受、传播与反传播一直是文学挥之不去的主题。而婚恋的主题也一直是作家和热心读者关心的母题，从丁玲的《莎菲女士的日记》到张洁的《爱，是不能忘记的》，从鲁迅的《伤逝》到王蒙的《活动变人形》，都通过婚恋题材来表现现代性与中国土壤交融的艰难与困顿。倪吾诚的痛苦在于他的现代性没有实现，而静宜的痛苦在于她受到了倪吾诚现代性的"压迫"。傅大成和杜小鹃或许代表着的是某种现代性，而白甜美代表的则是某种乡土文明，穿行在现代文明和传统文明之间的傅大成在饱尝爱情的悲欢离合之后,选择和判断愈发彷徨。

这就是傅大成认为普希金的诗歌《假如生活欺骗了你》非常吻合自己心境的原因所在。傅大成的被欺骗感来自何处?这要从傅大成的理想主义说起,作为接受过现代性启蒙的傅大成,他想象中的理想生活是预设好的,就像傅大成想象中的婚姻和理想中的爱情一样,这就是幸福的实现。但生活的轨迹并没有按照这个蓝图而实施,傅大成的精神上有了被作弄的感觉,觉得生活在欺骗他,用句现在很流行的话来说,就是理想很丰满,现实很骨感。因为现实和他设定的理想蓝图是不一样的。

现代性显然是一种理想的生活方式。傅大成无疑是带着理想主义的目标去选择婚姻的,但是父母包办的婚姻不是理想主义的,而是从生活实际出发(在傅大成看来这无疑是一种庸俗)。父母为傅大成娶了白甜美,所以理想主义的傅大成有挫败感,觉得生活"不真实"、太庸俗,这是现代性造成的焦虑。王蒙的伟大之处不在于写出了傅大成的没有自由恋爱婚姻这种挫败感,更重要的是写出傅大成在按照自己的理想蓝图和杜小鹃结成美满姻缘之后,反而滋生出另一种被欺骗的挫败感。他和杜小鹃在希腊旅游小岛上的对话,写出现代性的幻灭感。"他们边讨论边叹息了很久,他们的共识是人不可以活得过分幸福,过分幸福的人不可能成材,不可能有内涵,不可能坚毅与淳厚,不可能有生活与奋斗的意愿乐趣,他们还分析,绝对的自由的代价往往是绝对的孤独。"

个性、自由和幸福,这是现代性的重要基石,也是傅大成理想世界的支柱。但他在获得了梦寐以求的自由和幸福之后,却对绝对的自由和幸福产生了怀疑。所以他又回到了白甜美的"身边",甚至要为她建立"婚姻博物馆",完成她生前的设想。

现象学认为生活本身不带有某种固定的本质,本质都是我们加上去的,是对生活提炼的过程,而我们之所以觉得被生活欺骗了,其实在于我们对生活有一个理想的目标,或者本质的认可。在现象学看来,生活的本质全是源于我们的理念。生活是混沌的,生活不会欺骗谁或者厚爱谁。

但是生活的模样不是按照预设的方式存在,所以现象学哲学家马克斯·舍勒提出了"怨恨"在现代性伦理中的主要特征。这种怨恨是由于理想与现实的"不对称"造成的。当我们的人生模样没有达到这种预设,就会产生一种落差——假如生活欺骗了你。其实,生活没有欺骗任何人,生活的模样不是我们的意愿随意设定和更改的,一种理想的生活模式作家可以去追求,但追求的过程往往比实现时更有价值和意义。何况傅大成在"理想"实现之后,在与杜小鹃幸福生活之后，又产生了新的"怨恨"，觉得生活还在"欺骗"他。对现代性的索求和追问成为潜在的思想之波。鲁迅先生无疑是赞扬个性解放自由恋爱的，但他唯一的爱情小说《伤逝》却是对"娜娜出走之后"的思考，对生存的思考。王蒙《笑的风》后半部是《伤逝》在新时代的另一种"超级书写"。

这并不意味着王蒙对现代性的摒弃，王蒙在小说中还体现了他对现代性的理解与呼唤。这是王蒙的"复杂"之处，也是容易让人误解之处。反思现代性，反思现代婚恋，并不意味着对传统的无条件认同。在对待女性命运的关怀和悲悯中，王蒙可能要比一些女权主义还要深刻。在《女神》中他对女性的无限称赞和讴歌，在《活动变人形》中对静宜、静珍的同情和理解，而不是对小市民或封建余孽加以无情鞭笞和批判，充分展示了一个大爱的胸襟和人道主义的悲悯。在《笑的风》中对白甜美和杜小鹃的平等叙述，而不是简单的褒抑，甚至比对傅大成还要更爱怜些。

小说的第二十五章《谁为这些无端被休的人妻洒泪立碑》体现了另一种现代性，他在小说中写道："一连几天他昼夜苦想，他越想越激动，近百年来，中国多少伟人名人天才智者仁人志士专家大师圣贤表率善人，对自己的原配夫人，都是先娶后休的，伟人益伟至伟，圣人益圣至圣，善者益善至善，高人益高至高，而休弃的女人除了向隅而泣又有什么其他话可说呢？又能有什么选择？"倪吾诚、傅大成无爱的婚姻是生活的欺骗，而静宜和白甜美的痛苦来自何处呢？她们是不是也被生活"欺骗"了呢？现代性的要求是人人平等、人人个性解放，但现代性不会认可一个人的幸福建立在另一个人的痛苦之上，一群人的幸福也不能建立在另一群人的基础上。王蒙之伟大，在于对现代性的深刻理解和本质阐释。

乘风破浪的语言之舟

王蒙是当代的语言大师。王蒙的文学语言带着鲜明的辨识度，我曾经将王蒙的小说叙述体称为"王蒙流"。在《笑的风》里，王蒙语言的宽度、厚度和杂色糅合在一起，达到了一个新的高度。

在语言的宽度上，《笑的风》是伴随着小说空间上的广度而展开，《笑的风》不仅写得很长，而且写得很广。这个长不是篇幅，《笑的风》15万字的篇幅在今天的长篇小说体量中，只能是小长篇。我们觉得小说不短，是因为时间跨度长。小说从1958年的一个春夜的笑声写起，一直到2019年的春天才结束，横跨当代中国社会60余年。傅大成也从一个少年变成80岁的老人，中间历经了中国社会的政治风云、历史沧桑，命运也如过山车般跌宕起伏。小说成功勾画了这一时段的风俗、人心和语体，可以说完成了巴尔扎克所说的时代"书记官"的职能。

虽然篇幅不长，但你会觉得《笑的风》的容量比有些长篇还要丰富，是因为小说的空间很宽广。王蒙早期的小说《组织部来了个年轻人》《冬雨》都是在一个稳定的空间运转，即使长篇小说《青春万岁》的人物也在北京老城区的范围内活动。1978年重新复出之后，"故国三千里，新疆二十年"的时空跨越和人生动荡，王蒙的小说空间感凭空扩展，从《春之声》开始，他的空间已经摆脱了早期的一维空间，而是扩展到多维空间，因而被人们美誉为"意识流"在中国的尝试，也开启了王蒙小说的新空间。在《笑的风》中，小说的空间从渔村到都市、从北京到上海，从中国到国外，从欧洲到美国，主人公的足迹随着笔会、旅行逐渐扩大，异国风情，多民族文化的呈现，可谓五光十色，构成了小说斑斓多彩的底色。

一方面，由于这些不同空间的存在，王蒙的语言在叙述这些不同空间时会下意识地融汇一些当地的方言和俚语，傅大成的Z城带着渔村的气息，甚至有一点东北味。而杜小鹃到了广州以后，语言也会带着粤味，至于京味儿就更不用说。小说中俄语和英语的熟稔运用，和人物的心理契合度极高，又带着鲜明的时代印记。可以说，在中国作家当中，如此高密度地使用中外语言和本土语言的，很少有人能做到。就这个意义上，《笑的风》也是一本语言的奇书。

另一方面，王蒙语言又拥有一种厚度，拥有深厚的语言底蕴，来自中国文化的底蕴。经常有人婉转地批评中国当代小说的"翻译体"现象，有学者甚至直言不讳地说袁可嘉等人的《西方现代派作品选》也间接参与当代新潮小说的写作。王蒙早期小说受到苏联的影响，但20世纪80年代以后则摆脱了这些影响，形成了独具一格的"王蒙流"。而近来，由于深耕老子、庄子、孟子的哲学著作，让他的语言在底蕴上加重了汉语的韵味，体现了充分的文化自信。《笑的风》中各种古语雅言信手拈来，一点也不别扭，也不会文白相间的"隔"和寻根文学的"做作和别扭"。王蒙的奇妙之处，还在于及时捕捉到时下的流行语，网上的新词咯嘣咯嘣地就蹦出来了。这对于一个"年过八五"的老人来说不只是心态年轻的问题，关键在于融入小说里，和人物的命运休戚相关。

王蒙语言的宽度、厚度以及由此构成的彩虹般虎皮般的绚烂，常常以排山倒海的气势滔滔流出，但又注意人物视角和人物叙述。在《笑的风》中，叙述的视角多重出现，时而是作家王蒙的叙述，时而又是作家傅大成的叙述，既分又合，合合分分，分分合合，有时候又浑然一体，你中有我，我中有你，难分难解。仿佛是古代的庄子穿行在当代小说中，时而化蝶，时而人形。这种方式虽然之前王蒙也经常使用，但那些主人公与王蒙总像有些距离，而傅大成的作家身份与经历,都是王蒙同时代人的缩影,是王蒙最熟悉最亲切的人,某些片段还融进王蒙自身的经历。所以说,《笑的风》的语言外壳是 21 世纪以来王蒙运用得天衣无缝的一次。

当然,王蒙是一个小说里善于"化进""化出"的作家,他迷恋小说的叙述,痴迷小说语言的魅力,但是他又不会沉湎于语言的囚笼之中,他会跳出"三界外",像俯视人物命运一样俯视语言。王蒙在小说里经常出人意料的荡出一笔,看似离小说主要情节有些远,看似闲笔,但细细阅读起来,你会觉得是《红楼梦》里那种"草蛇灰线""伏脉千里"的笔法。比如在小说的结尾,可谓闲笔,也可说是"神来之笔","大成在电脑上用王永民的五笔字型打'悲从心来'四个字——DWNG,出来的是'春情'二字"。

人们容易把这视为王蒙的机智和睿智,其实这种跳出三界外的思维,正是一种超越了现实的天地思维,如果"悲从心来"是一种目标,是一种既定程序的话,那么你种下的是"悲从心来",收获的却是"春情",这是生活欺骗了你吗? 如果你种下的是"春情",可收获的却是"悲从心来",这是生活欺骗了你吗? 其实生活不会欺骗谁,就像土壤不会欺骗种子一样,只是我们的种子有没有选错,我们的种植程序可能出了问题,或者我们的种植者出了问题,才有那么多不确定的人生,或者被欺骗的人生。就像我们被语言欺骗,也欺骗语言一样。其实语言只是一条小舟,它不能带我们到何处去,而是我们自己要驶向哪里。

王蒙的语言之舟由于超负荷运转有时被语言吞没,甚至河流也被王蒙的语言吞没,变成了语言的海洋,最后王蒙也被语言吞没了。水可载舟亦可覆舟,小说总是灰色的,语言之树长青!

(原载《文艺报》2020 年 7 月 27 日第 5 版)

(王干:《小说选刊》副主编)

史诗、知识性与"返本"式写作

——王蒙《笑的风》札论

温奉桥

疫情期间,我正在上海隔离,收到了王蒙先生的微信:"我宅在家里,看到已经发表的笑的中篇,居然被吸引得欲罢不能,居然又大动干戈,增加五万多字,若干调整,成了另一长篇版。闹得相当大发。"这里所说的"笑的中篇",是指发表于《人民文学》2019 年第 12 期的中篇小说《笑的风》,"另一长篇版"则是指王蒙最新长篇小说《笑的风》。

作为共和国文坛不知疲倦的"探险家",近年来王蒙连续推出了《仇仇》《女神》《生死恋》等一大批艺术精品,一次次给文坛带来惊喜的同时,也带来了冲击、挑战乃至困惑。王蒙就像金庸笔下的独孤求败,与自我为敌,并在挑战的快感中创造着一个个文学奇迹。王蒙曾多次自喻为"蝴蝶",《笑的风》真正显示了"蝴蝶"的自由与潇洒,悠游与从容,其史诗性美学品格、开放的文本结构以及对时代、历史、人性等宏大命题的哲学思考,都堪称向以《红楼梦》为代表的中国小说传统的一次回望和"返本"。

《笑的风》无疑是一部具有史诗气魄和深密内涵的作品,全景式地展现了共和国 60 余年社会生活的历史变迁,特别是人们思想、意识的内在变化。仅就篇幅而言,《笑的风》其实是个"小长篇",然而,"小长篇"表现出的却是"笼天地于形内,挫万物于笔端"的大视野。小说的史诗性首先表现为其宏大的时空结构。小说正面描写了自 20 世纪 50 年代"大跃进"直至 2019 年逾 60 年的历史,实际上小说的隐性时间跨度更大,例如通过歌曲《四季相思》、电影《马路天使》等巧妙地把时间上溯到 20 世纪 30 年代,为读者提供了更多回溯与回忆的可能;空间上更是从一个名为"鱼鳖村"的中国北方小村庄写起,一直写到边境小镇 Z 城、上海、北京、西柏林、科隆,直至希腊、爱尔兰、匈牙利。可以说,《笑的风》在一个完全开放的时空背景上,从历史和现实双重维度,大跨度地呈现了近百年来中国社会从乡村到城市的广阔图景,特别是共和国 60 年来的新与变。更重要的是,小说对现代性的呈现不是静态的封闭式的,而是在家与国、古与今、边疆与城市、中国与世界之开放式时空语境中完成的,小说的这种时空结构,体现了作者完全崭新的时代意识、世界意识。

《笑的风》流露着对于现代性与发展的渴望与欢呼,也渗透着对于传统与初衷的留恋与珍惜。从本质上讲,现代化构成了中国近一二百年来最重要的民族主题、社会主题,也是当然的文学主题。《笑的风》将中国现代化过程所引发的复杂心理和情感变化,纳于主人公傅大成之个人爱情和婚姻生活之中,将波澜壮阔的时代图景纳于琐碎的日常生活之流,既浓墨重彩描绘了时代大潮的翻滚涌动,又生动细密地呈现了日常生活的方方面面。傅大成无疑是一个蕴含着巨大历史内涵和精神深度的审美形象,他身上蕴含了当代知识分子面对传统与现代、过去与未来、发展与固守冲撞交织的复杂情感,正如作者所言:"通过个人故事,婚恋家庭的特殊命运,爱恋情仇的情节写历史,写地理、写人生、写社会、写价值观、人生观、世界观的冲撞与整合。"可以说,傅大成代表了一代知识分子的精神缩影,在这个意义上,傅大成与《活动变人形》中的倪吾诚完成了精神对接,他们是生活在不同时代的精神兄弟。

《笑的风》是小说,更是哲学,体现了王蒙新的探索和生命体验。故事一般被视为小说的基本前提,但是仅有故事还远远不够,还要有真正的思考和发现,这同样是中国小说的传统之一。与故事相比,王蒙在这部小说中更感兴趣的似乎是一个关于个人、时代与命运的哲学命题,也就是说,与现实生活的宏大叙事相比,王蒙更感兴趣的是作为个体的人在历史中的位置和命运,有常和无常。在《笑的风》中,王蒙已经无意纠结历史的细处,而是站在时间与经验铸就的人生高处,回望历史,重新思考和探讨个人、命运与时代之复杂纠合缠绕。就傅大成个人命运而言,因一首小诗《笑的风》,改变了生活轨迹,似乎是"天道无常",然而从时代发展的角度而言,"无常"也即"有常",这也就是小说所反复阐明的"时代比人强"。《笑的风》超越了《青春万岁》的激越,也超越了《活动变人形》的决绝,是对历史的抚摸和吟唱,更是清明和超越;是一往情深,更是回眸一笑;是万般滋味在心头,更是也无风雨也无晴。得与失,悲与喜,缺憾与圆满,绝望与希望,在这部小说中都达成了新的"和解",因为所有这一切,其实都不过是生命的固有风景。

《笑的风》还探讨了生命和人性中某种悖论式境遇。悖论是生命的"无常",是生命之偶然性,更是生命的"有常"。傅大成恰恰是在"文革"的特殊时期与白甜美的爱情变得亲切安详,和谐融洽,而当好日子来临,当一切欲求和可能都变成现实的时候,他感到的不是圆满,而是"得而后知未得"的遗憾,他在"找到了自己"的同时,又陷入了"再也找不到原来的自己"的尴尬乃至必然的悔意。傅大成永远生活在"别处",他的追求、困惑乃至躁动、折腾和缺憾,都不是单纯个体性、偶然性的,是面对新的生活新的可能与机遇的必然要求和探试的欲望,与人性深层相通。从这个意义上,傅大成其实是一个具有哲学意味的审美符码。

《笑的风》堪称一次百科全书式的写作。英国小说理论家福斯特曾把"广博的知识"作为小说家的必备素质,读王蒙的小说,如行山阴道中,时时被各种新奇的知识、见闻、说法、议论所吸引、解惑、解疑。在中国古代小说传统中,知识被视为小说艺术的构成要素之一,如《红楼梦》《金瓶梅》等都有大量知识性叙述。在小说的知识性取向越来越淡薄的今天,王蒙的小说返归了小说"广闻见""资考证"的知识性传统,可以说,知识构成了王蒙小说的一个独立性审美质素和审美维度,这在当代作家中独树一帜。知识性构成了《笑的风》百科全书式写作的显在表征。在这部小说中,从飞机起落架到英国"三枪"牌自行车,从美食到荷兰"飞利浦"电视机,从"病"到女人的"乖谬",更不用说古今中外诗词歌赋、名言典籍、掌故段子等知识性叙述和联想、辞典式旁征博引等,构成了这部小说独特的知识谱系。事实上,所有这些都不是可有可无的,例如无论是电影《小街》主题曲还是李谷一的《乡恋》,也无论是《哈萨克圆舞曲》还是舒曼的《梦幻曲》,不但丰富了小说的审美质素、审美体验,而且强化了小说的时代感、现代感;同时,知识性在小说艺术世界的构建和艺术品位的营造中,都发挥了重要作用。例如,关于舒曼、勃拉姆斯、贝多芬以及柴可夫斯基的音乐知识,在小说审美功能方面,起到了添情趣、调节奏、扩空间的作用,极大地提升了小说的审美品格。更重要的是,这类开放式小说写法,涨破了传统小说僵硬的艺术规范,特别是在小说艺术越来越狭仄化、枯索化的今天,《笑的风》赓续了伟大的《红楼梦》传统,重塑了小说文体的丰富性、开放性,这既是小说艺术的"返本",也是创新,拓展了小说的艺术观念,也是对当代小说文体的解放。

《笑的风》自始至终都闪耀着一种单纯、清明和诗意的光辉。《笑的风》不乏毛茸茸的生活质感,即细密扎实的生活摹写,更有看似不那么"接地气"的一面,例如"笑的风":"笑的风"是实有,更是象征;是傅大成的一次春夜奇遇,更是青春和爱情的象征;"笑"是生活,是历史,是时代的脉搏,也是命运和天意,更是生命的激情和梦想。《笑的风》具有一种超越现实的力量,它是心灵呓语、意念闪电,更是天启般的哲思妙悟,既置身其中,又超然物外,二者之间往往形成了奇特的审美张力,事实上,正是这种超越现实的力量,赋予了王蒙小说更纯粹更持久的艺术魅力,这本质上并非单纯源自作者炉火纯青的艺术技巧,而是 86 年人生阅历所沉淀的超越、自信和必有的从容。

王蒙说:"只有在写小说的时候,我的每一粒细胞,都在跳跃,我的每一根神经,都在抖擞。"《笑的风》让我们感受到王蒙沉醉于创造的快感,沉醉于小说艺术的快感。在小说中,王蒙重获大自在。

(原载《光明日报》2020 年 5 月 20 日第 14 版)

(温奉桥:中国海洋大学王蒙文学研究所所长,教授、博士生导师)

兴来洒素壁,挥笔如流星

——评王蒙长篇小说新作《笑的风》

孟繁华

王蒙的小说《笑的风》,原本是发表在《人民文学》的一个中篇,后被多家杂志转载。王蒙说,"写完了却没放下,出现了一个在我写作史上前所未有的情况,发表后的小说又把我自己'抓住'了"。于是,他"又花了两个月增写了近五万字,一次次摆弄捋理了全文,最终成为现在的'升级版'"。或者说,《笑的风》有中篇和长篇两个版本。长篇小说《笑的风》(作家出版社 2020 年 4 月)是一部具有自叙传性质的小说。小说时间跨度从 20 世纪 50 年代末到 2019 年,通过傅大成的人生阅历,写了乡村、城镇以及北京、上海等世界上的很多地方;他写了爱情、婚姻,写了文艺,更写了时代。因此,这是一部内涵丰富且有新意的小说。傅大成的爱情和婚姻,按他那个时代的人来说,够得上"一波三折"。17 岁的高中生傅大成在夜晚回宿舍的路上,"听到了一缕春风送来的女孩子笑声",傅大成在情感方面隐隐约约地开了窍,后来他经历了两次婚姻。傅大成是文艺青年,他的才华和事业随着改革开放的春天而迎来了新生。他因文学上的造诣成了时代的宠儿,也就有了日后的北京、上海乃至欧洲之旅。傅大成的爱情、婚姻和文艺道路,都具有鲜明的时代性。从这个意义上说,《笑的风》既是小说,也是"大说"。王蒙的小说创作,从《组织部新来的青年人》一直到《笑的风》,人物的个人命运都是时代风云际会的一部分,作品也都深切地反映了社会现实,随着时代的主潮而脉动。

事实上,《笑的风》的故事、情节和人物形象并没有特别之处。我觉得小说真正出彩或让人震撼的,还是王蒙的写法。个人经历未必体现个人选择的自由,如何书写个体生命的经验或心路历程,考验的是作家的视野、思想和笔力。《笑的风》写的是时代之风,是作家的心灵和精神之风。无论作家还是普通人,真正到了从心所欲不逾矩的境界,随处刮来的就都是"笑的风"。小说写了生活的辩证法,一切的获得,也都有另一面的失落,一切的留恋当中也都有困惑和心得。因此,小说更重要的可能是没有书写的那部分。得中有失,失中有得,代价中有获得,留恋中有失落。王蒙说:"一帆风顺带来的是更大苦恼,走投无路说不定造就了一往情深,如鱼得水。相濡以沫还是相忘于江湖?忘大发了会不会抑郁症?发达大发了也会有后患,磨磨唧唧起来您反而踏实?历史带来的故事可能是云山雾罩,也可能是一步一个脚印,越舒服您越危险,越胜利您越困难,新进展必有新挑战,新名词必有新做作。写起故事来只觉俯拾皆是,再问问有没有更多更大更妙的可能,既有如实,岂无如意?有没有更精彩的如果,有没有更动人的梦境,有没有更稀奇的平淡与更风光的大摇大摆,更深沉的回忆与更淋漓尽致的滥情,山那边老农的话,迸出火星子了没有?更疼痛的按摩与更甜蜜的伤口,更不能拒绝的召唤……"①《笑的风》可以说是"八面来风",是"千磨万击还坚劲,任尔东西南北风"。小说中流淌的豁达、从容和不为所动的风范,应该是最感人的。比如到了 21 世纪,"杜小娟的小长篇《孵蛋记》发表了,大成很激动,文坛反应平平,经过十余年的探索突破,见新不新,见怪不怪,各领风骚三五天罢了"。说的是对小说或名利的态度,也可以引申为对人生荣辱沉浮的态度。在接受采访时,王蒙坦言小说也可以叫作《假如生活欺骗了你》。这是大家都耳熟能详的普希金的诗名。"假如生活欺骗了你",首先是假设,即便真是如此,那么,接着诗人告诉我们的是:

不要悲伤,不要心急!

忧郁的日子里须要镇静:

相信吧,快乐的日子将会来临!

诗人要说的还是积极乐观的生活态度,而不是怨天尤人的仇怨或抱怨。那么,王蒙说也可以用"假如生活欺骗了你"当作小说题目,我们也就大体理解了他的意思。如果是这样的话,王蒙把该说的话都说了。事实上,任何作家的故事、人物甚至讲述方式,都密切联系作家的价值观和世界观,也就是对待生活和人生的态度。王蒙从当年的"少年布尔什维克",到去年被授予"人民艺术家"国家荣誉称号,时光荏苒,但他的价值观和世界观没有变。"兴来洒素壁,挥笔如流星。"这是唐代诗人李颀赞赏书法家好友张旭的经典诗句。说张旭一时的诗兴大发,在白墙上写诗,挥笔自如,疾如流星。因此唐代三绝有"李白诗歌""裴旻剑舞""张旭草书"一说。借用李欣赞赏张旭的诗形容王蒙《笑的风》的写作风格,恰如其分。《笑的风》一如张旭的狂草,天马行空信笔由缰,忽而如狂风大

---

① 王蒙《笑的风》,作家出版社 2020 年版,第 274 页。

作,忽而如涓涓细流,黑云压城是怒不可遏,阳光明媚是风花雪月,笔走龙蛇是无法之法,从天而降亦有迹可循。就是这洋洋洒洒的话语之流,形成了王蒙多年未变的属于自己的小说风格。布封说"风格即人"。风格是作者全部智力机能的融合与活动产生出的审美感染力,是作者精神面貌的一种体现。说《笑的风》如张旭狂草,但作家王蒙并非狂放不羁。他语言的狂放,亦有节制。进一步说,是在收放自如间,所到之处是恰到好处,而不是无所顾忌一泻千里。这就是"兴来洒素壁,挥笔如流星"。

(原载《解放军报》2020 年 6 月 10 日第 12 版)

(孟繁华:沈阳师范大学中国文化与文学研究所特聘教授、博士生导师)

王蒙长篇小说《笑的风》:笑看历史 依旧青春

贺绍俊

60多年前,年轻的王蒙写出第一部长篇小说,取名《青春万岁》。现在,我才明白,他这是为自己许下的诺言呀!他也真的实现了自己的诺言。60多年来,在王蒙的内心始终鼓动着青春的风帆,在王蒙的笔端也始终跳跃着青春的音符,他通过文学的方式让"青春万岁"在自己的身上成了现实。当他86高龄之后,青春的再一次证明便是他酣畅淋漓地写起了爱情故事,继《生死恋》之后,他的又一部爱情小说《笑的风》很快完稿,这一路上,王蒙情绪饱满,发力了又再发力,他说他"每一粒细胞,都在跳跃""每一根神经,都在抖擞"。我尊敬王蒙,我叹服他是不老的王蒙,但我很快就修正了我的想法,我不能将"不老"这样的词汇用在王蒙身上,因为他的每一粒细胞和每一根神经都洋溢着青春,他是青春的王蒙!

《笑的风》以农民子弟傅大成的爱情故事为主线,讲述了他六七十年来如何在时代大潮的推动、席卷和裹挟下成长为一名著名作家,并经历婚姻、情感的各种波折和变故的。故事线索简单明晰,但讲述这个故事只是王蒙写作的由头,一旦下笔(亦指敲击键盘),他大脑所有神经的闸门全部打开,才思从各个闸门不可遏制地喷涌而出,创造出一个由语言狂欢和想象盛宴构建的恢宏文本。我阅读这样的文本,有一种银河倾泻、飞瀑流泉、酣畅淋漓的痛快感受。这是典型的王蒙风格,过去我读王蒙作品时都会领略到,但在《笑的风》中,这种感受是如此强烈,它密不透风,让人喘不过气来,见证了王蒙风格的无穷魅力。进入80岁高龄后的王蒙在文学写作上丝毫没有衰退的迹象,而是进入出神入化的自由境界。因此他的特有风格得到最充分的表现。这种表现不仅来自他的语言天赋和想象力,而且来自他丰富的人生阅历和人生智慧。

傅大成的爱情来得很突然。当他还在读高中时,就被家长包办婚姻娶了农村姑娘白甜美,他与白甜美说得上是"先结婚后恋爱"的一对儿,他们有了自己的儿女,生活很幸福。但傅大成成为著名作家后,与作家杜小鹃有了自由恋爱的机会和愿望。经过一番周折，傅大成与白甜美离婚，与杜小鹃结婚了。但与杜小鹃生活了十余年后，傅大成还是与她办理了离婚手续。最后傅大成来到白甜美的墓地，感慨良多。王蒙并没有孤立地写傅大成的爱情故事，他把傅大成的爱情之旅贯穿在共和国之旅中。既有个人情感的"小我"，也有国家民族和时代的"大我"。王蒙也借助这一巧妙的构思，尽情地抒写了自己对于历史的认知和人生的感悟。而王蒙对于历史的认知和人生的感悟可以概括为一点，即乐观的人道主义。

有学者认为，"王蒙是一个伟大的人道主义者"，"人道主义是贯穿王蒙整个创作过程的最核心的东西，也是最具生命力的东西"（温奉桥语）。我非常认同这一评价，同时我还认为，王蒙在数十年的创作生涯中逐渐形成了一种独特的人道主义，这种独特性在他晚年的创作中更加突出和鲜明，我把它称为"乐观的人道主义"。从 20 世纪 50 年代初期开始文学创作起，重视人的价值，维护人的尊严，就成为王蒙小说的基本主题。但同时我也发现，王蒙的人道主义具有明显的乐观性。他是以一种积极和乐观的态度去观察世界、历史和人生的，乐观性也是他坚定的理想主义在人道主义精神上的具体呈现，相信理想终将成为现实，光明一定会取代黑暗。他在文学中热情张扬和讴歌人道主义精神，他善于发现人世间那些人道主义光芒，人道主义光芒也让王蒙的文字变得格外的明亮。"笑的风"，就是乐观人道主义带来的风。

王蒙以乐观的人道主义回望新中国 70 年的历史，看到了人民的力量和智慧。小说从 20 世纪五六十年代写起，这是中华人民共和国成立初期，人民当家做主人，王蒙写出了这一时期朝气蓬勃的时代特征。主人公傅大成也因为得到资助农家子弟的扩大招生助学金而重入校园，他迎着疾风一路高歌，考上外语学校，毕业后又到 Z 城成为一名边事译员。白甜美同样感受到朝气蓬勃的时代气息，她以一双贤惠的手和高超的厨艺将一个家庭操持得温暖如春，让一直不满意包办婚姻的傅大成在听到儿子出口成章朗诵出"穿棉袄"的诗歌时，也心生愧意。对于"文革"十年的叙述，更显出王蒙乐观人道主义的独到眼光。王蒙写傅大成与白甜美一家成为 Z 城广交朋友的地方，大家在这里品尝白甜美精心做的美食，大家又相互帮衬，互通有无。王蒙赞叹道："他们是真正的成功者，他们是能干的老百姓。"王蒙是将傅大成和白甜美看作"文革"中的逍遥派来描写的。王蒙写道："为什么出现了逍遥派，出现了那么多自由与任意、靠边站的不甘与靠边后的轻松如意，还普遍有了度假感娱乐感自主感……中国人民的顺水推舟的智慧哪个能比呢？"在王蒙看来，逍遥派就是人民应对那个动荡、荒诞年代的智慧方式,有了人民性的逍遥派,才有了社会"平实平稳平衡的三平"。傅大成和白甜美也就是在逍遥派的生活方式下"平安幸福地度过了动荡的年代"。20世纪80年代最重要的变化莫过于改革开放,人们的生活发生了变化,观念也发生了变化。这种变化也明显体现在傅大成与白甜美的身上。白甜美发挥自己的优势,开办了Z城第一家棋牌茶室,"小地方小人物小茶室随着历史的节拍而摇曳多趣"。傅大成的文学才华得到充分发挥,他融入文坛,感受着文学观念变化的风起云涌。王蒙还用详细笔墨描写傅大成的出国之旅,这既可以尽情展现傅大成与杜小鹃爱情的孕育和酝酿,也能直接反映国门打开后国人在外来文化的浸润下开启心智的时代之风。当然观念更新的结果不仅是文学的多样化发展,也使傅大成与白甜美离了婚。20世纪90年代中国全面推行市场经济,经济发展的速度越来越快,人们生活的节奏也越来越快。"速成,所以,速灭。生活的发展,快得你眼花缭乱。"这时傅大成已与杜小鹃正式结婚,王蒙写他们的婚姻和爱情也卷入到快节奏之中,"随着全球化信息科技的进化而进化",可是"大众化的同时还有肤浅化与闹剧化",王蒙便感叹道:"发展的飞速使他头晕目眩了哟。"进入21世纪,傅大成的爱情也进入了沉着期,他为了让杜小鹃更好地与她早年遗弃的儿子一起生活,主动和杜小鹃办理了离婚手续。他有了更多机会对自己的一生进行反思。傅大成也像王蒙一样具有乐观人道主义精神,他在反思自己一生时显得十分潇洒,他觉得与古人和前辈们比,"我们就算活得有声有色的了,我们比古人差的不是环境也不是运气,是自己的本事、智慧和品质"。总之,王蒙为我们提供了一部内容丰富、信息密集的长篇小说,它既是傅大成从一个农家子弟到著名作家的成长史和爱情史,也是新中国70年成长壮大辉煌历史的一种充满明快和谐趣的变奏曲。

王蒙的乐观人道主义并非盲目乐观,并非只看到光明面而看不到黑暗面,更不是说他因为乐观就放弃了文学应有的批判功能,而是说他从乐观人道主义出发会有另外一种处理黑暗和批判的方式。这种方式又与王蒙独特的文学风格构成了最佳状态的无缝对接。在共和国的历史进程中,我们遇到过问题,经受过挫折,这些问题和挫折也影响到傅大成的人生命运。王蒙写到这些问题和挫折时,采取了一种自我解嘲和戏谑的方式。如傅大成在20世纪60年代被批为有资产阶级和小资产阶级思想,在这种大环境下只能停止写作。但这倒是促成他在修理自行车上自学成才,靠为大家修自行车密切了与各方的关系。王蒙以自我解嘲的口吻说:"家有图书腹有读书万卷,不如红尘俗艺随身,他就是'劳动创造世界'这一历史唯物主义根本原理的样板与形象代言人。"又如写到20

世纪 80 年代初社会发生根本性变化,过去被禁止和压抑的各种文艺样式都能够充分展现时,王蒙又捎上一句:"20 世纪后半世纪的中国,出来多少赤脚医生、赤脚作家,还有赤脚政治家啊,呵呵,而 20 世纪 80 年代后,也不知怎么的,赤脚诸君,都穿戴起靴鞋来了,或者悄悄蔫蔫地告退了呢。"短短一句话,却蕴含着非常丰富和深刻的历史反思性,看似戏谑的文字却透出一种思想的严肃。

王蒙一贯的、在 80 岁高龄后愈演愈烈的乐观人道主义有力地证明了其是永葆青春的。也就是说,乐观人道主义是王蒙青春焕发的直接结果,乐观人道主义也最充分阐释了王蒙的青春内涵。我想就王蒙的青春内涵多说几句。王蒙是在新中国诞生不久开始写作的,当时他还不满 20 岁,一个是青春的王蒙,一个是青春的共和国,两个青春重叠在一起,王蒙内在生命的青春力在新中国朝气蓬勃的时代精神的灌注下获得了自然生理向社会心理的升华,使他的青春具有特定的精神内涵,它意味着信仰、信念和理想,意味着为理想而永不放弃地向前进。他于是写下了《青春万岁》,他写中华人民共和国成立后的中学生,心情是那么的阳光,青春是那么的飞扬,他们就是共和国和时代的象征。这种代表一个时代本质的青春内涵就凝聚在王蒙内心,哪怕命运不断遭遇挫折,思想困惑不断生成,但青春内涵难以从他内心抹去,只会变得越来越沉稳和成熟。新时期之初,王蒙的青春重新焕发,当时文学"解冻",各种思潮各种观点纷至沓来,但王蒙以一个庄重的布尔什维克的"布礼",再次擦亮青春的信念和信仰底色。在《活动变人形》中,王蒙揭示民族性格的痼疾,反思中国知识分子的弱点,青春则像一股潜流涌动在叙述背后,他由此撇去了青春表面的飞沫,让青春紧贴着大地。如今王蒙 86 岁高龄,青春更加轻盈,更加飞扬。因为在他的内心,信念、信仰和理想更加坚定,更加明晰,这一切在《笑的风》中得到了充分的展示。他为自己的青春而骄傲,其实也是在为自己一生坚守的理想而骄傲。他因为骄傲才变得如此地乐观,为文学而乐观,为未来而乐观。王蒙喜欢普希金的诗歌,他在小说中多次引用普希金的诗《假如生活欺骗了你》,我想起普希金的另一首诗《预感》,诗中说:"是否让我骄傲的青春/以坚强的耐力/迎接它的来临?"这句诗用在王蒙身上再贴切不过了。王蒙的青春就是一种"骄傲的青春",他以骄傲的姿态再一次扬起了青春的风帆。

(原载《文艺报》2020 年 7 月 8 日第 2 版)

(贺绍俊:沈阳师范大学中国文化与文学研究所副所长,教授)

饕餮季节的爱情书写

——读王蒙先生新作《笑的风》随想

卜 键

饕餮，在古代汉语中义项颇多，今天一般用指饮馔之嗜。这个并非常见的词在《笑的风》中反复出现，至卷末才揭出来历，曰：

> 多么有趣啊，一个网络的"小编"居然混淆了耄耋与饕餮，将一位知名人士的进入耄耋之年写成进入饕餮之年，多么快乐呀，八十岁时候痛痛快快地进入了大吃大喝的饕餮之年喽。①

被称为"进入饕餮之年"的知名人士，并非王蒙先生，却是一个编辑对他亲口所讲，觉得好玩儿，常也借以自谑。其底色仍是那容易读错的"耄耋"，而意外与"饕餮"的置换混搭，也别有一番韵致：几年前就已耄耋的王蒙先生，依然在痛快淋漓地阅读和写作，书写–代人的爱情，为之沉迷陶醉、感叹唏嘘，也对之烛照幽微……

如果说《笑的风》是对作家群体的爱情取样，是一道丰盈的生命和精神大餐，而王蒙的饕餮，并不限于本书。

风行水上之文

《笑的风》以作家傅大成的婚姻爱恋为主线，情节上并无奇诡繁复的设计，如唠家常，如话桑麻，起承转合一气而下，如风行水上，自然成文。

起写出身寒素的傅大成爱好创作，高一时听从父母安排，与年长 5 岁的白甜美结婚，很快有了一子一女。后来读大学，到外地工作，长期分居后一家团聚，妻子贤惠勤勉，儿女读书上进，小日子过得有滋有味，文学创作上也名声渐起。

---

① 王蒙《笑的风》，作家出版社 2020 年版，第 273 页。

　　对于这桩包办的婚姻,傅大成难免耿耿于怀,而妻子的心底也始终潜存着忧虑戒惕。作者写傅大成很少归家,写白甜美眉头常锁和沉默寡言,写了儿子小龙的读书癖以及他为爸爸回家写诗和朗诵《卖火柴的小女孩》,也写到女儿小凤在倾听时的哭泣嘶喊:

　　小凤只比哥哥小一岁半,她听了小龙背诵《卖火柴的小女孩》的一段话:小女孩儿只好赤着脚走,一双小脚冻得红一块青一块的。她的旧围裙里兜着许多火柴,手里还拿着一把。这一整天,谁也没有买过她一根火柴,谁也没有给过她一个钱。这时小凤受不了啦,她突然喊了几声:"让她暖和一下!""暖和一下!""暖和暖和她!"在家乡,人们说暖和时候的发音是"攘活",最后一个活字读轻声的话,更像是说成"攘嚯"或者"攘花"。①

　　这是一家人难得团聚的时光(本想说"幸福时光",斟量之下,复将"幸福"删去),写得十分自然与动情。10岁的小龙聪颖好学也有些敏感早熟,他在诗中为何添加"爸爸为我穿棉袄"的乌有之事?为什么选择朗诵《卖火柴的小女孩》?作者不言,为读者留出想象空间。

　　看到大成对儿女的疼爱,甜美似乎找回了信心,这个家庭在 Z 城也真的度过了一段幸福时光。那是特殊时期的个例,是整体匮乏时代的生存技能和智慧。朋友拎着一瓶伊犁大曲来访,作者用了"居然"二字,一下子让我辈忆起其在地瓜烧流行的当日该多么隆重,而家中毫无准备,"在傅大成狼狈不堪之际,甜美找出一根剩油条,一根大葱,半个萝卜,一块姜,还有一节酱腌乳黄瓜,居然还有一个鸡蛋松花,白氏土造,三切两拌,撒盐滴油,十分钟后,二人小坐小饮,其乐融融,其味幽幽"②。这大约就是今天所说的"小确幸"吧?改革开放后,两个孩子考上大学,甜美的生意风风火火开了张,大成的创作也声名鹊起。

　　承是大成在京沪与女作家杜小鹃相遇相知,鱼雁往复,并由此引发白甜美的警觉与试图阻止,小龙小凤的恳求诘问。大成确曾想切断这段感情,但未能做到。

　　这是两个作家的爱情,是惺惺相惜,应也是傅大成久远缺憾的突兀补偿,可书中浓墨皴染的却是他的犹豫、躲闪、排拒和负罪感,是相会时的热烈忘情和分别后的复归冷静。王蒙写不擅女红的小鹃手织手套相赠,写甜美的洞察秋毫和采取熔断措施(告知子女),写大成对小龙小凤的否认遮掩……小龙说的"您如

---

① 　王蒙《笑的风》,作家出版社 2020 年版,第 24 页。
② 　王蒙《笑的风》,作家出版社 2020 年版,第 39 页。

果做出不合适的举动,您会毁了这一家,您一定会先毁了妈妈,毁了您自己,毁了阿凤与我",小凤说的"如果你对不起妈妈,就别想着我们还能对得起你",都是那样痛切,让他猛醒,"决绝地停止了与小鹃的通信,而且寄去了一封信,信纸上只写了一个'不'字,加一个惊叹号'!'"。京城作家杜小鹃紧追不舍和一往情深,而文学又为此插上翅膀,兹引其《只不过是想念你》第一段:

只不过是想了想你,

没能忘记,

没希望、没要求、没什么戏,

想着你到底是

想我了还是真的没想,

听着你没声儿没语。①

傅大成的确是"没声儿没语",可命运操弄,之后他应邀参加中国作协组织的柏林行,本已打听过名单中没有杜小鹃,结果竟意外相逢,你侬我侬,七天下来已是难解难分。

转是傅大成与白甜美的离婚过程,一场持续数年的司法拉锯战,大成遭到舆论谴责,被逐出家门,在家乡被甜美的娘家人痛殴,不得已离开 Z 城到京师。而法院最后还是判离,大成与小鹃终成眷属。

作者给了白甜美极大同情,特特细记她在法庭上的着装,"英国原装苏格兰式蓝方格乳白底色外套,细薄山羊绒内衣,肥肥大大的亚麻褐色休闲裤子,而且她穿了一双北京市内联升手工千层底坤千缘鞋,纯黑色板绒鞋帮鞋面,耸起的两道埂子,襟口上是一小块朱红线花锁住,纯朴优雅高尚古典"②,更主要的则在于她的气势如虹:

"你请的律师说咱们俩互相没有说过好听的话,你说说,做完摘除胆囊手术,你说过好听话没有?你说过人话没有?你说过实话没有?你说过要对我一辈子好的话没有?你只要说是从来没有说过,我现在就签字,同意接受你的离婚心愿,嘛条件也没有!"傅大成五迷三道地点头不止。③

此乃本书最沉郁的章节,家庭破碎,亲人反目,使得一场轰轰烈烈的爱情黯然失色,使傅大成再无回旋的余地,也成为他心中的不解之痛。

① 王蒙《笑的风》,作家出版社 2020 年版,第 107 页。
② 王蒙《笑的风》,作家出版社 2020 年版,第 153 页。
③ 王蒙《笑的风》,作家出版社 2020 年版,第 158 页。

合(或曰尾声)是白甜美在商业上取得很大成功,但无法消解离异带来的伤痛,后因病而逝;而大成与小鹃情感渐趋平淡,和平分手,在孤寂中思念甜美和痛悔过往。

最后一章《不哭》,80 岁的傅大成在重阳节去给白甜美扫墓,"这一天是甜美的八十五岁冥寿,他准备献白菊花,在甜美墓前长跪,能跪多久就多久,就这样跪死也随缘"①。其是一种从年初就开始期盼,"甜美的在天之灵当然会感觉到,会像天使一样地敲打他也疼爱他,也许终于救赎了他。他还隐秘地盼望着,在梦里能见到甜美,他相信甜美一定会来到他的梦里"②。而大成到了墓地,在挨挨排排的墓碑之林好不容易找到前妻的名字,又被一侧闹嚷嚷的工人干扰,"没好好哭成,也没有跪踏实",一场酝酿已久的痛悼潦草收束,准备好了眼泪竟无由滴沥。

造化无工,是为化工。作者在从容平淡的记述中,让主人公傅大成完成了灵魂的自我救赎。

永远的意识流

20 世纪 80 年代初,文学批评界曾经热议"意识流"的写作方法,王蒙的《夜的眼》《春之声》等小说,被称为"意识流小说"的代表作。而在这部新作中,尤其是在傅大成形象的塑造上,王氏"意识流"仍像是如影随形,不择地而生。

小说一开篇,春夜的风中裹挟着女孩子笑声,恍兮惚兮,令一个高中生的青春幻想(也包括幻听)喷发升腾,乃至于"两眼发黑,大汗淋漓,天旋地转"。类似的晕眩在傅大成一生中多次出现,究其原因,大约都由于意识的涌流量过大。定下神来,大成写了一首关于春风和女孩笑声的诗,想象挥洒,任凭青春的迷思在夜风中漫流,漫过一个中学生的"作家梦"。

在北京中青年作家会议上,傅大成满目新奇,满怀欣悦,"百感交集,往事翻飞。就在这个时候,傅大成两眼发黑,周围的一切开始越来越快地旋转,周围一切像是浸在深深的暮色里,渐渐变成黑影剪影,笑声吵闹声突然远去,渐渐变成呻吟与蚊子的扇动翅膀,不好,傅大成晕眩过去了"③。优秀作家大都是思绪翻飞,而意识流过强导致的眩晕或曰无意识,似乎是大成的个人特色。

---

① 王蒙《笑的风》,作家出版社 2020 年版,第 269 页。
② 王蒙《笑的风》,作家出版社 2020 年版,第 269 页。
③ 王蒙《笑的风》,作家出版社 2020 年版,第 51 页。

第六章,被京师万象整晕,被诸般美馔整出胆囊炎的傅大成,感动于甜美的倾心照料与吐露隐衷,钻到妻子怀里,哭得鼻涕眼泪,意识又止不住奔流:

让自由恋爱的人自自由由地去爱去抱去离去骂去乱去下药去动刀闹它个天翻地覆出窍涅槃吧;让没有得到自由的爱的人也爱他或她的能爱,搂他或她的能搂,舒服他或她的能舒服,抱怨他或她的想抱怨,哭着骂着也还要抱在一块儿,得了便宜也还要卖乖,窝囊着也还要尽兴吧。①

或也只有这般密集拥塞的文字,才最能呈现大成此刻的纷乱意绪。他爱上妻子了,即使在睡梦中,也陶醉在迟到的深爱中,呓语着"我爱白甜美",让妻子哭得个稀里哗啦。

第十章,上海之行归来,大成与小鹃的私情被甜美觉察,小龙小凤一起找爸爸谈话,大成先是给孩子大讲文学,接下来感伤流泪,想到自己的不得体,然后,居然是:

他想起了与小鹃在一起的大上海快乐时光、欢笑时光,对话机锋,诗歌小说,旁征博引,尤其是翩翩起舞。与小鹃共舞的快乐如同进入了神仙世界,音乐响起,节奏清晰,美女在怀,美情在心,美步在足,美意在搂腰的手,文质彬彬,文明优雅,文思如酒,文学与音乐,朋友与社交感每分每秒都令人骄傲陶然,也不无飘飘然。②

怎么办呢?不管是意识的顺流、溯流、横流,又怎么控制呢?大成的思绪再陡然一转,流向妻子白甜美:

而这个女人是一个无知却又聪明,无教而又忠诚,无恋爱而又温热如夏天的风,无尊贵意识却自有道理、自由主意、精明如商、技能武装、顶天立地、绝非等闲的角色。是一个时时让他敬、让他畏、让他依靠、让他馋嘴的大媳妇,又是一个永远无法与他对话与他交流与他互触灵魂的纯洁得贫乏、天真得愚蠢、忠诚得简单、廉价得好使好用少情欠趣的媳妇。③

第十七章,被法庭驳回起诉的傅大成回到故乡,心中已做好离不成婚的准备,"认真打一次离婚,是他对小鹃的道义责任,是他必须的担当,败诉驳回,头破血流,也好,他们当然必须听法律的听国家的听权威的,他只能服从。干脆败诉,听命于败诉,哈哈,其实不见得不是",而就在这种"摇摇摆摆"欲走还留之

---

① 王蒙《笑的风》,作家出版社 2020 年版,第 61 页。
② 王蒙《笑的风》,作家出版社 2020 年版,第 95 页。
③ 王蒙《笑的风》,作家出版社 2020 年版,第 97~98 页。

际，白家的大队人马来了，将他一通痛殴。作者写道：

挨完揍，他一下子怔住了。突然，他重新意识到了什么是现代化，为什么需要现代化，还有什么是前现代与半现代化。调解、调解，既然是调解，为什么上来了殴打？承认情，其实是为了融解与泛化爱情，讲恩爱是为了把爱情变成施恩与报恩的社会义务，最终是为了压抑与解构爱情。①

一场群殴堵塞了大成的退路，使他变得决绝。走笔至此，王蒙先生不免感慨叹息："可怜的白甜美啊，她在这个关键的时期，恰恰犯了一个许多自觉冤屈的女性多半会犯的大错误。"

与小鹃结合后，大成并不全是快乐的，常会想起前妻，想到原来的家，偶尔会发出一种奇特的怪叫惨叫，并伴随着大小规模的颤抖，应也是意识流作祟。第二十四章，小鹃的私生子前来认母，仪表堂堂，学业有成，唤醒了小鹃的母爱，令她激动迷醉，找来大厨为儿子做饭，而大成却突然闪过了一个念头：

再什么大厨什么四十一年未见的亲儿子什么哭哭笑笑什么花了一万八千，做出来的菜也赶不上白甜美顺手一拨拉的白菜粉条与肉片烧茄子，一边待着去吧，菜肴里的灵性天机，与学历与职业教育证件与工钱无关，与出手大方更不相干，甜美的手艺你们谁能摊上十分之一呢？他的想法使自己打了一个寒战。②

这是端坐时的灵魂出窍、应酬间的思飞天外，魂灵之爱与魂灵之痛，已然在意识的溪流中混为一体。

假如……

还是在 2003 年的秋天，中国海洋大学举办关于王蒙的国际研讨会，有很多作家、文学评论家聚集青岛。张贤亮的发言中有句话至今犹记，道是："王蒙是没有绯闻的。"据说这位已故大作家本是要批判"作家无绯闻论"的，登台后心念一转，改为赞美王蒙对婚姻家庭的忠诚。他未能看到《笑的风》，一本写爱情不专一的书，一个以家庭破碎、亲情撕裂为代价追逐爱情，得到了，结合了，又复分手的故事。小说主人公当然不会以作者为原型，却也分明可见些许影子，不经意间流显出王蒙的唇吻口角，尤其是那股子不时流露的执拗、二杆子劲头——这话出诸他的一位老秘书之口：有人竟然说王蒙圆滑，他们哪里知道王蒙的简单、真率、轻信、易冲动，有时还有点二杆子劲儿。

---

① 王蒙《笑的风》，作家出版社 2020 年版，第 163 页。
② 王蒙《笑的风》，作家出版社 2020 年版，第 219～220 页。

至于我,却觉得王蒙与普希金有几分相像,觉得《笑的风》与《叶甫盖尼·奥涅金》隔代相通,所拟《只不过是想念你》等诗句,也显得色泽仿佛。在本书导言中,王蒙说"甚至于我想到本书可以题为《假如生活欺骗了你》",而封面上那个一半中文一半俄文构成的心形图案,也密匝匝写着:

假如文学欺骗了你,

假如爱情欺骗了你,

假如小鹃欺骗了你,

假如你欺骗了甜美

阿龙还有阿凤

你不但伤心

尤其乱心

闹心慌心

刺心扎心

撕心……①

这些文字纷乱地写在略呈破碎的"心"上,见诸书中第二十六章,大成在家中苦盼妻子自广州归来,而小鹃则由于孙子碰伤未上飞机。一向敢爱敢恨、有些前卫和浑不论(cè)的她,已变成一个慈祥老祖母,到儿子家一住经年,留下大成独守空房,每日浮想联翩:"他想着甜美的去世,这么早就与他天人相隔了,他想着现在的妻子小鹃一别十个月,说好了,说是到机场了,仍然不见回,不回来也不说一声,他为了小鹃毁坏了自己的四口之家,然后小鹃出来了一个天晓得的儿子,然后她变了一个人。"②蓦地里烧天蓦地里空,二人之间那曾经的热烈,的确是在"一点点耗散与衰减"了。

作家的爱情和婚姻,与普罗大众会有什么不同吗?

改革开放 40 余年来,中国的发展成就有目共睹,而对爱情婚姻家庭的观念,并未见根本性改变。为什么?因为无须改变,追求真爱和有爱的婚姻家庭,一直是中华文化的主旋律。其关键或也不在于是自主还是包办,而在于能否爱得长久、过得幸福。譬如唐代元稹的《莺莺传》写了一段自由、热烈的爱情,其结局则是"始乱终弃"。元代王实甫将之改编为一代名剧《西厢记》,提出"愿普天下有情的都成了眷属",让二人经历曲折,终得结合,却没写这个婚姻将走向何

① 王蒙《笑的风》,作家出版社 2020 年版。
② 王蒙《笑的风》,作家出版社 2020 年版,第 240 页。

方。这也正是王蒙新作的着力之处,精深警策之笔:大成与小鹃的爱情修成了正果,也走向了终结,没有争吵,没有背叛,甚至也说不清谁是谁非,爱就那么一点点在日常生活中流失了。这是我看过的最冷静透彻的爱情书写,也是对于爱情和亲情孰深孰浅的省察凝思。他没有给出结论,却提供了一个例子。大成在迟迟疑疑、徘徊反顾中离开了原来的家,割舍了儿女亲情,假如让他重新选择,应是不会再这样做了。而小鹃并无机心,有的只是思念和等待,是为了爱对一切的不管不顾,又哪里会想到对方的子女?而今自己的儿子来了,始知母子、祖孙之情的力量如此强大。她对大成的爱似乎仍然存在,却也只能说是残存了。

生活中的王蒙极重爱情,也极重亲情。曾听他说起,疫情期间每周与散布各地的子孙们在网上开主题音乐会,练习和演唱不同时期、国别的歌曲,听着都觉得温馨。王蒙显然对白甜美寄予了更多的同情,而笔下的杜小鹃也绝非坏人。她从来没想去欺骗傅大成,就像普希金的诗和王蒙的演绎阐发,是生活欺骗了他,是爱情欺骗了他,当然也包括她。

是啊,生活实在是太繁复丰饶了!《笑的风》提示我们,别太相信那些口号化、标签化言辞,即如婚姻,父母包办的可能一生幸福,个人自主的也会半途而废。如果权且把这些称为欺骗,生活中的"欺骗"常又化身亿万,包括被欺与自欺,也包括不知珍惜,身在福中不知福。傅大成的小日子本是安定、富足、舒适和有利于文学写作的,是幸福的,由于不知珍惜,出离家庭,再走向孤寂凄清。这是本书带给人们的另一种启示,对普希金的诗,也可以反其意而歌之,曰:

假如生活善待了你,

请不要……

傅大成与白甜美、杜小鹃的故事令人感慨唏嘘,三个人都曾一往情深,曾经承受折磨而竭力试图挽回,而命运之神却做了另外的安排。王蒙先生在跋文中写道:"生离死别,爱怨情仇,否极泰来,乐极生悲,逢凶化吉,遇难呈祥,冷锅里冒热气,躺着岂止中枪。一帆风顺带来的是更大苦恼,走投无路说不定造就了一往情深,如鱼得水。相濡以沫还是相忘于江湖,忘大发了会不会抑郁症。"①这就是世相世情,这就是人生,不仅现在,过去未来应也不会有大的差异。

像是要回应坊间议论责难的不绝如缕,王蒙的阅读写作从未稍息,他引以为豪的是至今仍身处劳动的第一线,黎明即起,读书写作,锻炼身体,日复一日,不断推出新作品。他岂能感觉不到衰老的逼近?对"耄耋"与"饕餮"的调侃中

---

① 王蒙《笑的风》,作家出版社 2020 年版,第 274 页。

岂无几缕感伤？却是殷殷自励：

那就发力吧，再发力吧，用你的魂灵肉体生命耄耋加饕餮之力，给我写下去！①

这就是王蒙先生，是处在其创作的饕餮季节的王蒙，是他的精神峰巅也是他的日常功课，是一曲历久弥新的青春和奋斗的歌。

珍惜王蒙。

（原载《人民政协报》2020 年 7 月 6 日第 8 版）

（卜键：国家清史纂修领导小组办公室原主任）

---

① 王蒙《笑的风》，作家出版社 2020 年版，第 276 页。

王蒙《笑的风》的几种解法:
个人生活与时代史诗的交响

龚自强

必须得说,即便王蒙在既有的小说创作中已经穷尽了诸多小说探索的路径,即便评论者们已经对其既有小说创作做出种种极有分量,且不乏恰切的定论,此刻呈现在我们面前的《笑的风》依然是一个既新颖、复杂且十分优秀的文本。作为一个小说文本,虽然仅从篇幅判断,它很难与"厚重""宏大""巨型"取得联系,但就其文本所容纳的社会万象之丰富、驳杂、广阔、纵深,就其语言所呈现出的巨大、广博、复杂的"播散"性以及就其所探讨、评论、讨论的种种议题所达到的深度、广度与厚度而言,它又的确具备了鸿篇巨制的要素。

在这个意义上,《笑的风》以"短小精悍"的小长篇的格局显示了王蒙小说的新的可能,无疑也为当代文学提供了一种新的长篇小说的结构方式。它不仅对王蒙而言是重要收获,对于当代文坛来说也是一个重要收获。在当前重型长篇小说铺天盖地之时,《笑的风》无疑提示人们长篇小说的宏大并非顺着时间线条对内容做简单叠加即可实现,而是重在如何在有限的文本长度内调动才华与情思,写出"无限"的、厚重的内容,并在其中沉淀有分量的生活与思想。

某种程度上,《笑的风》既是傅大成个人的生活史诗,也因为其语言"洪流"在心理维度上的巨大辐射面而具有了时代史诗的品格。在插科打诨、意识飞转、亦庄亦谐的语言"洪流"中,《笑的风》往往歪打正着,突然就刺中了时代的病症或个人生活史中那些异常尖锐的部分。我们可以将其看作对傅大成一生经历的叙写,然而从另外的角度看,傅大成也许充其量只是一个时代的"中间物"或"棱镜",他更多只是透视时代的一个"中介"罢了。傅大成的生活尽管有一定的细节铺垫,但仔细看来所有对于他生活细节的描写都具有一定程度的"典型性"。傅大成与王安忆《叔叔的故事》中的"叔叔"有些相似,但与王安忆更多从"我"的视角审视"叔叔"并因而发现诸多关于时代变迁的震惊发现不同,《笑的风》坚持追踪傅大成,视点始终在傅大成身上,是从傅大成的角度探讨时代变迁。某种程度上,傅大成、白甜美、杜小娟乃至阿龙、阿凤、立德等人物形象都有些类型化,显得有些个性不清,但与此同时,傅大成所经历的从 20 世纪 50 年代到当下的时代巨变及其每一阶段的特征却十分清晰,充满了丰富驳杂但很精确细致的细节。

他又暗自庆幸跳跃,瞧他这一辈子,怎么什么都赶上了啊,全活啊,封建包办的婚姻,现代派的文学写作与出游,二战、朝鲜战争、千秋万代的中苏同盟与苏修亡我之心不死,性突围与婚姻再造接着是性冷淡,打麻雀与非典,后现代的千奇百怪……①

这一段话很能表征《笑的风》在傅大成个人的心理活动与时代巨(具)象之间的微妙衔接。这些跳跃性的词汇彼此中断,但又彼此相连,共同串联起一幅不乏时代细节的宏大画面。王蒙在这些看似杂乱无章的词汇之间描画出一种精准的时代画像,所有这些属于个人心理范畴的庞大语流汇聚一起,足以使这幅时代画像不断完善,细节丰满且囊括众多。傅大成更多是作为时代芸芸众生中的一个代表被聚焦,重要的不在于他的人生实际历程如何(虽然这也同样是很重要的部分,很多叙事内容建立在此基础上),重要的在于他的人生实际历程所表征或折射出的时代芸芸众生的总体生活状况以及时代的总体状况等。

同样,我们可以将其看作对爱情问题的探讨。毕竟小说题目"笑的风"某种程度上就是春情荡漾的同义词,是为女孩子的笑声。或可因此而将"笑的风"解读为爱情之风。

大成没有姐妹,邻居没有女生,女孩儿的笑声对于大成,有点稀奇与生分。这次夜风吹送的笑声清脆活泼,天真烂漫,如流星如浪花如夜鸟啼鸣,随风渐起,擦响耳膜,掠过脸孔,弹拨抚摸身躯,跳动思绪。风因笑而迷人,笑因风而起伏。②

正是青春期的大成,因为这次偶然听到女孩儿的笑声而陷入爱情问题之中,命运因此而被剧烈改写。这一切可能都是无从预料的,但春风飘扬之下,"喜"自然而然从天而降,傅大成的一生就此与一个叫白甜美的农家女子结下缘分,却也是无可拒绝,无可颠覆的。日后傅大成因不堪忍受继续做"背着封建包办婚姻包袱的可怜虫"的宿命而决心自我改命,与志趣相投的杜小娟自由婚恋,却注定要经历万般曲折,并在此过程中屡受生活的教训,遍尝人间情爱的悲欢。

---

① 王蒙《笑的风》,作家出版社 2020 年版,第 209 页。
② 王蒙《笑的风》,作家出版社 2020 年版,第 2 页。

值得一提的是,对杜小娟产生强烈好感的时候,傅大成仍是感受到强烈的"笑的风"("人生究竟能有几次这样的快乐时光? 是畅想,也是决议,是好梦,也是日程……可以乘风高呼,快乐的风啊,快乐的风啊,大笑的风啊!")的鼓荡。由这个视角出发,小说对傅大成与白甜美之间不平等爱情的温情与苦涩给予了令人心痛的表现,对傅大成与杜小娟之间平等爱情的飞扬与重归平实寂寥给予了令人叹息的表现。对于傅大成来说,白甜美与杜小娟代表着两种爱情模式,联系着两个不同的时代,也体现着两种不同的爱情观念,但到了最终,其实都是他的无价之宝,没有优劣。

爱情是小说一个不容忽视的关键词,傅大成的一生也可以看作为情所困的一生,但对于爱情的追求却更大程度上指向了关于爱情本义的澄清与辩说,指向了爱情的消亡与解构,其间又有多少无奈,多少心酸。由此出发,我们也可以将小说看作探讨人之命运不由自主,从而随波逐流听从命运的召唤也就成为一种突出"现实的"活法的作品。傅大成的一生不乏自主选择,但更多的还是不由自主,被时代裹挟着脚步匆匆地走着。从不期然成为"青年农民秀才",走出封闭的、固定化的农村生活万年不变的传统格式,开始接触到外面的、现代化的世界算起,客观地说,傅大成的生活发生了多么巨大的变化啊,因此他又是多么骄傲自豪、激动满怀啊。这一切都与傅大成是共和国的新生、现代化的推进等历史巨变的见证者与参与者有关,傅大成的看似不由自主的任命运摆布的生命历程,实则与其在共和国的新生中乘坐现代化这辆快车"乘风破浪"阔步向前是同一个历史过程。这样的命运,确是独此一份。

某种程度上,《笑的风》通篇洋溢着的那种一往无前的乐观精神、自信气派均来自傅大成这种与有荣焉的参与到伟大历史进程中来的主人翁感。这就是《笑的风》介入现实的方式。一方面是恰好逢着了一个伟大的时代,这主要是就1978 年以后而言,为此小说不惜大幅度挤压新时期以前的生活比重,仅以"动荡年代的平安与幸福"来总结 20 世纪 50 年代至 70 年代傅大成的个人小日子,一定程度上让时代远去。似乎是在政治气息最为浓烈的时间,反而是白甜美的厨艺和傅白二人日常生活的小细节成为时代的主要内容。另一方面,则是参与到伟大时代的颇值得一书的主人公自豪感。根据中国当代作家的年龄分层来判断,傅大成算是"归来作家"的一位,那种能够参与到共和国伟大历史进程之中的主人翁感比之于此前和此后的作家来说,确实是更加硬气一些。不仅如此,王蒙还让傅大成乘着现代化的东风获得了参与世界历史伟大进程的主人翁感,风头可谓一时无两:

　　伟大的世界、伟大的格局,两个阵营,社会主义、资本主义、帝国主义、修正主义与各国反动派……在这些大人物大时代大事件中,傅大成这样的草根,竟也与闻其事其盛,似乎离大国大事日益亲近。他正在成为世界公民,他正在成为人五人六。①

　　此外,《笑的风》未尝不可以视为对于生活的欺骗性的辩证思考过程。在对于漫长岁月的回望中,它果断地将批判矛头从生活转向自身,从而达成与生活的和解。因此,这又是一篇关于和解的小说,是傅大成对于自己一生曲折进程的和解,也意味着个体对于自己所历经的生活、时代、社会的和解。《笑的风》最终提示我们去思考一个问题:不是问生活如何欺骗了自己,而是问自己如何欺骗了生活。正是这一视角的改换,极大解放了讨论空间,使得生活与个体可能复归其本来的位置。

　　生活又如何可能欺骗自己呢?是自己常常过高估计了自己,那不是自己在欺骗自己吗?人生有高有低,有喜有悲。有聚有散,有兴有灭,你能不承认你不喜欢的一切吗?你能不从不仅是正面的而且是侧面反面的一切中认识人生的魅力与庄重,也认识历史吗?②

　　在我看来,这里体现出来的朴素的生活观与历史观,才最终完成对于生活的欺骗性的辩证性思考,也才真正达成与生活和解的关键共识。王蒙的小说自有其语言"狂流"、不择路径的一面,但在这样的瞬间,我们总是必须认真地停步、驻足、仔细欣赏品味,以不错过这常常看似平实的大智慧。

(原载《中国艺术报》2020 年 7 月 31 日第 3 版)

(龚自强:博士,中国艺术研究院助理研究员)

---

① 王蒙《笑的风》,作家出版社 2020 年版,第 120 页。
② 王蒙《笑的风》,作家出版社 2020 年版,第 264 页。

《笑的风》:晕眩的奇幻之旅

邢　斌

叙事美学的原动力到底是源于推陈出新而陌生化,还是因创作者内心情绪的喷射而戛戛乎独造,此问争鸣百年,各出妙解而未有定论。今年王蒙于 86 岁高龄推出长篇小说《笑的风》,又为这一讨论奉献了崭新的案例。

这部新书是一部微型史诗,既委婉又荒诞,因悠长而深邃。这一切,都源自男主人公傅大成的"晕眩症"。

傅大成天生"晕眩"体质。甫一亮相,他就遭遇到了生平第一场晕眩症。根正苗红的农家子弟傅大成此刻年方十七岁零七个月,在"起夜如厕归来的毛毛雨路上"被一阵"令他闻声起舞、恨不得满地打旋的女孩子的笑声"击倒在 1958 年的春风里。对于傅大成来说,"晕眩"可能比他写的诗更直白:身体直接发言,谢绝语言转述。傅大成的"晕眩症"初试啼声,听起来就像命运电台偶然的一声啸叫,其隐蔽的象征意味还需主人公用一生时间细细掂量。

1979 年北京中青年作家会议的春风解冻了傅大成滞涩的文学梦。"农民秀才"傅大成由鱼鳖村而进 Z 城,"文艺女神"杜小娟的出现又进一步提升了这场奇幻之旅的强度,导致他第三度晕眩。文学世界中,一切疾病皆是隐喻。在王蒙笔下,晕眩症不仅仅是肉体上的异常,也是一场撼动心理地壳板块的地震、一种被规训与惩罚激活的精神结构的打破和重塑。傅大成天生晕眩体质,敏锐亢奋、能诗善书,但也特别容易吸收自身难以消化的震波,以致晕成了习惯、晕成了常态。阴差阳错,他第四度晕眩于德国柏林,"滚石击打爱情生猛"的傅大成终于还是被杜小娟收入囊中。

翻开中国现代文学正典,上一位著名"晕眩症人"的档案还得上溯到 20 世纪 30 年代的《子夜》。茅盾在这部巨著的第一章将重音放到了"吴老太爷"身上:

天哪! 几百个亮着灯光的窗洞像几百只怪眼睛,高耸碧霄的摩天建筑,排山倒海般地扑到吴老太爷眼前……头上都有一对大眼睛放射出叫人目眩的强光,哦——哦——地吼着,闪电似的冲将过来,准对着吴老太爷坐的小箱子冲将过来!

"吴老太爷"的晕眩是一场"现代性应激反应":工业时代的"怪力乱神"远远超过了老夫子想象力的极限,吴荪甫的理想反而要了自己父亲的命。

机械工业不但重塑了我们的外部生活方式,也重塑了我们的内部精神结构。这场巨变刚在地底涌动,本雅明就敏锐捕捉到了它的震波。很显然,活在现代中国的傅大成一生穿越了欧美参照物中数代人的历史单元,不可能再以普鲁斯特的方式缓慢地消化自己过山车般的震惊体验。

傅大成最后一次晕眩则带有身体的意味。75岁的傅大成在漫长的等待中悲从中来:一端是回不去的故乡,另一端则是身在广州的杜小娟,儿孙绕膝,忙碌并快乐着,仿佛触手可及而又遥不可至。

王蒙在20世纪80年代初发现代叙事之轫,在《布礼》《蝴蝶》《活动变人形》诸篇什中展示了他独特形态的"意识流"文体:理性与狂想交织的独白、充满暗示的象征。这种极具个性的文体与"新小说派"的"零度叙述"看似两极,实则相合:充分保留了对心理流程的客观化叙述,避免叙事者的声音在主观的心理描写中泄露给读者。在《笑的风》中,作者把"意识流"进一步发展成了"词语流",傅大成的心理开关一旦打开,被触发的不再仅仅是各种感官接受的物象、气味和声音,更多的是纷至沓来无穷无尽的词语、概念、符号。这一文体与傅大成身处的现代语境"异质同构":在现实生活中,人类诗意栖居的语言被异化为机械工业风格的符号颗粒,根本无法消化,只能从食道里喷涌而出,一泻千里。现代人被寄生的符码所包裹,身体感官反而被封闭了,人和世界无法直接对话,只能间接转译。

隆重的悲剧容易写,寓意深长的喜剧却很难。1985年,卡尔维诺在留给诺顿讲坛的遗言中提醒我们,旧的文学世界太沉重了,希望未来千年人们写一些轻逸的故事。中国近代史第一场大变局中,我们这个古老民族艰难困苦,步步惊心,痛苦的语境中连滑稽都带着一份悲哀。因此王德威感慨说,"五四"以来之新文学可谓一片涕泗飘零。今天世界身处另一场大变局,急管繁弦,喧腾高亢,当代叙事理应展翅飞翔。王蒙已86岁高龄,人书俱老,"高龄少年""仍然依旧"在"激发写作的那种探险性的、流浪汉般的内在节奏",精准捕捉,正入奇出,这般境界,岂止"幸甚至哉"。

（原载《文学报》2020年7月4日第7版）

（邢斌:临沂大学文学院教师）

一份"轻盈"的礼物

——评王蒙新作《笑的风》

霰忠欣

2020 年 4 月,王蒙将原本刊于《人民文学》的中篇小说《笑的风》,在"升级改造"之后经由作家出版社以长篇小说出版。此前,王蒙曾在 2019 年底刊出的《人民文学》杂志的卷首语中特别提到,此作"是一篇显然具有长篇容量的中篇小说",这种情况在王蒙的文学创作中从未出现过。王蒙在出版说明时提到,他在已发表的文本中看到了许多"孕藏和潜质""生长点与元素""期待与可能",这些情节片段节点使王蒙与这部小说重新"纠缠"在一起。从《笑的风》出版的过程中,我们也可以感受到此部小说对于王蒙的意义与动力,王蒙关于时代丰富的经验、记忆、情感成为本部小说灵感的来源、素材和创作的想象,小说以轻盈的笔触,对历史时空下混杂着记忆、遗忘、幻觉的个人情感、群体故事、精神图景进行了多维度的书写。《笑的风》以主人公傅大成的视角展开,从青涩少年到耄耋之年,从 20 世纪 50 年代末到 2019 年,从北方小乡村到北京上海再到欧洲各国,王蒙在社会发展中雕琢着人物的悲欢离合,在重叠的时空下建构起世俗的穹隆,其中人格化的"风"以轻盈的姿态成为联系遥远事物的象征。与王蒙 20 世纪 80 年代创作的一系列中长篇小说不同的是,在"笑的风"这一荒谬视图之下,王蒙以更为日常化的抒情、世俗性的描写将个体精神指向一个可引发共鸣的,具有多种阐释启发性的世界。在这部小说中,王蒙实现了以沉重书写到以轻盈托起沉重的转折,将《笑的风》所代表的无限可能编织成一个巨大的礼物,对死亡、现实、永恒这些沉重问题的叩问通过轻盈的方式进行书写,脱去苦难外衣之后使得作者直面本真的自我成为可能。

一、时空重叠下的命运穹隆

博尔赫斯曾在关于时间的问题上指出，人类最好的发明是"永恒"，并认为"书籍是记忆和想象的延伸"①，永恒包含所有的过去、现在和未来，其将时间和空间容纳的万物连接为统一的整体，《笑的风》对于王蒙来说，是时空重叠之下虚构的个人命运穹隆，其间无数被分割断裂的片段重新汇聚在一起，将过去、现在和未来通过细密的丝线紧紧缠绕，借助驳杂繁复的语言以及极为日常、琐碎、清晰的生活描写将生命经验肢解。1958 年的春天，"路上，恍惚听到春风送来的一缕女孩子笑声"②，对于刚刚走进县中学宿舍楼的傅大成来说，夜风送来的笑声如同一个精致的寓言故事，将时间载入波澜起伏的一生。60 年间无论是傅大成、白甜美，还是杜小鹃，他们的命运随着时代和科技日新月异的变化不断碰撞着交织在一起。《笑的风》作为小说在内容上已经超越了王蒙所创建的时空之网的束缚，主人公傅大成往返于小说虚构的穹庐与王蒙真实存在的记忆中，作家的思维逻辑与艺术想象融汇于被构成的小说情节，交织的人物关系图谱形成文学化的、诗意的阐释。当我们对人物特征进一步分解时会发现其显现的巨大矛盾特质，难以对人物的何种命运进行是非善恶的评估，仿佛置身于得到与失去的灰色地带。《笑的风》这部小说对于生命和时空的无限以及无常表现得更为彻底，王蒙借助主人公傅大成表达出内心对于生活本质和个人命运的思考。

在《看不见的城市》里，忽必烈可汗问马可波罗"你是为了回到你的过去而旅行吗"③，马可波罗回答道"旅行者能够看到他自己所拥有的是何等的少，而他所未曾拥有和永远不会拥有的是何等的多"④。文学作品之所以能够与读者产生共鸣，一个根本原因在于作家通过精神上的想象和创造，将现实的经验以丰富的内涵显现。根据经验，王蒙的语言成功融入整个文学作品的意义整体之中，二者之间存在着密切的相互作用，语言将王蒙丰富的生活经验以及对世界所有可能发生的各种幻想联结在一起。记忆作为根基，伴随着各种复杂情感的选择，语言成为编织生活的方式，带有决策性的对内容的增删也会以另一种方式加深作者的记忆和生命体验。王蒙对记忆中生活情景不同时间、地点的情感

---

① 〔阿根廷〕博尔赫斯《博尔赫斯，口述》，黄志良译，上海译文出版社 2016 年版，第 1 页。

② 王蒙《笑的风》，作家出版社 2020 年版，第 1 页。

③ 〔意〕卡尔维诺《看不见的城市》，张密译，译林出版社 2012 年版，第 27 页。

④ 〔意〕卡尔维诺《看不见的城市》，张密译，译林出版社 2012 年版，第 27 页。

调动使得小说形成了关于时空的独特节奏感,在一个特定秩序中,由创造的幻影以及真实的假设所构建的梦如巴别塔一样,在精确的空间内填满无休无止的可能性,在广阔的时空视域之下,主人公傅大成在《笑的风》与王蒙所建构的时空之网之间自由穿梭。王蒙曾在1985到1987年间写下一系列游历各国的诗歌,比如,1985年的《柏林墙》《时差》《在吕克贝教堂听音乐》,1986年到1987年写下《欧非之旅(十三首)》,1987年写下《西柏林洲际饭店之夜》《南极和北极》《苏格兰威士忌》等,其中1987年有关梦的《西柏林洲际饭店之夜》与《笑的风》中的第十二章"一九八五年西柏林地平线上"和第十三章"洲际饭店梦幻曲"形成交响,语言文字通过其荒谬的循环将主人公傅大成的生存空间拓展为无限的时空中,在现实与虚构间成为文学镜像。

在《笑的风》中,风的轻盈属性赋予"笑"独特的内涵,事实上"笑"也成为整部小说独特的语言符号,它扮演着指示爱情的神秘象征,因为"一缕女孩子的笑声",大成写下一首"关于春风将女孩儿的笑声吹来的诗","风将我吹醒/风将我拂乐/笑将风引来/笑与风就此别过/春天就这样到来/春天就这样走了呵"①,对于傅大成来说,这样的笑声显然不是强调具有幽默的喜剧效果,而是侧重表达一种不经意的情感流露,小说中对于"笑"的意义表达也呈现出作为主体对象的内心感知状态,从另一方面反映着人物的心理,将一切事物合乎规律的存在于现实的整体关系中。在被安排的一桩婚姻中,尽管察觉到自己在18岁的年纪"被劫持",但大成宽慰自己说"风为了甜美而送来笑声"。结婚之后,他发现自己并未得到甜美的笑容,"奇怪的是甜美很少笑,即使笑,也尽量不出声,她笑的时候常常弯下腰来,她笑的时候甚至把嘴捂住"。当大成与甜美离婚之后,阿凤与母亲甜美谈起"郑叔"时,"妈妈笑了,十多年了,她终于笑得这样舒心"②。而在对于杜小鹃的描写中则呈现出另一种情感状态,"傅大成糊涂了,他无法再与小鹃谈下去。然后小鹃笑了,她笑得很美,然后两个人都笑了,笑声随风而散,风声因笑而变得舒适"③,表露出自然情感的笑带有爱情属性,在某种意义上来说,呈现出宿命论色彩。通过"笑"传递出大成与甜美、大成与小鹃、老郑与甜美的情感影像,而这成为时代之下个人命运变迁的缩影。

---

① 王蒙《笑的风》,作家出版社2020年版,第3页。

② 王蒙《笑的风》,作家出版社2020年版,第214页。

③ 王蒙《笑的风》,作家出版社2020年版,第91页。

二、遗忘与依存的"情书"悖论

王蒙在《笑的风》中构建的爱情之网,由于记忆与现实的干涉也令他深陷其中,小说中起伏的情节不仅映射与反思着傅大成关于爱情的悖论,实际上也表现出对于记忆,王蒙不断遗忘与恒久依存的精神困境,在小说中则表现为傅大成对自我选择合理性地探寻以及对生活的追问。王蒙深谙对立与统一的密不可分,尽管小说表现出对"笑"的偏爱,但在整部小说中王蒙并未极力地去肯定或否定,而是在情感与理性难以分离的过程中进行揣测或假设,面对白甜美和阿龙阿凤时,傅大成反复地告诫自己"他是滨海县鱼鳖村人,是白甜美的丈夫,阿龙阿凤的亲爹傅大成"[①]。由这些不同的身份组成的生命个体,在主张跟随内心情感变化而非绝对理性的结构构成特征上如同弗兰肯斯坦拼接成的巨大怪人。1884 年威廉詹姆斯在《心灵》一文中提出"什么是情感",从对纯粹情感的研究到基于情感的思维,事实上反映出作为个体的人所表现出的信念、欲望、生存本质。傅大成和杜小鹃关于《无法投递》讨论过关于"寻找"的问题,大成说"我看了《无法投递》,我觉得好像没有写完"[②],而杜小鹃说"谢谢你,你说它没有写完,我真高兴,我总算是投递了一个可以回应的朋友了。但是那信,只能说也是冒了傻气"[③]。"无法投递"只是作为修饰而省略去了真正想要表达的内容,在此也许是一种情感,一段记忆,或是一个城市。"无法投递"的内容站在了记忆的对立面上,仿佛间隔着时空难以邮寄的信件一样,傅大成与杜小鹃之间这段对话也赋予《无法投递》对历史记忆的多种反思。

王蒙试图通过文学中的文学来向我们解读生活的真实性与它虚构的可能,这一描述中的自我情感状态从《并不是情书》到"真正的情书",实现了文学上的挣脱。在《并不是情书》中,"其中仙女座给火星写的信中有百分之五十确实是出自她给大成写过的信,也就是说另一半纯粹是她的小说虚构;而《并不是情书》中火星写给仙女座的信,有大成的真实信件作依据的,到不了百分之十"[④],一定的真实性并不完全等同于绝对真实,这句话中隐含了对于《并不是情书》更偏向于虚构的观点,但是王蒙在描写这一情节时并未将它完全与真实对立,而

---

① 　王蒙《笑的风》,作家出版社 2020 年版,第 98 页。
② 　王蒙《笑的风》,作家出版社 2020 年版,第 88 页。
③ 　王蒙《笑的风》,作家出版社 2020 年版,第 89 页。
④ 　王蒙《笑的风》,作家出版社 2020 年版,第 100 页。

数年后，原本假想化、文学化、抒情化的"情书"却转变为真正的情书，"他们的相处完成了全新的飞跃，然后他们当真通起信写起情书来了，不是火与仙的小说恋，而是傅与杜的舍命情：小鹃的文学，引领了也创造了他们的生活与命运"①，对于傅大成和杜小鹃来说，文学仿佛变成一把时间的雕刻刀，雕琢着未来生活发展的可能，生活中产生变化的各种可能往往由于既定的命运安排而显得十分渺小。存在的生命个体，在面对时间时显得更为无力却又难以逃脱，这种在现实与文学世界发生的具有悖论性却始终循环的过程以一种更中立的视角对生命展开阐释。

《笑的风》中隐藏着许多动荡、不幸、艰难、沉重的语汇，王蒙通过语言将傅大成崎岖坎坷的人生和错综复杂的感情经历隐匿于动荡的、快速变化的时代潮流之中，小说本身表达的内容是有限的，但是王蒙通过文字建构的秘密缝隙中，暗藏起由无数背离的、交错的、汇合的时间网络，它们交织在一起隐喻着各种可能性。在访德之旅结束后，傅大成已经从心理上逐步脱离了与白甜美的感情生活，对待甜美和阿龙阿凤，傅大成体现为一种彻底的背离，在傅大成富有戏剧性的爱情生活经验中，显然隐藏着许多沉重哀伤的思绪，但是王蒙以一种类似于梦一样的表达方式和无意识的轻松的语言进行书写。小说内容并没有显得晦，有时是晦涩难懂而是充满趣味性和偶然性。当傅大成与杜小鹃生活在一起时，"大成一天不知道有多少次把小鹃叫成甜美，有时是白甜美，连姓氏也干脆搞错"②。在傅大成的意识层面中，白甜美不仅是他的前妻，也代表着共同生活的那段时间下所保留的记忆，直到立德的出现，傅大成与杜小鹃之间的问题更为突出，在"不哭"这一章节中，原本打算跪在白甜美墓碑之前的计划因为工人嘈杂的施工而扰乱，一处深情的细节表现出王蒙对于记忆不断遗忘却始终依存的认识悖论。

三、"轻盈之风"：记忆的幽灵走向永恒

王蒙在《笑的风》中将本质具有流动属性的"风"赋予了独特的内涵，它的存在使得现实与过去的连接成为可能，"风"本身表示空气的流动，是存在与自然中的我们可以客观感受到的对象，但是作为饱含传统文化内涵的关键字，可引申至社会风俗、人格层面、艺术审美等，小说中王蒙将它作为一种媒介将历史事

---

① 王蒙《笑的风》，作家出版社 2020 年版，第 140 页。
② 王蒙《笑的风》，作家出版社 2020 年版，第 204 页。

件与现实生活勾连在一起,从而为读者营造出一个承载流逝与变化的空间,当每一个人不可避免地被时间控制时,王蒙借助流动的、无影无形的风来对抗个人所承载的悲惨命运,被加以"笑"的风将不幸或是平庸吹散,在不可分割的每一个瞬间,将时间指向过去或转至未来,无意识下产生的记忆的幽灵通过笑中的个人与流动的风重新回到荒谬的视图之下,承载着关于生命的重复印象与无限的循环。"鲐背,是说九十岁的时候,你的脊背上会出现鲐鱼背上可见的纹络",小说的最后,王蒙特别提到"鲐背之年"并做出解释,这一思考过程是理性的产物。显然,傅大成所依赖的时间与王蒙内心身处的感悟重叠,王蒙在小说中表现出的被分解又组合在一起的时间,其实是一种对于虚无状态的论证与反思,对于记忆的存在性与虚幻性问题上,王蒙给出了从"悲从心来"到"春情"的矛盾的答案。

王蒙对于风的思考不仅在其流动的本质属性上,还在于对其虚幻性的审美遐想,缥缈的风与生活的真实性与虚构性产生关联,主人公傅大成置身于王蒙设立的情境之下,通过虚构的文学艺术一路回望着自己过去的岁月。"生活产生文学,文学要模仿,要书写生活的映象。也有时候文学走在前面,它虚构了事件,而后生活现实模仿了文学。"①王蒙对文学与生活的理解显然带有对柏拉图"摹仿"理论的思考,但其重点指出在现实世界基础上的文学艺术与它所影响的个人生活的关系,实际上王蒙肯定了文学对于现实生活的某种推动力,息息相关的两者夹杂着真实与虚构的对立性问题,一方面文学因其模仿的过程而具有一定的虚构性;另一方面它又表现出超越生活本身的更具真实性的假设,在对这一问题的思考下王蒙将重点置于虚且变幻多端的"风",无常的命运如风一般四处飘零,却也可像建构起的文学宫殿超越时空而永存。面对历史,王蒙并未提及任何错综复杂的因果关系,只以傅大成的爱情经历为主线,借此牵出与父母、妻子、子女、朋友间的关系,小说中贯穿始终的怀疑、自省、哀悼、落寞、欢喜、寂静将历史生发出多种可能的根茎,在得到与失去之间,抽象化的风成为有限的个体与无限的生命的桥梁。

《笑的风》所传递出的是一种对待时间与生命的态度,是历经沧海桑田之后依然笑对生活的延续,当生命个体被生活欺骗,不断暴露着脆弱的命运时,王蒙以一种戏剧荒谬的处理方式,将面对人间悲苦的痛楚转变为对生命的感性体验和理性的审视。"大成凄凉了。他把金丝雀伙伴从鸟笼里放了出来,金丝雀在

---

① 王蒙《笑的风》,作家出版社 2020 年版,第 138 页。

家里飞了一会儿,自己乖乖地飞回了铁笼子。它的小眼睛一直盯着大成,好像怕他掉泪。"[1]在傅大成晚年时期出现的这只金丝雀成为与他相伴之物,在俄语朗诵《假如生活欺骗了你》之后,甚至幻想已经听到金丝雀对自己的回应,大成的解释为"请不必为一切的结束而哭泣,还是为了曾经有过,微笑吧"[2],由一阵"笑的风"而迎来的人生历程在小说的终点处,即使大成不断地通过音乐、外语、金丝雀来填补自己生活的失落与空虚,但不能否认的是王蒙深受记忆的影响已表达出精神与想象超越时空限制的可能。面对生活中沉重的抒情,王蒙反思了新旧婚姻、社会的发展进步、历史的书写与代价,对于生命中不断得到又不断失去的循环悖论,主人公傅大成栖身于一个"他者"的身份中延续着文学的生命,《笑的风》中王蒙以另一种陈述方式将其演变为一个永恒无限的游戏,在幻想的文学与真实世界中自由驰骋。

四、结语

王蒙的小说《笑的风》,借由"笑"的风脱去历史冰冷的外衣,对经验下的日常细节与微妙细腻的情感展开混合性描写,通过日常化、世俗化、生活化、自然化的写作方式,以一个近乎荒谬的标题阐释构建了一个虚幻且真实的空间。关于《笑的风》的小说题目,王蒙曾计划改为《假如生活欺骗了你》,并向广大网友征求意见,由此可以看出王蒙对于这部长篇小说的重视。在这个被构建起来的空间中,主人公傅大成接受了王蒙善意的馈赠与文本安排,并在生活中逐渐验证与反思着未来的一切可能。故事中的主人公傅大成始终站在生命的两端前行,一条是小说中既定的命运,另一条则是王蒙在片段的线索中对回忆的叩问,看似对于爱情的纯粹书写事实上折射出时代的巨大变迁以及时代下不同人物关于生活的悖论,在一种不断遗忘却始终依存的书写中反映出王蒙对于个体存在的身份合理性的怀疑,对历史脉络的触摸与证实既是追梦亦是筑梦,如《不朽》中阿涅丝对自己说的"存在:变成喷泉,在石头的承水盘中,如热雨一般倾斜而下"[3],无论是"笑的风"还是"假如生活欺骗了我",王蒙都在以一己之力通过文学编织着遗忘的艺术,透过叙事与经验表达着时间,经由荒谬滑稽的笔触勾勒着人物悲欢离合的感情变迁,映射着时代下的个人、群体的生命历程,王蒙对

---

① 王蒙《笑的风》,作家出版社 2020 年版,第 265 页。
② 王蒙《笑的风》,作家出版社 2020 年版,第 265 页。
③ 〔捷克〕米兰·昆德拉《不朽》,王振孙、郑克鲁译,上海译文出版社 2011 年版,第 412 页。

待人生轻盈的书写态度更为我们提供了一种可供选择的面对生活、命运、历史的方式,对于身处时代变迁的我们具有深刻的启发性内涵。

（霰忠欣：中国海洋大学文学与新闻传播学院中国现当代文学专业博士研究生）

后改革时代看乡土中国现代性之路
——论王蒙新作《笑的风》

郑晗磊

2019 年,王蒙在《人民文学》第十二期发表其近八万字的中篇小说《笑的风》。杂志卷首语高度评价此作"是一篇显然具有长篇容量的中篇小说"。王蒙更是在《笑的风》发表后,感于其文本的孕藏与潜质,其众多的生长点与元素,其更多的期待与可能。因此,王蒙强化与充盈文本情节链条,着力挖掘与增长文本可调节焦距与扫描,用时两个月,增添近五万字,制造出一个真正的新长篇小说。基于此,2020 年 4 月,推出《笑的风·长篇版》。

《笑的风·长篇版》内容丰富,人物鲜明。时间上,纵跨 20 世纪 50 年代末到 21 世纪 60 余年。空间上,横跨中国北方乡村、城镇到北京上海,再到国外的德国西柏林、希腊,到匈牙利、爱尔兰。讲述了在中国半个多世纪的时空巨变中,被"笑的风"影响了仕途与一生的主人公傅大成的成长、婚姻与文学创作之路。借由其经历,呈现中国社会在改革开放前后六十余年间的情感诉求与生活方式的变迁。

从婚恋角度着手,从性别关系的建构角度来寄托现代性想象,是王蒙小说创作的一大特征。这部小说将中国改革开放前后六十余年的时代变迁,置于主人公傅大成与前后两任妻子白甜美与杜小娟的爱情婚姻的建构中,置于傅大成人生的三个阶段之内。主人公傅大成的婚姻选择,不仅是知识分子个人在包办婚姻与自由恋爱之间,对自我同一性的追寻,也揭露出此一代知识分子"傅大成们"经由传统乡土道德价值体系,向现代都市文明价值体系的艰难蜕变之路。另外,其知识男性的身上,更是隐喻改革开放前后中国现代化的欲望与焦虑。王蒙更是在长篇之内,以其重于大于原作的力度之下,不仅仅聚焦于改革开放之时,更是放长时间线,放宽地域空间,采用多重时空聚焦视角,来呈现改革开放前后更加宽广的时空的社会变迁,尤其是对于 21 世纪以来的人与时代的大量着墨,表达其企望超越二元对立的价值选择框架,追寻现代性的未完成性和更多可能性。

一、从婚姻到爱情：自我同一性之追寻

从青年时代起即热爱文学的傅大成，在夜间偶然听到"笑的风"，并开始了一生的追寻。"笑的风"也因此影响其仕途与一生。傅大成在不同时空体内对"笑的风"内涵的不同解释，驱使他在反复考量，不断寻找自己内心深处之所求。在一次次的肯定否定中做出选择，在不断的追寻选择中，找到能与其精神共振的人和事，缓解其自我同一性焦虑。

最初"笑的风"，是其青少年时期朦胧听到的少女笑声。这对于青年农民秀才傅大成来说，既是文学创作灵感也是青少年时期情与欲的唤询，引起傅大成对爱情的追寻。面对婚姻与爱情的脱节，身为接受过现代教育的高中生的傅大成，坚决拒绝突如其来的媳妇与婚姻。然而面对不可更改的事实，他不得不一再采用精神胜利法来说服自己，"将笑的风声理解为与自己进入同一被窝的媳妇的示爱之声"，处处挖掘白甜美之美。白甜美长相颇具魅力，吸引着傅大成，具有女体之美。白甜美是"手工之神"，凡是女性所应具备的劳务技能统统尽善尽美。白甜美在服装厂工作，有傲人的收入，具有劳动之美。并且在婚姻中，生育一龙一凤，具有生育之美。这一切都让傅大成感受到非同寻常的力量。渔村美女白甜美，搞得他犯了两次晕眩症。并且，随着"政治运动"的如火如荼，白甜美的勤劳与家庭成分，使大成渐渐意识到他与白甜美的婚配是一件好事。他必须感谢白甜美，甜美的存在让他少年老成，不掺和文斗武斗，让他在"政治运动"中没受罪。随着一家四口在Z城稳定下来，傅大成感受着动荡年代的平安与幸福。在边疆Z城，傅大成从文学创作转入生活技能的锻炼，在修理自行车上有卓越的贡献，他是修理自行车的傅师傅。白甜美更是在Z城名噪一时，作为妻子，她相夫有道，将丈夫傅大成收拾得体，精神焕发。她厨艺精湛，在物资供应匮乏的年代就地取材，巧手成炊。在精神与现实之间，傅大成被现实的温情所收束。曾经为之痛心疾首的他与白甜美的婚姻，也变得亲切安详。

然而，"大成想着的是诗歌与小说"，对精神交流的渴望，对爱情的执着，即使是在动荡年代、贴切的婚姻之中，也从未在傅大成的精神世界彻底清除。白甜美再美，却也话太少太少，以至于使傅大成感受到压抑与畏惧。分配到边疆Z城工作的傅大成，甚至企望通过地理空间的分离，离开婚姻与家庭。这样的内心纠葛，这样的自我同一性的焦虑，在国内改革开放之后，表现得越发明显。改革开放之后，傅大成迎来了自己人生的新起点。他对自己"拨乱反正"，修正掉

虚报的年龄,理直气壮地展现真正的自己,追寻自我的同一性。北京之行,他的文艺作品,收到极大好评,他不再是修理自行车的傅师傅,而是能在北京参加创作座谈会,能住进象征着身份与地位的首都北京"一招",能与范成大联系起来的文艺创作者。他参与学生联欢,聆听歌曲,见识新人新事,尤其是结识了杜老师。"改革开放,返老还童,重温好梦。"①北京之行,让傅大成开拓眼界,惊觉此前四十年都白活了。傅大成悄然变了,他似乎刚刚找到了自己。他离开了滨海县,鱼鳖村与 Z 城,他不认同白甜美了。杜老师的笑容,举手投足,使得傅大成得到了此生从没有过的熨帖。人到中年,恰逢改革开放转折点,这也成为傅大成人生意义的新起点,成为傅大成重新追寻自我的新起点。因此,本"四十而不惑"的年纪,对傅大成来说,反而是一个陌生的,让人心慌意乱的年纪。随着杜小娟《无法投递》的投递,傅大成在这少女怀春似的作品中,读到了杜小娟隐藏在心底的秘密。随着二人在上海再次相遇,游览交谈,二人的精神世界愈发契合,以"上海真好,我爱北京"暗示爱意。随着《并不是情书》的情书发表,杜小娟更成为傅大成的仙女座爱情的意指。随着《只不过是想念你》的想念之情的表示,傅大成虽是意图逃避,然而已来不及。最后,随着两人在国外空间的命运般的偶遇,精神的共振,二人终于突破最后的界限,因爱而结合,开始了一封封真正的情书往来。傅大成最终与白甜美离婚,在人生半百之际,开创崭新的生活。

当然,傅大成自我同一性的确立之路并非一蹴而就。一方面,与白甜美没有爱情的婚姻"也绝非全无震撼与感动";另一方面,其内心尝试爱情的渴望也不曾彻底隐没,犹如幽灵般潜藏在灵魂深处。灵与肉的一体,使得精神的纠葛通过肉体的病痛得以扮演,"疾病话语在这里扮演了价值困境的外化表征,也象征着具有超越意图的主体在日常生活空间进行自我确证的艰难"②。北京的冲击,引得傅大成"百感交集,往事翻飞",晕眩了过去,被送到医院进行抢救。这是精神世界受到极大冲击的结果,更是其精神世界的"笑的风"再次燃起的结果,他重新听到了二十多年前的笑声与风声,这是北京的,是爱情的,是召唤的声音。在傅大成回家经历了食不安味,寝不安席,心不在焉的几天之后,他得了急性胆囊炎,既是他以身体病痛来回避精神上的焦虑选择,也是精神的饱腹意图挣脱现实桎梏的表征。即使白甜美的照顾、怀抱、现实的生活,使得傅大成再

① 王蒙《笑的风》,作家出版社 2020 年版,第 51 页。
② 王宇、游澜《"后新时期文学"中的疾病话语与现代主体》,《厦门大学学报》(哲学社会科学版)2018 年第 1 期。

一次压制内心的愿景，但是，"病通向的是正觉，是涅槃"①。这是傅大成精神彻底觉醒的预示。

最终，傅大成来到北京与杜小娟同居。他在激动快乐中，感受着北京与鱼鳖村和Z城的巨大差别。他将与杜小娟的爱情，视为精神上的天作之合，他们二人一起畅游欧洲，环游世界，一起学习外语，一起讨论欣赏新的生活。傅大成在爱情、文字、北京中，切实地感受到自己的人生价值与意义。傅大成拥抱爱情，崇尚精神，兼及全球的雄心与抱负，在国内改革开放之后的北京得以实现。傅大成从乡镇进入城市之路，不仅仅是其个人作为知识分子对于爱情的执着，对于精神世界的追求，而且具有深刻的社会历史原因。

二、从传统到现代：现代都市价值观之确立

作为受过现代教育，热爱文学，崇尚爱情的知识分子傅大成，其自始至终都对于大城市乃至国外有着热切的向往与憧憬。只是，在国内特殊年代，集体超越个体，精神受到压制。这样的热切之情不得不隐藏在日常生活叙事之下。而随着改革开放的时空巨变，自由恋爱得以实现，精神世界得以发展，个人意识得以觉醒。因此，傅大成的自我确证之路，不仅是个人追寻自身之路，更是时代精神的强劲体现。傅大成的身上，承载着农村知识分子对于城市和现代化的追求与向往，其对于改革开放之后都市价值观与现代化的追求，通过与农村媳妇白甜美和城市文人杜小娟的爱情纠葛展现。

白甜美与傅大成的结合，是典型的父母之命，乡亲之论。白甜美是"俊煞人灵煞人喜煞人"的百里挑一的美人，具有女体之美、女工之美、劳动之美、生育之美。在传统乡土价值体系中，这样的女性是成为妻子的绝佳人选。傅大成，亦是生于乡村长于乡村的鱼鳖村农民青年，他自己是传统乡土价值道德体系的一份子，因此也不得不受到乡土价值道德体系的规训与束缚。他既因包办婚姻与其所受到的现代教育相冲突而感到这是强加和羞耻的，但是，又享受其体系带来的安慰与舒坦。他在逆来顺受的心理之下，在特殊年代的挤压之下，逐渐接受这样的婚姻。傅大成在Z城躲避媳妇四年之际，并没有受到白甜美的过分的刁难。在传统乡土道德价值体系中存在一个家庭伦理的黄金定则，长久以来的中华女子的道德自律，是家乡人民笃信的"铁逻辑"："疼孩子就行。"实则，这条"铁逻辑"背后隐含的千百年来的以血缘为宗旨的家族架构核心，并不会因为时

---

① 王蒙《笑的风》，作家出版社2020年版，第58页。

间距离的改变而发生质变。因此,即使在傅大成意欲通过空间距离的疏远来逃离婚姻与家庭的失败,他依然作为丈夫和孩子的父亲被白甜美接纳,他接妻儿的行为被同事们看好,甚至老领导以《礼记》大义抚之。傅大成再次被传统乡土道德价值体系所收束。

随着改革开放的到来,傅大成从乡村到都市。北京之行使得傅大成大开眼界,傅大成关于文学,精神创作,乃至现代化的想象,都在北京这个大都市得以烛照。与只精通厨艺、不懂文学、只会挣计件工资的白甜美相比,他的现代化想象只能与杜小娟这样的知识女性在一起才能得以实现。"北京就是北京,滨海、鱼鳖、Z城,就是滨海、鱼鳖、Z城。"①在傅大成看到都市与乡村的地域空间的巨大差异后,北京再次唤起他在日常生活中隐没于心底的"笑的风"。"他觉得他开始接触到了那个世界,他好想追求的那个不同的世界。"②北京的世界是热烈的、美丽的,相比之下,现实的世界那么陌生。他开始觉得格格不入,深感其平庸。追求精神世界,追求都市世界,追求现代化,在傅大成心底扎下根,并愈演愈烈。其后,应"上海文学"的邀请,傅大成全身心地感受着上海这个眼睛看不完、嘴巴吃不完、头脑想不完的"十里洋场"。其容世界、承千古、载现代,使傅大成刻骨地触到城市、现代、时尚,同时使其深感自己与时代和现代化之差距。上海更是杜小娟对傅大成芳心暗许之地。上海之行携带的"大都市病毒",使原本的家庭空间出现两股力量,开始了对傅大成的左右夹击。一方是与杜小娟写信交流文艺性、高端性、学科性的追求精神与文明的知识分子傅大成。一方是其作为鱼鳖村人、白甜美的丈夫、阿龙阿凤的父亲,是遵守传统乡土道德秩序的农民的儿子傅大成。这样的纠葛,以杜小娟意图踏入家庭空间内部的失败而结束。傅大成的拒绝,以回到代表传统乡土道德秩序的鱼鳖村老家为借口,实际上也在袒露自己目前所受到的不可挣脱的规约。因此,其后从国内到国外地域空间的转移,使得傅大成彻底转向以杜小娟为代表的现代城市价值体系。西柏林,远离国内、远离家庭、远离缠绕的两套价值体系,为傅大成与杜小娟提供良好的交流与亲近的空间。国外没有人认识他们,面对外国人问的从哪儿来的问题,他们的回答是心中的城市北京。他们经过的一个个地点,是情感升温的场所。国外滚石乐,震撼,刺激。咖啡馆,舒缓,亲密。同时,用极其具有隐喻意味的"推倒柏林墙",暗示着二者亲密的关系。在你一言我一语的诗歌互答中,二

---

① 王蒙《笑的风》,作家出版社 2020 年版,第 56 页。

② 王蒙《笑的风》,作家出版社 2020 年版,第 56 页。

人的心里空间再一次拉近。这说明二人文学素养相当,杜小娟是大成一直以来寻找的精神之爱。精神上的相通相融,空间上的密切融合,彻底将二人拉到一起。最终,他们突破在国内不得不坚守的防线,拥抱亲吻在一起,傅大成终于确定内心之所求。

回国之后,傅大成与白甜美离婚。经过两次离婚诉讼,完成了法律意义上婚姻关系的结束。在傅大成居无定所回到鱼鳖村之际,受到了鱼鳖村白家亲友的殴打。相较于法庭律令的审判,鱼鳖村村民们的殴打则是来自传统乡土价值体系的道德审判。傅大成的离婚行为是对传统乡土道德价值体系的挑战,为传统乡土道德价值体系所不允许。在现代化进程中,鱼鳖村代表的是乡村伦理价值观的固守和延续。夫妻之间,以恩爱行事,是生活之本,是乡村人民遵守的人生道义。先有恩,而后再论爱。恩义,占据着道德价值序列的顶端。殴打负心汉,是"老根子",是"集体无意识",是传统的乡民拒绝夫妇相和家庭单位解散的体现,是对血缘亲族为核心的乡村价值体系的坚守,是对破坏这一价值体系行为的规训。但是,在傅大成眼中,讲究情,则是对爱情的溶解与泛化。"讲恩爱是为了把爱情变成施恩与报恩的社会义务,最终是为了压抑与解构爱情。"①爱情,是排他的道德义务。傅大成接受负心汉陈世美的指认,承受挨打,是他能做到最好的家乡人民共识的惩处,是以身体的痛苦为代价换来精神的解放,是以遵守传统乡村道德价值体系的方式来完成对其的背离,是其得以离开乡土奔向现代化的北京的宣言。在北京,他如鱼得水,下笔如有神助。他与杜小娟的恋情,则成为文学界的时代佳话。

傅大成在两种价值体系中先是服膺于传统乡土道德价值体系之内,生儿育女,过上了小城镇乡民的生活。而随着改革开放新风气的到来,随着北京、上海、国外空间内与杜小娟的相识相知相恋,则在纠葛中逐渐完成从传统乡土道德价值体系向现代城市价值文明的转型。因此,傅大成在两位女性之间的摇摆与选择,既是对自身的确认的过程,又是其脱离传统乡土价值体系,追求现代城市文明的价值体系的过程。

三、从对立到超越:二元选择叙事之突破

傅大成追求自我同一性与追求现代化的过程,表面上是通过对不同女性人物的欲求和对不同地域的认同来展现。似乎,对杜小娟爱情,性灵的认可,则意

①　王蒙《笑的风》,作家出版社 2020 年版,第 163 页。

味着对于白甜美包办,物质的拒绝。对北京等都市的认可,则意味着对乡村的拒绝。这样非此即彼的二元对立思维,并非王蒙《笑的风·长篇版》的选择架构。相比于 2019 年中篇《笑的风》中较为隐晦地表达出其试图超越二元对立选择可能性,2020 年《笑的风·长篇版》在增补之后,则将这一隐晦的超越意图,表达得更加明显。

傅大成的求索之路,以杜小娟为引。傅大成将杜小娟视为爱情与性灵的"仙女",在杜小娟的身上,寄托着傅大成对于现代化的想象。然而,二人的生活,有崇高的文学与爱情,也有生活的琐碎不和谐,更有二人之间各自隐藏不愿言说的秘密。杜小娟从《无法投递》的投递开始,直到《孵蛋记》的发表,在人生的旅程中从未彻底放弃对儿子的思念与追寻。而傅大成在与杜小娟的婚姻中,也不止一次叫到白甜美的名字,怀念白甜美的厨艺,想念自己的儿女。他们二人婚后的生活也从"虚构的梦幻"转而到"新现实主义"。杜小娟是教授,是作家,亦是女人,是母亲,是凡人。杜小娟儿子成立德的到来,使得杜小娟从文学与精神为重心的爱情罗曼蒂克世界,转到亲情与血脉为中心的家庭之中。可以因为儿子一家而去南方,将傅大成自己留在家中。"而孪生孙子的到来使小娟成了真正的慈祥老奶奶。"①傅大成与杜小娟的夫妻二人世界,终不及血脉亲情之重要性。随着杜小娟的南迁,傅大成也与杜小娟和平离婚。傅大成寄托在杜小娟身上的崇高,其对于现代性的想象日渐式微。现代性,似乎就像杜小娟不让使用,而傅大成一直心心念念的德国烤箱。烤箱,既是现代化的产物,是先进的,是技术的,是快捷的,但是又像是现代性的"潘多拉魔盒"。现代性究竟是什么,不得不引起傅大成对于他所追求的所谓的爱情与现代文明的深刻思索。

然而,王蒙并未给傅大成一个道德感化式的退路,而是消解了他乡土道德的乌托邦。如果说当初傅大成的出走,是从鱼鳖村到北京的跨越,是从传统向现代的追寻。那么,傅大成老年再次看见的鱼鳖村,则是被现代化入侵的传统,或言之,是传统的现代化。曾经的鱼鳖村早已随着时代进程,发生翻天覆地的变化,"家乡人的生活与传闻逸闻多样化着现代化着"②。新的社会结构,科技的发展为鱼鳖村带来新人新事新观念。其变化之迅疾与生猛,使得渔村的故事甚至可以成为小说创作与虚构的迸发地。结婚离婚,见怪不怪。桃色新闻丝毫不亚于当初傅大成的离婚事件,然而,再也没有源自"乡土殴打"的道德审判。"现

---

① 王蒙《笑的风》,作家出版社 2020 年版,第 223 页。

② 王蒙《笑的风》,作家出版社 2020 年版,第 233 页。

代化"在这片乡土地区得以发展、变形。曾经的乡土社会,摇身一变成为半土半洋、半传统又半现代的混合世界。乡土道德的沦落,再也不能成为与"现代化"分庭抗礼的规训。

傅大成进退失据之境,似乎也暗示着中国在全面现代化之路上的症结所在。当道德的式微成为新的历史难题之时,现代性究竟能否在大都市以外完成其现代化之变。笔者认为,王蒙的超越之处,就在于他敢于直面这一难题,并结合历史社会因素,试图在文本中提出解决办法。那就是 Z 城的现代化之路。Z城,没有确切而具体的地域指涉,也就隐喻着多重的可能性的存在。Z 城,既不是北京上海大都市现代化的范例空间,也不是现代化裹挟之下被动存在的鱼鳖村。而是作为一个在现代化进程中,尝试、改正的试验田。Z 城,是傅大成离开乡土的第一站,也是动荡年代中白甜美与傅大成平安幸福的寄居之所,更是白甜美随着时代发展的创业生活之地。1979 年,白甜美在 Z 城将创业计划付诸实践,创办乡思棋牌室。这是在改革开放引领下诞生的棋牌室,这里播放来自天南海北的邓丽君,李谷一的新歌声,有历史沿革的点点滴滴,有各种各样愿景的遐想。棋牌室的建立,"写下来了二十世纪八十年代开始时 Z 城的一个传奇"①。同时,也正是因为改革初期的试验性质,棋牌室也因为对赌博监督不力而经营得跌跌撞撞。在傅大成的建议之下,逐渐试验新的发展。在傅大成与白甜美离婚之后,Z 城的各界朋友,劝解安慰白甜美,既有传统道德体系内对傅大成的咒骂以解心头之不快,亦有苏联伊万诺娃"女权"主义的精神原子弹的鼓励。Z 城在现代化的进程中,缓步而行,亦步亦趋,行驶在自己的现代化之路上。白甜美在与傅大成离婚之后也没有一蹶不振,而是与当地部门合作,办起民营事业、养老院等。"二十余年后,新世纪的中国面貌一新,Z 城被评为精神文明家庭和睦先进市。"②通过傅大成白甜美的视角,Z 城从以棋牌室为代表的经济结构的改善,以法庭为代表的法律系统的健全,以文联妇联为代表的文化的进步,再到以养老院为代表的各种社会服务体系的全面发展,无一不是现代化进程之功,无一不是现代性之表征。Z 城,既处在北京与鱼鳖村之间,又是独立于二者的另一种现代化的可能性。

关于乡土中国转型,一直是作家关心与书写的重点。例如,郑义的《老井》将视点聚焦在乡村之"井"上,寓言式书写改革时代的乡土焦虑,既有对民族文

---

① 王蒙《笑的风》,作家出版社 2020 年版,第 66 页。

② 王蒙《笑的风》,作家出版社 2020 年版,第 175 页。

化心理的思考,又有迫不得已的价值判断的游移。路遥的《人生》,是表现乡土中国改革的经典文本,既有转折时代的特色书写,又有让主人公在道德感化中获得新生的反现代性的道德诉求。王蒙站在 21 世纪 20 年代的时代关口,回望改革开放四十余年走过的风风雨雨,结合作家对改革开放前后六十余年生活方式、社会变迁的细致观察与思索,试图在《笑的风》文本之内为乡土中国现代化转型提供自己的思考与回答,以期发觉现代化更多的可能性。同时,更是与《老井》《人生》等关注乡土中国现代化之路文本的深刻对话。

结 论

《笑的风》站在一个新的历史节点上。在长篇之内,聚焦多重时空,以主人公的视角为线,将笔触从改革开放前二十年的中国社会延展到 21 世纪 20 年代,呈现改革开放前后更加宽广的时空的社会变迁。将个人融于时代,用地域表征历史,以中国烛照世界,在人物的悲欢离合中讲述中国特色的现代化历程,追寻现代性的未完成性和更多可能性。

(郑晗磊:中国海洋大学文学与新闻传播学院中国现当代文学专业硕士研究生)

生命的诗意,自由的联兆

——评王蒙长篇新作《笑的风》

李旭斌

2019 年第十二期的《人民文学》刊发了王蒙的中篇小说《笑的风》,卷首语却指出这是"一部显然具有长篇容量的中篇小说"。小说发表后,作者自己被深深地吸引住了,于是又在庚子新春将其"扩容"为一部真正的长篇小说。

小说从 20 世纪 50 年代开始,写到还是高中生的傅大成在一个春风沉醉的晚上,听到了风中传来的女子的笑声,萌动了青春的情愫而写下了一首小诗——《笑的风》,由此展开了傅大成半个多世纪的爱情和婚姻波折,折射出快速变化着的社会生活和身处其中的人们的情感涟漪。"笑的风"就是隐喻个体生命最原初最柔弱的状态:笑是人类最不容易矫揉造作的情感宣泄,风则是自然界无影无踪的力量,二者统一于自由的形式。

人们总是被与生俱来的悲情牢牢地束缚着,生命中充满了无尽的欲求和忧患,能够真正快乐的时候少之又少。小说的结尾已是 2019 年末,经历了无数坎坷后的傅大成逐渐洞察了生命中自由的超越性,再回顾过去时,幸福也罢、不幸也罢,都可以在把握必然的基础上实现超越。因此,大成用五笔字型打出"悲从心来"时,显示的才是"春情"。《笑的风》则是对生命诗意的情感体验的一种自由呈现。

一、自由的权利——行为的超越

王蒙的小说蕴含着深刻的现代意识,从开始创作起,作家创造的人物不仅要反映其个体所在的天然背景,还可以有效传达出其所处环境的历史性文化氛围和时代观念。进一步说,则是一个相当范围内的群体的人们共有的情感模式、道德想象和行为习惯。人固然是社会关系的总和,但超出工具性价值去关注人的目的性价值时,其本质更应该是自由的。

20 世纪 50 年代,贫农出身的傅大成获得了重新上学的机会。那从风中传来的笑声,激起了大成潜意识中朦胧的爱意。人本身就应该是自主的,顺应人性本然本质的。然而,一个生命的存在方式总是由社会的现实环境决定的,因此,书写个体生命的存在就不得不展现社会的存在。大成没有经历任何震撼人心的自由恋爱,就由父母做主,以封建包办的方式娶了比自己大五岁的白甜美。

人是情感优先的动物,也必然生存于情感之中。与白甜美的结合,虽然让大成感觉到自己"可能缺少了点什么",但家庭的温馨和亲情的温存也暂时遮蔽了大成生命活动中根本需要的满足。大成一家在Z城定居后的生活,增添了小说的诗意美,而这背后则是对当时狂热的政治生活的一种行为的超越。

王蒙是一位文体意识强烈的作家,十分注重追求语言的诗意,这就使得小说创作"带有强烈的抒情性和写意化"①。《笑的风》的语言充溢着模糊的精确,这种诗性语言其实来自诗性思维,也就是隐喻思维。傅大成在特殊时代里的行为超越即是这种隐喻性结构所展现的一个典型性场域,小说三、四章的叙事在隐喻思维的主导下构建成有机的艺术整体,这个有机体也就是读者看到的"文革"中令人羡慕的大成一家,从而形成了一个自由的时空体,也有学人将其称为"开放式时空语境"。在《笑的风》这种自由的时空体中,大成一家平安和幸福的生活与动荡的政治生活相遇时,表现出Z城日常生活的脱序,也是时代变革的无奈和文化氛围的撕裂。时间在自由时空体中仿佛被按下了暂停键,成为文学艺术中直接的显现;空间则不断扩大而消融了紧张的时代气氛,让现实和未来的选择拥有了无限可能。在自由的时空体中,"时间的标志要展现在空间里,而空间则要通过时间来理解和衡量。这种不同系列的交叉和不同标志的融合,正是艺术时空体的特征所在"②。傅大成在此中的行为的超越,自然构成了自由时空体中的生存境遇原型。

作家构建的这个自由时空体,实现了从先验世界的隐喻向生命隐喻的过渡。动荡年代的Z城生活在自由时空体中既是凡俗的日常生活,又是宏大的革命政治;既是传统的又是现代的,既是有力的又是微弱的,既有外在世界的荒诞、变形又凸显世态人情的本真状态。因此,这种自由时空体既是形式的范畴,又是隐喻的所指,作为"喻体",它可以映射到除了傅大成一家之外的不同场域,

---

① 李萌羽、温奉桥《一个人的舞蹈——王蒙小说创作的一个维度》,《南方文坛》2019年第3期。

② 〔苏联〕巴赫金《巴赫金全集》(第三卷),白春仁、晓河译,河北教育出版社2009年版,第275页。

从而反映普通人的日常生活对于国家政治生活的超越和回归。傅大成虽然生活在自由时空体中的一个审美符号,但他是以生命的方式存在而不是充当哲学构思的道具。傅大成在不同的时期选择了异样的方式超越生命的现存状态,也让这种生命的隐喻呈现出不同的层次。

首先是对生命本体的隐喻,这种对自身的隐喻指向了探究生命存在的真实维度。傅大成被父母之命的包办婚姻切断了青春最大的好奇与美妙——为尝试爱情,他一度远离家乡,企图逃避本不该归属于他的责任;即使在多年之后,他真的与白甜美离婚,但心里始终无法完全释怀过去这段虽不甚自由却十分幸福的回忆,他的一生似乎一直陷在“超越—回归”的经历中,并用自己的实际体验印证了在个体生命的不同形式、不同阶段、不同侧面中一直存在着逻辑的悖论:自由绝对不是简单的我行我素、随心所欲,而是某种状态的隐喻。在这里,读者似乎又能感受到王蒙小说中隐含的“作者声音”,那就是不论生活欺骗了你,还是你欺骗了生活,我们都不该忘记时时在灵魂深处发掘截然相反的东西。

其次是对生命存在的隐喻,在傅大成这一代知识分子心中,能够“活着”并不就是懂得“生活”,就像卢梭所说的“呼吸不等于生活”。活着只是生命存在的一种简单方式,而不是生命存在的全部归宿,傅大成因此一直思考着如何活着才能更完整地完成生命的存在。在追求这种完整性的过程中,大成超越了包办婚姻后的不自在,从白甜美那里获得了有限性的满足;但大成的作家身份与边疆小城那种简单易得的安定生活之间又重新构成了一种张力,他不得不选择从之前的自由时空体中进一步超越,他的超越正是空间的时间化,将未来或理想之维代入现实之境,因此,我们说这个短暂存在的自由时空体只是迈向生命隐喻的桥梁。重新显现的张力和矛盾让大成陷入了更为痛苦的身份焦虑和人性分裂,这也就是萨特所说的“非实在”,这些非实在就是生命存在中一些无法选择的痛苦和灾难,它们的存在并不是每个个体活着的必然,却指向了人类存在的实然。傅大成不会耽于日常生活的享受,而是选择填补自由恋爱和精神世界的空缺,就是在把握了生命存在必然的基础上的自我超越,这种行为超越的权利并不是社会和道德赋予的而是王蒙笔下的人物对自由超越性的洞察。

最后是对生命社会存在的隐喻,书写个体生命的存在无法不触及对社会存在的书写。生命存在固然需要生命个体来完成,但并不能依靠个体的独立作用,而必须借助现实的生存世界或者理想的生存世界。傅大成的生命存在,主要是通过两个女性形象及其代表的不同社会存在来完成的。《笑的风》中的白甜美,在某种程度上与王蒙“季节”系列中钱文的妻子叶东菊有形象塑造上的重合或者再现。叶东菊教会了钱文克制自己容易感动的情绪,她的生命存在准则就是做一个"最最普通的人"[①];同样,白甜美的一生始终相信:"每个人只是他或她唯一的自己,这就叫安分。"安分让大成在没有自由恋爱的婚姻生活中也体会到了别样的快乐。与白甜美不同的是,"后发制人"的杜小娟也有一段无爱的经历,她与大成一样接受了现代教育,她对爱情世界的理想与追求是白甜美无法想象的;杜小娟的出现填补了傅大成理想世界的精神需要,傅大成接受杜小娟就是接受新时期的新变化,也就是接受现代性的挑战。王蒙并没有引导读者批判傅大成的"负心"或者妄想,而是让我们坦然接受生命中自在状态的改变,这似乎是一个单向而无法悖逆的过程。通过结合现实和理想的生存世界,隐喻个体生命社会存在的真实性问题。

二、自由的意志——人格的超越

王蒙为傅大成一家在 Z 城构建的自由时空体作为小说的隐喻性叙事结构,既隐喻了在那个"狂欢的季节"中人们的失态与踌躇、时代的变革与阵痛,又喻示了那个时代里个体人格结构的分裂和矛盾。也就是说,在傅大成的人格深处,他不会安于这种桃花源般的生活,因此,新时期刚刚开始,他就找回了自己作家的身份,在 Z 城的文学刊物上发表了诗歌和小说。于是,他很快被邀请到北京去参加创作座谈会。

如果说自由的权利来自个体生命在社会环境中的选择,而自由时空体中行为的超越则为这种选择提供了一种别样的生存方式,也为"本我"避开非实在的痛苦提供了可能;那么自由的意志则来自个体人格结构的"自我",自由的权利和自由的意志是很难协调统一的,而在西方,宗教信仰能够置身于两者之间,让个体生命在实现行为的超越后能够获得信仰的救赎从而弥补人格结构的分裂。但在中国,由于宗教信仰的缺失,知识分子人格的超越就需要借助"生命的完美"或者"诗意的人生":用爱和精神满足达到的审美救赎来将行为超越后得到的现实人生提升到人格统一、人性和谐的审美世界。

《笑的风》不仅是用婚恋关系来探讨现代性的问题,而是像陀思妥耶夫斯基在《卡拉马佐夫兄弟》中借助佐西马长老之口说出了人格结构深处的隐秘:用爱去获得世界。弗洛姆说过:"爱,真的是对人类存在问题的唯一合理、唯一令人满意的回答,那么,任何相对的排斥爱之发展的社会,从长远的观点看,都必将

---

① 王蒙《踌躇的季节》,人民文学出版社 2014 年版,第 29 页。

腐烂、枯萎,最后毁灭于对人类本性的基本要求的否定。"①傅大成在 Z 城的生活不可谓不幸福,但他依然隐约地感觉到自己生命的缺憾和人格结构分裂的问题,也就说明人身上最强烈的情感激发并不依靠本能需要的满足,而是源于大成在读高中时听到的"笑的风"——人类生存特殊性的东西。这个特质就是弗洛姆所说的"爱"。

新时期后再次开始创作的傅大成,也乘着时代改革的春风寻找刚刚逝去的青春,同样也是缅怀人性中纯真自然的瞬间。他在北京的一场诗歌分享会上,第一次听到了杜小娟的声音;在一个重新充满爱和希望的社会环境中,大成似乎又感受到了 20 多年前的"笑的风",这是爱情的呼唤,也是现代性的呼唤。杜小娟的出现似乎激起了傅大成守护"爱"这种自由存在并进而追问这种存在的意义活动,爱情在这里也成为生命活动而不是认识活动。在北京的这次短暂经历,让大成感受到了一种无法从白甜美那里获得的愉悦感,这种"主观的普遍必然性"是基于文学交流会这种审美活动而产生的审美愉悦。傅大成与杜小娟初次相遇就产生的这种互相吸引,也不在于实现爱情的自由,而是自由地体验自由,这在大成之前的"本我"世界中是不存在的。动乱时期的 Z 城生活虽然安逸,却也单调乏味;大成感到自己在北京之行后变了,"再也找不到原来的自己了"。这种改变重又触动了人格结构的隐秘。

在文学的世界里,大成放下了自由恋爱的缺憾,开启了全新的理想境界,但这一境界又不时触动个体人格结构的矛盾,让大成不得不对包办婚姻的生活更加感到惶惑。尽管白甜美已不再像过去那样"敏于行而讷于言",来到 Z 城的她,变得能言善语,待人接物,能够迎往送来;新时期以后更是拥有了自己蒸蒸日上的事业。即使这样,从文学世界回归家庭生活时,傅大成虽然能找到自我,却又迷失了自我。然而,当傅大成的心灵痛苦无处诉求时,在北京偶遇的杜小娟再次出现了,二人交流了文学创作、人生理想。傅大成关于文学的种种在杜小娟这里有了回响,她是唯一能够理解大成的人格痛苦,真正欣赏他的性格魅力的女性。大成也深深地陶醉于她多层次的心灵构造和充满活力的精神空间。

《笑的风》从第八章到第十五章,介绍了傅大成和杜小娟的生命存在中蕴含的相似历程,其实是他们对自己灵魂呼声的响应和追求。二人分别把对方视为自己的"知己",从人格结构的完整性来看,其实更像是一面镜子前的"自己",也

---

① 〔美〕埃·弗洛姆《为自己的人》,孙依依译,生活·读书·新知三联书店 1988 年版,第 5 页。

就是拉康所说的"一种互为镜像的想象性关系"①,即爱的双方身处位置的隐喻化。他们重复对方的脚步,置换双方的位置,不仅是对自我心灵自由的坚守,更能超越自我去爱;他们因相似而相知,对另一方的呼唤和追寻,就是对当前充满张力的人格的超越。在王蒙看来,二人只有走到一起,才不是精神和灵魂的孤独者,才能在空洞的世界中寻找到心灵的慰藉。

马斯洛发现:"音乐家必须演奏音乐,画家必须绘画,诗人必须写诗,这样才会使他们感到最大的快乐。"②傅大成在诗意的生命存在中真正感受到了生命的尊严、生命的魅力和生命的完整,与之相对应的是把精神从肉体中超脱出来,与人的自由意志的绝对权利、绝对追求、绝对责任相平衡的人格结构。人的自由意识不是被规定的,但也不是毫无准则的,这种规则是一种普遍法则的准则,是生命个体自身对自由意志的促发——人格超越。这种人格的超越是从窒息人性的"铁屋"中破壁而出,唯有在这种审美情感中,自由才可以直接得到呈现。

但王蒙清醒地认识到,现代化的进程是要付出代价的,白甜美就在自己的丈夫实现人格的超越与生命完整性追求的过程中承受了痛苦。作者也不忘提醒读者,婚姻与爱情并不是一场还不清的道德欠债,爱情就像笑声一样,没有那么多刻意与伪饰;爱情又像风一样,来无影去无踪,是人性自由的隐喻。当我们有勇气正视这种人性时,本身就是对现代性的一种追求。《笑的风》不是道德的审判庭,而是能够洞悉自由的超越性和生命真实存在的探寻地——揭示生命存在的真相与可能。因此,作者没有也不希望读者在白甜美和杜小娟二人中做一选择,也不会对傅大成进行道德批判。相反,傅大成的自由意志能把世界看作"自我",用自我超越"世界",使生命存在成为一个充满生机、生化不已的自由境界。

这种生命自由的境界,是对于形而上追求的表达。从傅大成将世界作为"为我之物"而言,则是审美世界在先,客观世界在后;是生命意义之所在而非物质所在。借助于它,才能打开精神世界的无限之维,获得人为之人的终极根据,而"思考着未来,生活在未来,这乃是人的本性的一个必要部分"③。傅大成与杜小娟恋爱的情感核心是体验,是人格超越的隐喻表达,而他们追求的生命境界的核心则是自由;如果生命的真实存在意味着超越,那么爱情就是在人格超越

---

① 吴琼《雅克·拉康:阅读你的症状》(下卷),中国人民大学出版社2011年版,第583页。

② 〔美〕亚伯拉罕·马斯洛《动机与人格》,许金声等译,中国人民大学出版社2012年版,第168页。

③ 〔美〕埃·弗洛姆《为自己的人》,孙依依译,生活·读书·新知三联书店1988年版,第98页。

过程中的体验,而最终的境界则是人格超越中爱情体验的自由呈现。因此,"人格—超越""爱情—体验""境界—自由",这三种原本并没有关联的组合就在自由的意志中得到了统一。

三、自由的感觉——心态的超越

傅大成在自由时空体中的行为超越为生命的存在形式提供了各种可能,而他极力化解的人格矛盾也在审美活动中得到了救赎。自由的权利和自由的意志成为他最终体会到自由感觉的前提,也就是说,大成已然认识到了自由的基础来自社会,自由的手段则依靠本我世界的超越。可是,这种对于必然的把握是否指向了大成自由生活的目的? 大成与甜美离婚后,在与小娟建构的世界里终于体会到了相知相契、同心同趣的滋味。然而"趣"走到了头,则是"无"。大成发现,小娟可能并没有理想世界那么完美,反而还是一个充满管制力的人,这其实是二人婚后生活不自由的表征。大成一直对甜美心存愧疚,小娟也无法完全进入大成的世界,二人的感情自然会稳中走低,最后的结果也会不言自明。生活与命运终于落实了那句话:我只在我,我必报应。

细心的读者可能早已发现,"报应"一词在《笑的风》中出现了不止一次。早在杜小娟给傅大成寄去的那首署名"鸢橙"的《只不过是想念你》里,诗中就提到过"我只在我,我必报应"。在这首诗中,杜小娟用时间的明晰性和模糊性构成了想念、相思、相爱的事体情理,从而达到了时间和空间的普遍性和共通性。确定的时间将历史的虚无和人生的感叹交融起来,模糊的时间则带来了诗歌空间的立体化:小诗似乎预告了爱情和生命的结局就像随风飘去的断线风筝,预告显然是未来时的;然而,杜小娟却同样看出了"我只在我,我必报应"这样的故事完成时;最后,诗歌展现的情境和抒发的情感显然指向了现实空间。就这样,预告的未来时、故事的完成时和情境的现在时交错在一起,这样的写作手法既可以让个体生命在感受当下的景与情之时,又能提供形而上的依据,从而真正完成生命存在的"觉"也就是达到真正的自由境界。

看到这首诗的大成也惊异于"报应"的预判,他想极力掩饰自己与杜小娟的书信往来,可诗稿早被女儿阿凤偷走。大成的一双儿女自然是十分抵制自己的父亲与别的女人精神出轨。可后来,阿凤居然是凭着演唱杜小娟的诗改编而成的《未了想念情》而走红,这种戏剧性的情节也是一种"报应",但更有一种反讽的意味。"报应"其实是历史情景的循环性描写:白甜美被向往自由恋爱的傅大成抛弃了,而多年之后,当杜小娟的儿子立德出现时,傅大成的二次婚姻也走向了终结,他独自守在空荡的家中,仿佛也是一个被抛弃的人。这些相似的情景,将不同时间的空间连缀起来,实现了历史空间的时间化。因此,与其说这些"报应"是对生命个体的反讽倒不如认为是一种隐喻,它仍然隐喻的是一种自由的发展状态:自由发展到极致,反而会陷入一种不自由甚至是"无自由"。可以认为,真正的自由不是简单地否定过往的价值,而是在否定这些价值之后自己出面去解决生命存在的困惑。作者并没有直接透露这种解决的方式,而是通过小说叙事话语的多层维度去启发读者进行思考。

接到杜小娟的小诗后,惶恐之余的大成写信向女儿解释,但阿凤的思考方式是大成始料不及的;她看待杜小娟寄来的这首诗和诗中的内容,是超越了单向性、有限性的话语所指而试图构建一个全面性、超功利性的意义世界。这背后实际上暗含了阿凤对待爱情与婚姻问题的超越心态,这在后文中也得到了证明。大成与女儿的通信让小说的独白性话语转变为对话性话语,使叙事话语的所指分裂为表层含义与深层意蕴两个方面,让读者从小说的话语、人物、故事等角度认识到了生命存在的复杂性和含混性。

《笑的风》中另一处相似的对话性话语发生在傅大成与杜小娟之间,二人结婚多年之后,却在什么是爱情这个问题上发生了争执。大成认为爱情是奋斗而来的"成果",因此要精心呵护,坚持到底,让它永不改变;而小娟却把爱情看作一种审美享受,是幸福的感觉。既然爱情是美感而不是"物质",那么爱情满足的就不是实用性、功利性和合目的性这些低层次的需求,"爱"应该是以"爱"为目的而非手段,爱情的活动能力也不会是单向或者唯一的,而是可以不断转化和不断感受的。杜小娟的爱情态度反映了她活在当下的生命心态。活在当下并不意味着对现实的妥协,对处境的苟且,而是在把握必然的基础上完成的自我超越。在与杜小娟的争论中,傅大成似乎还没有理解这种心态上的超越,这与离婚后的白甜美不肯再嫁有些许的相似;但在这一问题上,大成的女儿阿凤却与杜小娟站在了一起:阿凤劝自己的母亲不必执着于永远的幸福,幸福一段总是强过永远的不幸。

当读者阅读这些对话性话语时,看似是特定情境中的"人物—人物"的对话,其实是"作者—人物"和"作者—读者"之间的交流。正如巴赫金所说:"小说应是杂语的小宇宙。"[①]杂语将读者代入到作者创造的"众声喧哗"的故事中,文

---

① 〔苏联〕巴赫金《巴赫金全集》(第三卷),白春仁、晓河译,河北教育出版社 2009 年版,第 202 页。

学是对现实世界的扩展,这种杂语打破了故事与意义之间简单的对应关系,解放了每一个故事作为小说构成要素的价值空间。作者、读者与人物争辩着、谈论着,从而超越了主客体间的双向对话关系,彼此深入灵魂的深处。晚年的大成,看似又成了一个灵魂的孤独者、爱情的失败者,他开始反思和回顾自己过往的行为和人格超越是否带来了自由的感觉。一直追求自由精神境界的心态和人生观,在有限的生命活动中不正是所谓的"北极光"吗?人的自由感觉其实只能诉诸于人的心灵,自由应当是自我的生命体验。在《道德形而上学的奠基》中,康德认为爱应该是:"在感觉的倾向之中,在行动的原理之中,在温存的同情之中。"①傅大成回顾自己的一生,爱不应该是被要求和规定的准则,也不是一种义务;对于这种"爱"来说它本身就是目的,而非追求自由的手段;爱是生命的诗意,它不受外物驱使而生发;爱是自由感觉的作用,并因为爱而使自由的感觉得以延续。经过对眼前现实的否定之否定,傅大成终于找到了人生的支点,他接受了所有的后果,把一次次"欺骗"了自己的生活看作宝贵的记忆和人性的财富;生活不光欺骗了你,也在同时恩惠了你,安慰了你,充实了你。

结　语

《笑的风》和稍早创作的《生死恋》,再次印证了王蒙相信爱情的人文立场,但作者又不忘提醒读者,不要将爱情定义成一种"义务",爱情的生发不能以我"应当"为基础,爱情的建立和延续也不能建构在我"愿意"之上。爱情的目的应该是爱本身,是爱者的自由感觉为自己立法,也就是说,对于必然的把握只能成为自由的前提,而对必然的最终超越才是自由为之自由的根本。

(李旭斌:中国海洋大学文学与新闻传播学院中国现当代文学专业硕士研究生)

---

① 李秋零《康德著作全集》(第四卷),中国人民大学出版社 2005 年版,第 406 页。

一曲春情笑的风

——评王蒙长篇新作《笑的风》

孟 亮

一、"青春万岁"与生活万岁

早在 20 世纪 50 年代,王蒙就出于留住青春和抒写岁月的冲动,参照其"少共"经历,创作了热情洋溢的长篇小说《青春万岁》,以年轻人对待青春的特有激情和兴奋,发出了"所有的日子,所有的日子都来吧,让我们编织你们"的呼唤。此后,在长达半个多世纪的创作里,赞美青春和青春万岁成为王蒙小说中,与政治、革命、爱情、文学、知识分子题材等并行不悖和一以贯之的主题。青春,对青春活力的热爱和赞美叙述,成为理解王蒙和解读王蒙文风的一把钥匙。《笑的风》以一曲动人的春情,延续了王蒙青春万岁的主题,同时,在青春万岁之余,王蒙更是以傅大成的爱情故事为经,以七十载的社会生活变迁为纬,谱写了一首对生活的赞歌,表现出了生活万岁的思想。

这种对青春朝气和生活万岁的赞美,首先表现为热爱生活本身。在《笑的风》中,王蒙以大量的篇幅描写了革命时期、开放时期和 21 世纪充满活力的生活场景和新生事物,对婚姻生活的重视,对外在生活设施和内在精神生活的描绘,尤其是对人的劳动、音乐和衣食住行中的"行"和"食"的关注,成为王蒙热爱生活的一个重要表现。如饮食上,民以食为天,王蒙将吃放在"人的因素之首",从贫寒时期甜美的煎炒烹炸、劳动乐生,到温饱时期甜美所展现的无师自通、惊人厨艺,从 Z 城的《中华名菜谱》《大众食堂菜谱》、鲁川东北菜、白干花雕,到上海的南翔小笼包、北京的东来顺涮羊肉,从国内的和平饭店、西餐,到国外的洲际饭店、慕尼黑啤酒,王蒙将人的吃食变化和对饮食男女的重视提高到人的本体性地位,表现的是对人民的生存和生活需要的尊重、对人的基本的和享受的物质欲望的尊重,同时是对生活本身所贯注的无比热情。在音乐上,从《葡萄仙子》到《乡恋》,从《泪痕》的主题曲《心中的玫瑰》,《蜻蜓姑娘》的插曲《玛丽诺之歌》,到《往日情怀》的奥斯卡金曲、门德尔松的 e 小调,从德国的滚石乐、歌德的《野蔷薇》,到红线女的粤剧、古典的戏曲《乔太守乱点鸳鸯谱》,更遑论阿凤的《未了想念情》和《也许还在一起》。音乐,作为王蒙展现人的精神生活和心灵生活的重要载体,倾注了王蒙对生活和生命的热情、期许、想象与寄托。所以当傅大成唱着《四季相思》,唱着"革命人永远是年轻"而"改变了人的精神面貌",倾听着时光倒流的"蜻蜓姑娘"而沉浸在对美好青春和生活的向往中时,他发出了"你不舍你的昼夜兼程,我迷恋我的青春万载"的热情心声。

同时,王蒙对生活的热爱还表现在对具体的生活细节,乃至不经意的生活瞬间的重视和描绘。正如有些评论家对《组织部来了个年轻人》中赵慧文和林震会面时《意大利随想曲》后的"剧场实况"和会面后的推车叫卖声"炸丸子开锅"的肯定一样,《笑的风》中也有不少展现王蒙独特的生活感和生活丰富性的细节,如别人的梦吃肉包和大成的梦吃炸糕,甜美与大成对话时的"去烧热水",以及更典型的,傅大成在北京之行后,面对甜美的询问,没话找话的场景,"你看咱们的香皂盒,怎么没有盖严……"这种对生活片段和生活细节所展现出来的独特把握,正是王蒙小说蕴藏着丰富的生活感和生活气息的证明。

其次,王蒙对生活的热爱,表现在王蒙对过去、现在和未来生活的理解、肯定与光明向往上。王蒙从 20 世纪 80 年代开始,即表现出对历史的反思理解和对光明生活的热切赞美,无论是其反思系列小说,还是其《王蒙自传》《这边风景》,都对此有所涉及和表现。《笑的风》承续了这样的主题思考,同时显示出了自己的特色。"得而后知未得"是《笑的风》中有关人的精神的一种鲜明写照,然而,在生活上,在过去和现在以及历史由贫瘠走向丰裕上,王蒙却是"未得而后知得",因而感慨尤深的典型。在动荡的年代中,平安是福,大时代下的小人物傅大成与白甜美,能安聚在边疆小城,攒火团圆,甚至于温饱之外还能有一点简单的物质享受,已实属不易。这是王蒙对身处动乱年代中的个体命运的一份希冀,其中既包含了对世道人情的悲悯,也蕴含了王蒙对生活平安来之不易的珍惜,是对过去的一种体察和谅解。同时,真正显示出王蒙理解过去、超脱过去的是他对苦难的态度。王蒙从来不是一个看不到苦难和无法正视苦难的作家,相反,王蒙是永远把自己的心和热情放在积极的一面上的作家,在《笑的风》中,王蒙借大成和小娟之口,探讨了苦难对于人生的意义,"人不可以活得过分幸福,过分幸福的人不可能成材,不可能有内涵,不可能坚毅与淳厚,不可能有生活与奋斗的意愿乐趣"。借由对苦难的回味,王蒙真正地将人生的苦难转化为了前进的动力和人的乐天知止精神,从而还生活以岁月,予苦难以新生,完成了对过去的超脱。

自然,这种超脱的前提是对当下社会生活的肯定和热爱,以及对未来的期许与向往。"到处是生活,到处是时代,到处都撼动着历史趋向的变革与调整……中国人的生活,正在迈上一个新的平台。"当下,在王蒙的这部小说中,永远是蕴含着旺盛的活力、生长力和生命力的存在。同时,王蒙对当下社会生活的肯定也来源于对历史和过去的不断回顾与对比性思考。小说中,傅大成不止一次回望自己的出身和经历,"生于鱼鳖之乡,学于滨海之县,立足小Z,知名全国",一个"鱼鳖村的贫农儿子,不但上高中,而且上大学,不但当干部而且写诗,不但坐飞机而且蓬拆拆跳起舞来"。借由大成的生活轨迹和变化,在讲述过去的同时,王蒙写出了今昔的巨大差距和"此时此刻"的美好岁月与黄金时代,并满含幸福。对于当下的机遇与困难,书中也坦言"中国可能缺少这样安谧俏丽的小岛",但远望未来,中国更不缺少的是"忙碌""惦念"以及"奋发图强"和"日理万机"。未得而后知得,而幸福,得后而知未得、将得、还能得,而更幸福。因此,王蒙在小说中正是从过去与现在生活的今昔对比中,催生出了对于未来的无限信心和期许,并始终对所有的生活满怀热爱与憧憬。

最后,王蒙的热情和对生活的热爱,还表现在王蒙对参与历史、见证历史、叙述历史和建设历史的自信与自觉。众所周知,王蒙不仅是共和国缔造的见证者、政治运动的受难者、"文革"的亲历者、改革开放的参与者,更是新时期社会生活和现代化的建设者,是当代文学作家中最具重量性的一员,其本身所处的潮头位置给予了他独一无二的眼界和阅历,同时,随着时间的演进,其经历本身也已经构成了和正逐步构成历史的一部分。因此,王蒙与当代历史具有着天然的联系,甚至于王蒙自身即是当代历史和文学史的一部分。这使得王蒙远远超出了一般作家的历史旁观者姿态,进而能以一种主人翁甚至代言人的身份和地位发言。在《笑的风》中,王蒙即以鲜明的主体性姿态,选取了具有极强代表性和典型性的历史和生活事件,让傅大成经历了从20世纪50年代,甚至是30年代,到2019年所能够经历的社会、经济、文化、政治、历史等领域的方方面面,傅大成如王蒙一样,参与见证着历史,也叙述建设着历史。傅大成或王蒙的经历、困惑和思考,成为一代人甚至几代人的典型记忆。这充分展现了作家对历史和时代情感的捕捉,展现了作家对生活和历史的独特把握,以及将生活和经历典型化和历史化的信心。王蒙曾坦言,相比社会的批判者,自己更愿做一个社会的建设者。而这种建设者的自觉,伴随着王蒙心态的青春自信、热情洋溢,也伴随着王蒙的参与意识和历史意识,一齐反映在《笑的风》这部长篇小说之中,并彰显出王蒙对生活和生命的无上热爱。

二、"活动变人形"与社会塑人形

对知识分子的关注和塑造,一如王蒙对青春和生活的热爱,占据着王蒙作品的重要位置。20世纪80年代,王蒙创作了一部反映知识分子心理状况的代表作《活动变人形》,并塑造了倪吾诚这个经典形象。30多年后,在新作《笑的风》中,王蒙以傅大成的形象塑造,完成了对倪吾诚形象的接续和超越。傅大成与倪吾诚两人,首先是一对灵魂的兄弟。他们都有着贫穷农村的出身背景;都有一个封建的婚姻家庭,都受过新式的教育,与另一半无论是在思想观念上,还是在文化知识上,都存在着较大的差距,有着难以弥补的隔阂;他们都以自己的方式,做出了对婚姻家庭的反抗,并最终彻底抛弃了这份束缚。用傅大成的话说,即是"被包办了婚姻被终止了青春最大的好奇与美妙——尝试爱情。一个妇人给他生了两个孩子,他却根本不想与他们共同过日子"[1],因此,他们同是封建婚姻的受害者,也同是它的反抗者。他们都目睹并经受了现代化的思想的洗礼,产生过婚姻、身份、自我的焦虑和认同问题,都有过"红叶与带鱼"的矛盾,有过"再也找不到原来的自己了"的迷失,他们同为写作者或作家,满怀文学理想和自由精神,渴望抒写新的世界、新的文明和新的观念,并终生是一个现代化的追求者和提倡者。他们是心灵上的挚友、灵魂上的兄弟。

然而,或许更重要的,他们是硬币的两面,傅大成是倪吾诚在精神和生活上的反面。他们同样反抗封建婚姻,傅大成一心一意,他的追求带来了与小娟的几十年情深,倪吾诚的反抗带来的却是自己的寻花问柳、堕落自身;他们同样产生过对原配家庭的愧疚,对寄希望于下一代的期盼,然而倪吾诚在子女身上发现的是瘦小、孱弱、吃不饱、营养不良、缺乏鱼肝油和国民劣根性,傅大成发现的则是小龙的诗歌与文学想象能力、小凤的"攘花"与人道主义,是"十年一觉春风梦,留得童儿雏凤声",是梦想"要与他的下一代联手实现"和"新的生命正在萌发";倪吾诚的满怀理想和创作欲望是终究没写过一篇作品,而傅大成的写作则是大获成功,"古有范成大,今得傅大成";倪吾诚一味追求自己能体验到现代化带来的一切美好、便利,却忽视了现实状况与客观条件,因此终生彷徨苦闷,求而不得,对外界抱着不能成就自己的消极、不满和愤恨,而傅大成则始终不忘自己是"农家子弟,接地气的人,因此善于知足,没有太多'酸的馒头',温情伤感";

---

[1] 王蒙《笑的风》,作家出版社2020年版,第21~22页。

倪吾诚是好吃懒做、游手好闲、善于自欺自夸、沉醉幻想、目光短浅、"阿Q式的得过且过"的典型,而傅大成则既具有贫下中农"斗争性思变性革命性"的优良传统,又是当断则断的勇敢者和切切实实的实干家。倪吾诚向往一生而没有实现的,傅大成基本都实现了,倪吾诚浪费了大好年华,晚年竟还天真认为"自己的人生还没有开始",而傅大成则是"已经浪漫过了,热恋过了,社会的、历史的、观念的,灵魂与肉体的多多方面都解放开放与时俱进过了"①,因而也无甚遗憾了。傅大成和倪吾诚,既是灵魂兄弟,又是思想和生活的反面,相比之下,倪吾诚"无诚也无成",傅大成"大诚复大成"。

然而,造成两人命运差异的原因,除了傅大成的革新精神、实干精神和脚踏实地的行动力,以及倪吾诚的自欺自骗、阿Q式精神和好吃懒做等行为缺陷之外,不同时期的社会因素和社会发展状况对人的影响是至为关键的。这也是王蒙强调《活动变人形》和《笑的风》一个是民国故事,一个是共和国故事的原因。即排除活动变人形的个体因素之外,社会,尤其是新中国和改革开放后的社会对人的发展和成就起到了至关重要的推动和塑造作用,即社会塑人形。这也是王蒙在《笑的风》中所着重展现的,同时,也蕴含了王蒙对改革开放和社会对人的推动力、成就力的由衷赞美。傅大成之所以能避免倪吾诚终其一生对着现代化文明嗟叹,成为一只"巴甫洛夫的狗"的命运,乃至最终名满天下,"农家大成",一个显在的原因即是改革开放的塑造和新时期社会的成就。傅大成本已初中辍学,却在"大跃进"的热潮下,"乘着疾风""以劲草姿态续上高中",此后"考上省城外语学院",在"文革"动荡中,远居Z城,幸而获得了难能的平安与幸福。此后,尤其是在新时期,大成因缘际会,乘着一曲《乡恋》风和改革春风,发表了诗歌、小说,得上北京,得去上海,出访国外,成全爱情,采访女排,邮轮旅行,迎来了事业、爱情和创作的大丰收。虽然社会的挫折时有而至,社会的塑造有时必然,又或偶然,但考察傅大成的一生,他的最好的发展,都是借助了改革的东风,被新的社会所推就。因此,王蒙不仅在社会的苦难中发现了激励人的一面,还在社会的改革与发展中,发现了塑造人、成全人的一面。正如小说中的傅大成所反复感慨和赞叹的,"这是一个大开眼界的时代","这是一个奇迹,这是一九七九年末的又一个快乐奇妙的伟大构思","中国啊中国,人们是多么有机遇;大成啊大成,古今中外,谁能赶上你这样的八面来风、五月开花、春阳普

---

① 王蒙《笑的风》,作家出版社2020年版,第248页。

照、万年不遇、千年不再的了不起的缘分！"①在傅大成看来，正是与新社会塑造人、成就人的缘分，使得"傅大成祖宗的坟头，伟大中国人祷告祖先以求保佑的坟头，大冒青烟喽您哪！"

　　同样，王蒙本人也是在社会的挫折、打击、推动、助力之下，加之以个人的努力奋斗，才一步步走到今天。因此，王蒙在《笑的风》中，借由傅大成的人生经历，在赞美肯定改革开放和社会的生机活力的同时，也探讨了人与外界的关系、个体与时代的关系、个人与机遇的关系，并进而生发出了王蒙的哲学命题，即生活并没有欺骗你。虽然在每一个时代中，在每一个人的成长中，都有理想的悖谬与错位，"理想实现不了，你宁愿为理想而献身，理想实现了，你永远不会全面与长久地满意再满意，欢呼再欢呼"②，都有生活、生命、爱情、幸福的尴尬和困境，"在西柏林与他一道去过君特家的杜小鹃啊，你到哪儿去啦"③，都可能会经历人事的怅惘和迷失，"此情可待成追忆，只是当时已惘然"，以及"生活—理想—新一轮生活"的轮回，"假如生活欺骗了你"。然而，王蒙对人的历史结点的发现，对生活的"逗你玩"真相的发觉，使他找到了个人与时代的连接，即在汹涌澎湃的大时代中，个体一方面躬逢其盛，赶上了某时某刻的历史结点，因而随时代浮沉，演绎出一段时代悲欢，即白甜美所言"那是没有办法的事"；另一方面，个人又以其个体的努力，成为时代的一部分，并在时代的奔涌中，闪耀出自己的光彩，即傅大成回首过去，"但仍然是昂然，陶然，浩然，欣然，决然，怡然，沛然！"④王蒙发现，生活的"欺骗"更多是个人过高估计了自己，欺骗了自己，而人生和社会的苦难与反面，亦加深了人的认识，增强了人生的丰富和底力，是社会和时代塑造了人，而不是欺骗了人，一味变了人形。

　　《笑的风》将王蒙半个多世纪的关于社会和人生的思考熔于一炉，赞颂了改革开放所带来的新的时代和当下社会变革中所蕴含的无限机遇和生长点，以一曲"春情"表达了对个人和时代的坚定信心。小说最后，傅大成一生没有白活的欣慰与面对古人和历史时的公正心态，既是王蒙对时代、生活和个人命运的总结式书写，显示了王蒙所独有的智慧和开放心态，又是王蒙对读者和当下青年人的一种规劝，其社会塑人形的哲学和生活学里暗含了一个终生的社会建设者

① 王蒙《笑的风》，作家出版社 2020 年版，第 133 页。
② 王蒙《笑的风》，作家出版社 2020 年版，第 223 页。
③ 王蒙《笑的风》，作家出版社 2020 年版，第 237 页。
④ 王蒙《笑的风》，作家出版社 2020 年版，第 192 页。

面对读者和后辈的苦口婆心。

三、"杂色"与思想自由、兼容并包

王蒙曾创作过一篇《杂色》的小说,讲述曹千里与老马在草原和边疆出行的事迹,其"杂色"的题名中,就包含了斑驳、杂错、五味杂陈等意思。除此之外,杂色还是多种色彩的交融,是鲜艳丰富,是耀目缤纷,是杂花生树,是无所不包。首先,考察王蒙的创作,尤其是小说《笑的风》的创作,丰富的"杂色性"是其最典型的特征。时间上,从 20 世纪 50 年代起始,上溯至 30 年代,下到"文革"、新时期、2019 年,上下 80 余年;地域上,从鱼鳖村,到边疆小城 Z 城,到北京、上海,到德国、希腊、匈牙利、爱尔兰,旁涉美国、古巴、澳大利亚等,纵横五大洲;内容上,写了生活、爱情、亲情、现实、理想,写了生活与文学的关系,社会与人的关系,对历史和文坛现状的反思,对当下的肯定,对国际关系的思考,对古今爱情婚姻模式的打量……可谓无所不包;艺术上,写了文学、音乐、电影、绘画、建筑、舞蹈、戏剧、雕塑,八大艺术门类均有涉及;学科上,有政治、经济、哲学、文学、物理、生物、历史、教育、法律、医学等,几乎涵盖了所有的学科。可谓五彩缤纷,千姿百态。同时,王蒙更是充分挖掘了"笑的风"的含义和寓意,将女孩的笑的声音、婚姻和睦的、平安知足的、幸福爱情的、美好生活的、新婚快乐的、事业兴盛的、改革开放的、社会进步的、现代化的,乃至凄凉失落的"笑声""风声"和"笑的风声",都融汇在了对"笑的风"的描述中,使其具有了更深厚的内涵和更色彩鲜明的、多层次的意蕴。小说中,傅大成曾思考过人生的"福与富",认为"富岂在金钱,更在头脑、思想、知识、学养与品位风趣,尤其是幽默、想象、风度"。可以毫不夸张地说,王蒙的《笑的风》,正是这样一部富裕的小说,它集知识性、趣味性、真实性、哲理性、广博性、包容性、史诗性、生活性、虚构性、文学性、历史性、启发性和现实针对性等于一体,具有广阔的社会生活内容和无所不包的信息含量,是一部真正杂色的、色彩斑斓的、五光十色的小说,也是一部展现了社会万象的真正意义上的世相书。

其次,王蒙在思想上也呈现出了自由、开放、多元并包、兼容合一的特征。面对中国古典的思维方式与思想传统,现当代的启蒙、人道主义与现代化的思想经验,以及国外的各种流派的思想与文化资源,王蒙以一种"万物皆备于我而为我所用"的通达和智慧,以一种海纳百川、去粗取精、兼收并蓄的方式,将它们合理地吸收、利用、消化、转化,从而熔铸成了自己的思想资源和思维优势。既有孔孟儒家的一以贯之,"逝者如斯夫,不舍昼夜"的依恋和"仁者寿,智者乐"的智慧,也有老庄"天地不仁,以万物为刍狗"的冷静庄严和"天下皆知美之为美,斯恶已"的中华辩证法,既有传统哲学的中正平和,农村哲学的不可过于自满和净想好事,也有"善作者不必善成,善始者不必善终"的人生激励和解放思想实事求是的建设性经验,既有古希腊罗马哲学"人不能两次踏进同一条河流"的决绝和柏拉图式的纯美爱情,也有黑格尔的辩证法,马克思的具体分析,以及后现代的荒诞派思想和解构哲学"红了它,也就是解构了它"。面对古往今来众多的先贤哲人和他们的思想遗产,王蒙用他的智慧和包容性,将中华、西方、古典、现代诸因素予以调和,使之成为一个杂色的有机拼盘,实现了在古今中外思想文化影响下的博采众长和得心应手,从而在根本上摆脱了"影响的焦虑",并替之以"有朋自远方来的不亦乐乎"。《笑的风》里,王蒙在悲剧中发现了喜剧、荒诞剧,在竞技性中发现了游戏性、趣味性,在平凡中发现了定数易理、天心自然,在刻骨铭心里发现了茶禅一味、离合一体,更在不通畅、不自由中实现了灵魂和精神的大畅快、大自由。中国古代有兼儒墨、合名法,于百家之道无不贯通的杂家之说,而王蒙即是当代作家中真正的思想自由、兼容贯通的杂家。

同时,王蒙在这部《笑的风》中,实现了写作技法上的新自由和新创造。他将自己智性的生活感悟、丰富的社会阅历、辩证的思考方式、细腻的情感捕捉、生命的哲学境味、开阔的历史视野、广博的知识积累、澎湃的青春热情、昂扬的进取精神、兼容的文化立场、通达的个体意识、深厚的文学资源等交相融汇,呈现出独属于王蒙的智慧和小说叙述方式。表现在文中的一大特点即是古今杂错、文白间杂、腾挪化用、中外一炉。王蒙或引用或创作了古诗、戏曲、打油诗、现代诗、小说、散文、歌词、电影、名言、典故,运用了纪实、想象、抒情、描写、叙述、议论、讽刺、比喻、夸张、心理刻画、借古抒今等多种不同的手法,将古典文言诗词乃至歌词的尤擅抒情,与现代白话语言的长于叙事,和文学、哲学、电影等典故的充实含蓄,以及科学、社会学等名词概念的广泛内含相结合,杂糅以王蒙所特有的铺排式、夹叙夹议式的行文之法,既彰显出了王蒙的创作资源和创作优势,又使得《笑的风》兼有文言的典雅、白话的晓畅、欧化的新奇,以及小说、散文、戏剧、诗歌的文体特色,兼具多种语言和文体之美。此外,《笑的风》所呈现的另一特色是幽微细腻、情语交织、灵动转瞬、曲故情长。王蒙通过自己说话、让人物替自己说话、模糊人物与作者话语表达的主体性的方式,使得话语具有了一种共鸣性、合唱性和多义性,同时,王蒙使小说中的现象和对现象的表现,带有了一种参与主人公历史、情感和叙述的方式,以及与生活、哲学、文学、心理学等相考量的意味,这也使得《笑的风》中的生活现象不仅仅是一种客观现象,而是成了一种有意义和有意味的存在。进而王蒙创造了一种以个体表达为外衣的叙述方式,在语言的多义与繁复、在叙述的表现与演进中,完成了对幽微哲思和细腻情感的深刻捕捉,一反古人的言近旨远和京派小说的于无声处,实现了思维静谧于喧哗中的表达化和心绪理性集中于情绪中的内藏化,具有一种大隐隐于市的繁华和通畅之感。王蒙的这种在微妙中探寻对情感、思考和人生哲理的瞬息把握,捕捉转瞬即逝而又永恒心绪的艺术能力,在《笑的风》中达到了令人击节赞叹的程度,这也是王蒙实现了他新的创新和新的自由的表现。

总的来说,王蒙的创作一直是杂色的、丰富的、明媚热情的和始终创新的。虽然《笑的风》中所呈现出来的创作特色,有的早在 20 世纪八九十年代,甚至是 50 年代中就已微露雏形,如王蒙的辩证思维、热爱生活和建设者姿态,但真正让王蒙达到如此通脱和顺畅的原因,也是与王蒙对"老的境界"的思考相联系的。"老",在王蒙的笔下,既是圆满,又是新生。一方面,"老"是返本,是清源,是深入历史和更见醇厚,意味着对人生的梳理总结和对中国传统的更加珍视,如文本中对以古典诗词、《红楼梦》为代表的古典文学资源的择取,和对以孔孟、老庄为代表的诸子百家思想源流的重视。另一方面,"老"在王蒙那里是通透,是洒脱,是老而弥新和老而狂狷,是老之弥坚和老而志在千里,是《杂色》文末中一道又一道绚丽色彩的光柱和那一匹俊美神熠正在奔驰的千里马,也是无所不包无所不可的欢畅和自由,是中华辩证法与黑格尔辩证法的集大成。因此,《笑的风》不仅寄予了永远年轻的王蒙对青春和生活的热爱,对改革开放和社会塑就人的感激,也寄予了耄耋之年的王蒙思想自由、兼容并包的大欢乐和大欢喜。从这个意义上说,《笑的风》是作家王蒙的"一曲春情",同时是作家耄耋之际的"王蒙大成"。

(孟亮:硕士,山东华宇工学院教师)

综合研究

王蒙与鲁迅

白 草

当代作家中,引用、谈论鲁迅最多的是王蒙,他对鲁迅著作的熟知程度,尤其那种贴切自如的运用,无人可及,左抽右取,信手拈来,化为己有,不仅表现在散文、随笔、评论、演讲、访谈等文体中,也体现在小说作品中。《青春万岁》(1957年、1979年)序诗开头几句"所有的日子,所有的日子都来吧,/让我编织你们……"即是从《好的故事》中受到了"一种启示,一种吸引,一种创作心理学意味上的暗示"①。短篇小说《风筝飘带》(1980年)中,王蒙甚至有意识地吸收了鲁迅杂文的手法。在"写得最像小说"的长篇小说《青狐》(2003年)中,至少有八处地方写到了鲁迅;长篇小说《闷与狂》(2014年)中六处地方直接引用鲁迅文字。鲁迅及其著作未必是王蒙的一个基本参照,但鲁迅是王蒙喜爱的作家之一。

王蒙上小学时就知道了鲁迅,也听说了名句"一株是枣树,还有一株也是枣树",为此专门找来《秋夜》,虽然读不懂,却能感到一种"清冷中的深思的气氛",一如夜半时分忽然听到吃吃的笑声,委实有点惊心动魄。② 1945年,王蒙考入私立北平平民中学,开始阅读鲁迅杂文,此时仅12岁。③ 在整个初中阶段,王蒙系统地阅读了现代文学诸大家;对鲁迅的作品,他喜欢《祝福》《故乡》,更喜欢《风筝》《好的故事》,他从一开始即感受到并发现了鲁迅的"深沉与重压,凝练与悲情",认为读鲁迅"不是一件好玩的事"。20世纪50年代初参加工作后,王蒙更是一遍又一遍地阅读鲁迅,读了《雪》"那是孤独的雪,是雨的精魂"后,仿佛自己也"变得冷峻和忧愤起来",对那种本无恶意却每每做出伤害他人之事的人比

---

① 王蒙《王蒙文存》(第21卷),人民文学出版社2003年版,第35~36、35页。
② 王蒙《王蒙文存》(第21卷),人民文学出版社2003年版,第35~36、35页。
③ 王蒙《王蒙文存》(第23卷),人民文学出版社2003年版,第525页。

如《祝福》中的"杨嫂",为之怅然良久,禁不住感到一种"巨大的失落"。① 当然,阅读中总是有比较,亦会受到时代风气影响,充满热情、追求理想的年轻人王蒙在读了《钢铁是怎样炼成的》之后,回过头再来读鲁迅作品,就觉得不是那么太满意了,甚至视鲁迅作品为"不够革命",还没有巴金的作品革命;巴金作品中至少出现过革命党,而鲁迅的则没有——"没有代表未来的英雄人物"②。1962年,王蒙调入北京师范学院中文系任教,次年撰写了《〈雪〉的联想》一文。这是王蒙谈论鲁迅的第一篇文章,也是《野草》研究史上一篇重要文献,从作家创作心理角度敏锐、准确地指出了想象、直觉尤其联想在理解《雪》这种"奇文"时的重要性,也婉转批评了自 20 世纪 50 年代以来《野草》研究中出现的机械、生硬倾向,即为内涵丰富、生动的意象寻找固定的社会政治对应物,将优美的散文诗变成了粗浅的寓言。③ 1981 年,王蒙发表《我愿多写点好的故事》一文,初步总结了自己 30 多年来阅读鲁迅的感受、经验和认识:"少年时候读鲁迅的作品,有许多社会背景、思想意义、人物遭际是我所无法理解的。但是,那作品的情调,鲁迅的那种冷静——深蕴着炽热的同情和深邃的思索的冷静,那种对于人的道是无情却有情的冷峻的解剖,却早已像刀刻一样留在我的心上了",随着年龄的增长,"越来越感觉到鲁迅思想的那种照亮一切的令人战栗的光辉了"④。

王蒙对鲁迅的基本看法是:鲁迅只有一个,像任何伟大的作家一样,鲁迅及其文学具有"唯一性"特点,"他是绝对不二的",不可复制;鲁迅有自己的环境、时代,他的清醒、深刻、冷峻乃至决绝,一个也不宽恕等品质均与此相关,鲁迅"也是具体的时间环境与文化传统相激荡的结果"⑤。王蒙秉持着作家本位、文学本位观念,他分得清鲁迅本有的文学内容和附加在鲁迅身上的内容;他对一种倾向——拿鲁迅对自己时代的批判生搬硬套在当下时代、以鲁迅来证明当代作家都不行等,始终保持着警觉。因此,王蒙对鲁迅文学、思想的认识颇具个性化色彩,贡献出了个人独到的见解。即便有时不得不卷入关于鲁迅的论争,如"费厄泼赖"缓行问题、"五十个鲁迅"问题等,与反对者的误解和曲解相比,王蒙的议论实际上更为接近鲁迅的本义。

① 王蒙《王蒙自传·半生多事》,花城出版社 2006 年版,第 49、117 页。原文此处"杨嫂"系笔误,应为"柳妈"。
② 王蒙《王蒙文存》(第 20 卷),人民文学出版社 2003 年版,第 216~217 页。
③ 王蒙《王蒙文存》(第 22 卷),人民文学出版社 2003 年版,第 6 页。
④ 王蒙《王蒙文存》(第 21 卷),人民文学出版社 2003 年版,第 38 页。
⑤ 王蒙《王蒙自传·九命七羊》,花城出版社 2006 年版,第 183、185 页。

一

对鲁迅不同文体作品,王蒙的喜爱程度和评价等级也是不同的。比较而言,王蒙最喜爱《野草》;扩大而言,王蒙说"在所有的短的作品中",他最喜欢的还是《野草》。① 《野草》全部 24 篇(包括《题辞》)中,王蒙最喜欢的几篇为:《好的故事》《风筝》《影的告别》《雪》。② 王蒙之所以特别喜爱《野草》,原因大约在于两个方面。首先是与个人小时候阅读经验和相应的人生体验相关。王蒙上小学时即开始读《野草》中的《秋夜》;升入初中后又读了《好的故事》《雪》《风筝》。《好的故事》当然是他最为喜爱的一篇,并且全部背了下来,那种"许多美的人和美的事"织成一天云锦的奇幻景象,让少年王蒙感到了"一种激动、一种共鸣"。这种影响一直持续了下来:

直到今天,当我坐到桌前,面对着钢笔、墨水、洁白的稿纸的时候;当我在构思的过程中或者命笔的过程中不由得微笑、低语、念念有词起来或者眼睛湿热、呼吸粗重起来的时候;当我努力去追踪、去记录、去模拟那稍纵即逝的形象的推移、情绪的流转、意念的更迭,去表现那"诸影诸物,无不解散,而且摇动,扩大,互相融合;刚一融合,却又退缩,复近于原形"的生活的五光十色的时候;我觉得,我的尝试、我的心情和我的追求,都可以从《好的故事》里得到鼓励和参照。我愿意为了我们的时代和人民,编织一点各式各样的好的故事。③

读《风筝》则与个人的生活经历直接相关了。王蒙回忆说,他小时候压根儿就没有放过风筝:一方面自己营养不良,身体瘦弱,住在北京的小胡同里,没有地方可去放风筝;另一方面买不起、也不会做风筝。"我没有童年",这便是王蒙阅读《风筝》时联想到的。风筝始终牵动着王蒙的情感,后来看见子辈们在碧蓝的天空中放飞风筝时,不由得感到说不出的痛快、舒展,自己的心也仿佛跟随着风筝飞向蓝天了。直到 1980 年发表短篇小说《风筝飘带》,还在让"风筝""风筝飘带""屁股帘儿"(王蒙说这或许就是鲁迅写的"瓦片风筝")寄托主人公多年的

---

① 王蒙《王蒙新世纪讲稿》,上海文艺出版社 2005 年版,第 404 页。

② 在与人对谈中,王蒙说过《好的故事》"是《野草》中最好的",见《王蒙文存》(第 20 卷),人民文学出版社 2003 年版,第 361 页;在自传中说起《故乡》《祝福》,"更喜欢他的《风筝》和《好的故事》",见《王蒙自传·半生多事》(第一部),人民文学出版社 2003 年版,第 49 页;在一次讲演中,王蒙称《影的告别》也是他"非常喜爱的作品",见《王蒙文学十讲》,人民文学出版社 2003 年版,第 60 页。

③ 王蒙《王蒙文存》(第 21 卷),人民文学出版社 2003 年版,第 36~37 页。

向往和怀念，其实也何尝不是寄托着作家本人的向往和怀念。①

其次，王蒙喜爱《野草》也是敏感于这部散文诗集独特的形式和风格，他用了"奇特"一词来形容《野草》。② 王蒙对《野草》有一个总体性评价，认为其中"有许多是写感觉的，在某种意义上，也可以干脆说是意识流的篇什"，《秋夜》《好的故事》《雪》等等都是；不应该考证其中"讽喻"了什么，去挖掘出什么"微言大义"，或者坐实"影射"了什么人和事，或者去寻找某种主题思想等等，"这都不对"。③ 这种认识在关于《雪》的评论中体现得最为明显。

王蒙写作《〈雪〉的联想》一文，并不是把《雪》单独抽取出来作为一个孤立的文本加以分析，而是在熟知《野草》整体风格的基础上，将《雪》当成一个开放性文本。他从一个作家特有的艺术感知角度发现了《雪》的独特所在——伟大作家由于思想的广阔和深刻、由于对生活独具慧眼的观察和感受，以及由于高超的艺术表现能力，往往给笔下的小景物、小事件注入了很多思想和感情，"使这小景物小事件的客观意义大大超出了作家的主观意图"，《雪》也是如此。江南白雪、雪之子的形象不仅仅是鲁迅的童年形象，进而言之还包括一种青春形象，"它所引起的关于童年和青春的联想，具有着特别有趣、特别深刻的与众不同的地方"。具体说来即是，第一，《雪》表现了鲁迅"怀念童年和青春的美丽"，如"滋润美艳之至"的江南白雪、"血红的宝珠山茶""白中隐青的单瓣梅花"等等，这些正是童年和青春的图画；第二，鲁迅更为沉重、更为清醒地懂得，童年和青春虽然美丽，但也有着"软弱、不定、短暂的一面"，童年和青春会长大，长大了会变化，正如雪罗汉，尽管它明艳、洁白、闪闪地生光，却经受不住晴天或寒夜的冷暖影响，最终不知要变成别的什么形状。王蒙发现了，鲁迅同时又写了"朔方的雪"的形象，这也正是鲁迅本人的形象。能把江南的雪和朔方的雪联结在一起写，非鲁迅这样的大手笔而莫办：

就是这样，鲁迅在《雪》中塑造了两个形象：江南的雪和朔方的雪；使我们联想起两种性格：美艳又不免脆弱的童年和青春与坚强又不免孤独的战士和公民；敷染了两类美学色调：瑰丽的和斑驳的，亲切的和严峻的，鲜活的和深重的，怡悦的和粗犷的，温馨的和悲壮的……这二者像一个乐曲中的第一主题与第二主题，互相补充，互相渗透，互相纠缠，互相争斗，组成了一个小小的然而是非凡

① 王蒙《王蒙文存》（第 21 卷），人民文学出版社 2003 年版，第 184 页。
② 王蒙《王蒙文存》（第 23 卷），人民文学出版社 2003 年版，第 65 页。
③ 王蒙《王蒙文存》（第 21 卷），人民文学出版社 2003 年版，第 36～37、184 页。

的乐章。①

《雪》给予了王蒙极深刻的印象。2006 年出版的自传中,王蒙又一次回忆了当初写作《〈雪〉的联想》时的情形,称精读并研究《雪》是当教师期间的"一个收获",并且半是调侃半是认真地透露了以前没有说出的一句话:"反右前的王某,怕是南方的雪,曾经'纯美如处子的皮肤',却终于'不知道是什么形状'啦。直到六十年代我才感觉到了朔方的雪的形象的感人与内蕴的痛苦。"②

王蒙说过,他写《〈雪〉的联想》实际上也是借此表达个人的"审美理想、人生感觉":"一个作家可以写所谓主题消解的故事,这还是很令人羡慕的路子,但你不管主题怎么消解,一个有着丰富的人生经验的非常博大深邃的胸襟的作家,他写出的哪怕是最无意义的故事、最普通的生活,往往凝结着他更深刻的情感、智慧、灵魂。"③而这和他在《〈雪〉的联想》中所标示出的伟大作家具备的三要素——广阔深刻的思想、独具慧眼的观察和感受、高超的艺术表现力,大体上也是一致的,具备了如此素养的作家,即使写细微之物亦能注入更多的思想和感情。

2007 年,王蒙为上海一家电视台录制讲演节目,又举了他"非常喜爱"的《影的告别》为例:"人睡到不知道的时候,就会有影来告别……"指出鲁迅写出了一种很难理解的心态,"这种心态,按我的理解,就有一种 I 与 ME 的对话。就是自己对于自己的这个样子、这个状况,在 I 与 ME 分离的时候,有某一种评价,有所批评,有所愿意,有所不愿意。这样一种微妙的自我对自我的评价、疑问、对话,是你在文学之外很难得到的"④。以如此新颖的视角审视、解析《影的告别》,确实发人所未发。

二

比较而言,王蒙对鲁迅小说的评价相对要低一些。王蒙有他自己的文学观念。在王蒙心目中,小说种类是有着等级区别的:长篇小说靠的是生活,并且在艺术上要求作家对生活做"整体性的把握与表现",分量足,而短篇小说靠的是技巧(手艺)。两者相比,"短篇多游戏,长篇才是'真格的'"。依此标准,不仅鲁迅的短篇小说,便是契诃夫、莫泊桑们的短篇,在王蒙看来,"也常常是零星片

---

① 王蒙《王蒙文存》(第 22 卷),人民文学出版社 2003 年版,第 6~19 页。
② 王蒙《王蒙自传·半生多事》,花城出版社 2006 年版,第 202 页。
③ 王蒙《王蒙文存》(第 20 卷),人民文学出版社 2003 年版,第 294 页。
④ 王蒙《王蒙文学十讲》,上海文艺出版社 2009 年版,第 60~61 页。

断,稍触即止,常常是巧有余而力不足"①。

对《狂人日记》这部中国新文学史上第一部白话小说,王蒙以其敏锐的艺术感觉指出了它借鉴外国小说手法之后,在形式上表现得"惊人""奇特",相对于传统中国小说而言,是"一大异端"。这反映了鲁迅在"艺术上的闯劲",值得今人学习。小说形式及创作手法上的探求,一开始并不总是让人习惯,《狂人日记》更是如此,"我们当然比不上鲁迅,但是,如果凡是不习惯的东西都要排斥,不是连鲁迅也出不来吗?"②就像对《野草》他有个自己喜欢的等级、名次,对鲁迅的小说,王蒙多次谈到并认为写得最好的,依次为:《伤逝》《在酒楼上》《孤独者》③,《伤逝》"是一首长长的散文诗",《孤独者》与《在酒楼上》则"字字血泪"④。

《关于塑造典型人物》(1982年)一文中,王蒙从人物描写及由此应达到的深度方面,总体评价了鲁迅的小说:

设想一下,如果鲁迅没有致力于创造阿Q、孔乙己、涓生这样的高度概括又是高度鲜活的艺术典型,如果鲁迅只是在小说中写一些扣人心弦的故事,或者只是抒发一己的喜怒哀乐之情,他就不可能通过他的小说帮助现代中国人民那样痛苦而又清醒地去认识那么多真理。他的现实主义文学创作的深度和价值,必将无法达到他所达到的那种水平。在鲁迅的一些小说里,人物的深度也就是作品的深度,人物的魅力也就是作品的魅力,人物的典型性也就是作品的认识价值,典型人物是鲁迅的这一批小说的灵魂,没有典型人物也就没有鲁迅的这一批小说。⑤

能够体现出人物塑造深度、魅力和认识价值的,王蒙举《祝福》中祥林嫂为例,并做了专门评析。在《悲剧二题·〈祝福〉的启示》(1980年)中,王蒙说,他观看了刚刚解禁的电影《祝福》,吃惊于影片中鲁四老爷对待祥林嫂的态度:第一,辞退祥林嫂时规规矩矩算了工钱,并无克扣;第二,没有打骂,没有强奸,没有不

① 王蒙《王蒙文存》(第17卷),人民文学出版社2003年版,第168~169页。《关于〈春之声〉的通信》(1980年)中,王蒙写道:"如果生活是一个大西瓜,那么短篇小说可以是一粒西瓜子,也可以是一片、一角瓜……",类似的提法在许多文章中出现过。见《王蒙文存》(第21卷),人民文学出版社2003年版,第33页。

② 王蒙《王蒙文存》(第23卷),人民文学出版社2003年版,第65页;《王蒙文存》(第21卷),人民文学出版社2003年版,第33~34页。

③ 王蒙《王蒙文存》(第21卷),人民文学出版社2003年版,第119、297页。

④ 王蒙《王蒙自传·半生多事》,花城出版社2006年版,第117页。

⑤ 王蒙《王蒙文存》(第19卷),人民文学出版社2003年版,第97、104页。

给饭吃。影片忠实于原著。与当代文学(1949—1978)中那种东家和雇工严重对立的模式化描写不同,祥林嫂的悲剧即显示出了与众不同。鲁迅描写了"旧社会一个农妇的悲剧","没有写被克扣工钱,没有写被强奸,没有写被皮鞭抽打,那里边的地主和地主管事也还是规矩正派的",然而,正是这些正派的封建势力的代表者,包括祥林嫂的亲属、邻居等无意中结成一体,共同害死了祥林嫂。不是某几个人而是整个封建制度扼杀了祥林嫂,这正是鲁迅的深刻之处,他批判的是"那看不见、摸不着的封建主义的灵魂"①。再如孔乙己,王蒙认为这个人物形象显示了文学描写中占极重要地位的"知识分子个性化性格",也即一种典型。孔乙己的命运令人感慨,王蒙说,"孔乙己餐厅北京也有,绍兴也有,而且在餐厅的门口还有孔乙己的雕像。因为我认识他们那儿的老板,也在那里吃过饭,有人就让我题词,我就写'孔乙己学长','孔乙己学兄'。因为孔乙己要是晚生个百八十年呢,也可能今天坐在这听我的讲座,要不就是我听他的讲座。他跟咱们是同行啊,都是念书的人啊,希望能混个学历"②。

在鲁迅小说人物形象中,王蒙认为阿 Q 这个典型的抽象程度是最高的。阿 Q 是一个"病态的、令人沮丧的"人物形象,是一个"反常的典型性格",但鲁迅在这个人物身上体现出的"深沉、犀利与忧思"却永远鼓舞着我们,这是王蒙对阿 Q 的一个基本认识和定性。③ 阿 Q 形象的创造反映了鲁迅的典型概括能力,因而阿 Q 及阿 Q 精神的抽象程度也是极高的。质言之,抽象性、模糊性和典型性是此形象的主要特点。因此,阿 Q 就是一个成功的典型人物,成了一个"共名"。④

鲁迅用喜剧手法描写了阿 Q。王蒙正确地指出,人们常常有一种误解,以为悲剧要比喜剧更有深度;阿 Q 的故事当然可以写成一个悲剧,写得让人悲愤,催人泪下,但是结果不一定具有"深邃和丰富的内涵"。人们读《阿 Q 正传》,为鲁迅对阿 Q 的嘲弄所折服,但没有看出来阿 Q 也会嘲弄人,嘲弄城里人,嘲弄城里人切的葱丝不合规格,"如果阿 Q 会写剧本的话,他又将怎样嘲弄他的读者和观众呢"⑤。一般以为,阿 Q 做出种种好笑的事,读者知道,他自己不知道;阿

---

① 王蒙《王蒙文存》(第 21 卷),人民文学出版社 2003 年版,第 119、297 页。
② 王蒙《王蒙文学十讲》,上海文艺出版社 2009 年版,第 64~65 页。
③ 王蒙《王蒙文存》(第 21 卷),人民文学出版社 2003 年版,第 418、49 页。
④ 王蒙《王蒙文存》(第 19 卷),人民文学出版社 2003 年版,第 97、104 页。
⑤ 王蒙《王蒙文存》(第 21 卷),人民文学出版社 2003 年版,第 369 页。

Q 身上显示出种种奴性人格,读者知道,阿 Q 不知道。但是,王蒙指出,阿 Q 身上还存在着一种品质,这就是自嘲和"嘲弄"。尽管王蒙没有做过多分析,但毫无疑问这是一个重要发现。能自嘲的人、会嘲弄的人多少还是一个清醒的、自我反省的人。阿 Q 也时时感到一种痛苦,就像歌德所说,能感到痛苦的人往往会睁开眼睛自我反省。阿 Q 在被押去法场的路上,看见了沿路看客的眼睛,猛然间脑中如旋风般想起四年前山中遇狼的情景,就像当时那些"又凶又怯,闪闪的像两颗鬼火"的狼眼似乎穿透他的皮肉,目下这些路人的眼睛"已经在那里咬他的灵魂"。能将两件不同的事情联系起来,感受到其中包含着相同的威胁,这便是多少还算清醒的标志。

阿 Q 是一个相当丰富、复杂的形象,他的身上有着令人极为讨厌的、"惨烈"的缺陷,但同时有着可爱的一面。王蒙一直在设想着如果阿 Q 懂写作、会写作,情形将会是怎样?这不完全是调侃、玩笑。憋着一肚子气的青狐在酒桌上就禁不住地想:"阿 Q 哥"的可悲之处在于不会写小说,倘若会写,没准儿会把吴妈追到手;倘或真会写,"一定能得诺贝尔文学奖,至少是茅盾文学奖"①。阿 Q 追求吴妈,那个方式就不对,他所用的语言是"我要和你困觉",这当然太直接了,大煞风景。王蒙说,他为阿 Q 求爱失败而感到遗憾,看来看去,阿 Q 和吴妈这两个人还是比较般配的,失败的原因是前者"没有基本的文学修养","我和你困觉"属于"性骚扰"。② 王蒙相信,如果阿 Q 先生有机会出国学点英文加拉丁文,或上个私塾读点先秦两汉,"他照样也可以成为学界昆仑、国学泰斗、研究院院士的。你信不信?"③

把阿 Q 与庄子拉到一起,看起来似乎有一点突兀,但没准二者之间存在某种关系——庄子乃阿 Q 精神的渊薮。④ 两者并举,也是为了更好地理解阿 Q 形象。王蒙说道:

我这里无意以阿 Q 的名称来轻蔑庄子,毋宁说我有以庄子的名义替阿 Q 找一点理解的好意。对于阿 Q,恐怕也不是靠一味嘲笑能于事有补的。中华民族历史上许多时候处于逆境中,经受了太多的试炼,却又有多次咸鱼翻身、起死

---

① 王蒙《青狐》,作家出版社 2009 年版,第 253 页。
② 王蒙《王蒙新世纪讲稿》,上海文艺出版社 2005 年版,第 149 页;《王蒙文学十讲》,上海文艺出版社 2009 年版,第 11 页。
③ 王蒙《庄子的享受》,安徽教育出版社 2010 年版,第 141、23 页。
④ 王蒙《庄子的享受》,安徽教育出版社 2010 年版,第 141、23 页。

回生的经验,中国人必须常常安慰自己、鼓励自己,哪怕有时候是哄着自己,坚持坚持再坚持,相信相信再相信,相信最后胜利属于自己。除了乐观再乐观,中华民族难道有其他的选择吗?可又不能说除了阿Q主义我们再无其他的精神依托。①

不过,庄子与阿Q仍然有着根本性区别:庄子有一套完整的说辞、理论、机锋,甚至有他的一套忽悠,达到了思辨的高端,"他能上也能下,能大也能小,能高也能低,他绝对不是阿Q能够望其项背。就是说,庄子可以做到与阿Q一样的低,阿Q兄却永远做不到与庄子一样的高明、高扬、高大"。庄子智商太高不求事功而只求"精神胜利",阿Q却因愚昧而只靠"精神胜利"。②

王蒙在《庄子的享受》中颇为简洁地评议过鲁迅的文章风格:"鲁迅的愤懑、沉重、犀利是不凡的,他更像解剖刀与手榴弹而不是文章的高山大海。"③这里所说的应该也包括鲁迅的杂文。

三

王蒙是无意中卷入了关于鲁迅的论争,这使他对鲁迅的认识愈加清晰、坚定。

1980年,王蒙发表了《论"费厄泼赖"应该实行》,文章有很强的指向性、针对性——那就是刚刚过去的十年"文革"对整个社会的危害,留下许多"后遗症",人与人之间依然存在着宿怨、隔膜、怀疑等,一直未曾消除,提倡"费厄泼赖"便是"对症的良药"。对人民内部矛盾,可以"费厄";学术问题上的争议,更应"费厄";哪怕对待"敌人",亦不妨实行一点"费厄",有何不可,现时代毕竟不同于鲁迅所处的时代。关于"费厄"的内涵,王蒙定义道:

"费厄泼赖"意味着和对手的平等竞赛,意味着一种文明精神,一种道德节制,一种伦理的、政策的和法制上的分寸感,一种民主的态度,一种公正、合理、留有余地、宽宏大度的气概,意味着"三不"主义和"双百"方针。所有这些,对于一个社会主义国家的建设和治理,对于实现安定团结,对于实行政治民主、经济民主、学术和艺术民主,对于造成一个又有集中又有民主、又有纪律又有自由、

---

① 王蒙《与庄共舞》,生活·读书·新知三联书店2014年版,第102页。
② 王蒙《庄子的享受》,安徽教育出版社2010年版,第153页;王蒙《与庄共舞》,生活·读书·新知三联书店2014年版,第287页。
③ 王蒙《庄子的享受》,安徽教育出版社2010年版,第364页。

又有统一意志又有个人心情舒畅的生动活泼的政治局面,是很必要的。①

　　严格地说,王蒙不过是借题发挥,并非讨论鲁迅文章观点,这一点非常清楚。文章真正涉及鲁迅的有两处,一是指出鲁迅文中一个往往被人忽略掉的主题,即"费厄泼赖"要"缓行",并不意味着"永不实行";二是"对待鲁迅也不能搞句句是真理",也不能搞"凡是"。"凡是"一词,已经点明了文章的主旨、背景和论述对象。20 多年后,一本名为《谁挑战鲁迅》②的书中,将王蒙的文章收入,作为批判对象。王蒙没有正面回应,但他显然有火气,因为批判者误解甚至曲解了他的观点。

　　2008 年出版的自传以及关于自传的访谈中,王蒙再次谈到了"缓行"问题,他认为鲁迅在自己的时代主张缓行"费厄泼赖",是正确的,但鲁迅并未说过中华人民共和国成立 60 年以后还得"缓行"。王蒙说,现在有人指"谁谁向鲁迅挑战,把我也弄进去","归入'向鲁迅挑战'的黑名单中",这让他哭笑不得。其实,王蒙较真,并不是为私,并不是为着自己憋了一口气,而是为公;他想得深,看得远。他在"挑战"心态中看出了对鲁迅的一种"简单化"认识和利用,同时,也看出了其中的激进主义因素,这"和那个用煽情来代替理性,用诅咒来代替分析一样害人"③。

　　与"费厄泼赖"缓行问题相比,"五十个鲁迅"问题似乎影响更大些——这是王蒙卷入"人文精神"讨论时顺带以鲁迅作为一个比附性例子,原本就不是在谈论鲁迅,却因语涉鲁迅,便成了一个有争议性的话题。《人文精神问题偶感》(1994 年)一文中,王蒙对所谓"人文精神"失落问题发表了自己的看法,他认为,恰恰是市场经济条件下,"人文精神"才有回归的可能性:市场经济"更承认人的作用、人的主动性",也使人们的私欲"更加公开化、更加看得见摸得着了",因为我们的目标是"建立一个人人靠正直的劳动与奋斗获得发展的机会的更加公平也更加有章可循的社会"。计划经济时代用假想的"大写的人"的乌托邦来无视和抹杀"人的欲望与要求",是一种"伪人文精神",其实质是"唯意志论和唯精神性"。这说明,真正的"人文精神"在以前根本就不存在,一个不存在的东西怎

---

① 　王蒙《王蒙文存》(第 14 卷),人民文学出版社 2003 年版,第 418 页。
② 　此书为陈漱渝主编《谁挑战鲁迅——新时期关于鲁迅的论争》,四川文艺出版社 2002 年版。书凡 10 辑,王蒙文章列在第 3 辑,目录题名"再论'费厄泼赖'",除王蒙文章外,还收录了其他论争文三篇。
③ 　王蒙《王蒙自传·九命七羊》,花城出版社 2006 年版,第 184 页;《王蒙谈话录》,生活·读书·新知三联书店 2011 年版,第 25 页。

会失落？王蒙还举了一个相当过硬的例子，以反证一些人大呼"失落"的真正原因："为什么别的国家市场经济搞了几百年也照样有大作家大艺术家大思想家大文化人引领风流，而我们的知识分子一见市场经济起了个头，就那样脆弱地哀鸣起来了呢？觉得自己不被重视了？要求谁的重视呢？觉得经费少了？向谁要经费呢？刚刚议论一下作家'养'(指以行政体制把作家纳入公职人员的系统)不'养'，就恐慌到了那个样子，以至不惜对讨论这个问题的人恶言相加或人身攻击，真是咄咄怪事。"①所谓"人文精神"实际上就是"文化精神"，大呼"失落"，则是因为在经济生活空前搞活的同时，文化有被忽略的现象，有些文化人觉得受轻视了。所以，王蒙才敢以他特有的幽默善意地嘲弄道：肚子才吃饱几天，已经痛感"人文精神"失落了？

王蒙是厚道的，他并没有指出来，在高调呼吁"人文精神"的背后，是一种焦虑、慌乱和缺乏自信的心态。

批评者们把王朔当作批判对象，王蒙连带辩护了几句，这里面就涉及了鲁迅：

还有一种虚假的与吓人的假前提。如果我们的作家都像王朔一样那怎么行？当然不行。王朔只是一个作家，他远远不是作家的样板或最高标杆。要求作家人人成为样板，其结果只能是消灭大部分作家。反过来，我们的作家都像鲁迅一样就太好了么？完全不见得。文坛上有一个鲁迅那是非常伟大的事，如果有五十个鲁迅呢？我的天！中国这样一个大国，这么多写家这么多出版物，怎么能够以为肯定或基本肯定就是要求向之看齐呢？中国人都成了孔夫子或者都成了阿Q，那是同样的可怕，同样的不可思议。都成了王朔固然不好，都成了批评王朔的某教授，就更糟糕。连起码的幽默感都没有，还能有什么人文精神？这样提出问题本身就是潜意识中的文化专制主义。②

所谓"五十个鲁迅"，王蒙后来解释道，只是一种修辞手段，"把事物说到极致，以增加雄辩力"③。王蒙强调了鲁迅的特殊性，即鲁迅有他自己的时代和环境，那是一个不正常的时代，属无道之世；"那是革命前夜"，是社会解体的时代。鲁迅"所有的大大小小的出击和自卫"都是他那个时代、环境的一部分；鲁迅的清醒、深刻、使命感等等，亦与之有关。后人学习鲁迅，应该学习他的清醒、深刻、使命感，而不是鲁迅于特殊条件下形成的反击、讽刺、不宽恕等风格。就此

---

① 王蒙《王蒙文存》(第 23 卷)，人民文学出版社 2003 年版，第 215 页。
② 王蒙《王蒙文存》(第 23 卷)，人民文学出版社 2003 年版，第 211～212、217 页。
③ 王蒙《王蒙自传·九命七羊》，花城出版社 2008 年版，第 183 页。

意义而言,鲁迅是唯一的、不可复制的。

王蒙之所以强调这一点,乃基于对当下时代的判断,即在我们这个相对稳定的社会中,很难设想有哪个作家会"以人民导师、正义火炬、社会良心、真理化身的面貌出现";一个健康的现代人竟然渴望"以巨人的良心为良心"而不相信自己的良心,这本身就是个问题。① 天下无道,才会产生圣人、文学大师、弥赛亚或鲁迅式的精神领袖;天下无道,才会产生对"圣人救星"的期待,"而一个社会如果基本运转正常,各安其业,小康中康,越是会各顾各的发财过日子,而不会产生对圣人救星的期待与狂喜"。还有一种情况,即当社会矛盾丛生,也会产生出给群体带来灾难的"假圣人",装模作样,大言欺世,成事不足,败事有余。② 王蒙在这里提出的是一个颇为重要的观念,即在一个正常社会中,拥有独立个性、健全理性的现代人,应该依靠自我判断,自己决定如何生活,而不是把个人交给"圣人领袖"替自己安排一切,最后丧失掉人的地位,其结果便为专制主义的滋生提供了一种社会土壤、一种温床。

对争论中附加在鲁迅身上的内容,王蒙指出,那其实也是一种对鲁迅的"遮蔽":

> 鲁迅是一个重要的遗产,应该更好地研究、继承、弘扬。但多年来也附加了许多非鲁迅的遮蔽。我从里面看到几种观点,而这几种观点实际上本质是一致的。第一种是把鲁迅说成是整个国家、民族、文学的例外,用鲁迅的伟大来论证上至政府下至草民的卑劣。第二种是近百年来中国人,包括鲁迅,都不灵,只有外国人行。第三种就是一有点对鲁迅的议论就积极捍卫,不允许有任何正常的学术上的争论。③

简略地说,在此次论争中,王蒙谈得更多的不是本原意义上的鲁迅,而是如何继承、学习鲁迅,这方面他又看到太多反面的例子,特别反感其中的一种倾向——没有学到鲁迅的任何一面,却"天天宣布到死一个也不原谅"④。

在王蒙眼中,鲁迅已经成了一种"民族传统",是"民族的文化瑰宝",是中国"文化上的一个代表"。王蒙排列出了一个代表着中国文化的少量天才人物名

① 王蒙《王蒙新世纪讲稿》,上海文艺出版社 2005 年版,第 178 页;《王蒙文存》(第 17 卷),人民文学出版社 2003 年版,第 365 页
② 王蒙《庄子的享受》,安徽教育出版社 2010 年版,第 245 页。
③ 王蒙《王蒙文存》(第 2 卷),人民文学出版社 2003 年版,第 141~142 页。
④ 王蒙《老子的帮助》,人民文学出版社 2003 年版,第 330 页。

单,鲁迅自然是其中之一:孔子、老子、孟子、李白、杜甫、齐白石、徐悲鸿、鲁迅。
这些少数人物的存在,正是一个民族自信、自尊的证明:

我们中国产生过一批这样的人,和没有这样的人是不一样的。有了这样的
巨人,民族的气势是不一样的,它的信心是不一样的,它的尊严是不一样的。一
个国家,一个民族,应该有自己文化上的代表,应该有自己文化上对全世界的突
出的贡献。①

(原载《当代作家评论》2019 年第 3 期)

(白草:博士,宁夏社会科学院研究员)

---

① 王蒙《王蒙谈话录》,上海文艺出版社 2011 年版,第 302 页。《文学现状断想》(1983 年)
中,王蒙列出能代表民族传统的作家作品有:杜甫、三李(李白、李贺、李商隐)、《红楼梦》
《西游记》《聊斋志异》、鲁迅、郭沫若、茅盾、巴金、赵树理、曹禺。再如《全球化浪潮与文
化大国建设》(2001 年)中,民族文化传统代表人物有:孔子、老子、孟子、屈原、李白、杜
甫、司马迁、曹雪芹、齐白石、徐悲鸿、鲁迅。见王蒙《王蒙文存》(第 23 卷),人民文学出版
社 2003 年版,第 101、257 页。

1985：王蒙与《人民文学》

李萌羽　范开红

1983 年 7 月，王蒙接替张光年，担任《人民文学》主编。甫一上任，王蒙即宣布："不拘一格，广开文路"，"支持和鼓励一切能使我们的文学表现手段更丰富和新颖的尝试"①。自此，《人民文学》迎来了"王蒙时代"。

一

王蒙主政《人民文学》，这在 20 世纪 80 年代初是一个颇具象征意义的"事件"，当时的文坛领袖周扬对王蒙履新《人民文学》颇表"满意"。王蒙自 70 年代末以一系列风格独异的小说，成了新时期文学创新的代名词，而《人民文学》自 1976 年复刊，也迅即重新成为文学的"风向标"。王蒙与《人民文学》的"联姻"，"意味着 80 年代的文学革命真正登堂入室，意味着《人民文学》将产生翻天覆地的变化"②，一个新的文学时代即将到来。

上任伊始，王蒙即起草了带有宣言性质的《不仅仅为了文学》，在这个简短的"告读者"中，王蒙看似只是淡淡地说："我们愿意把《人民文学》办得更好一些"，"我们希望奉献给读者一期期够水平的、赏心悦目的文学刊物"，但文学界人士都知道，这其实是王蒙的"施政纲领"。王蒙的这一"办得更好一些"的说法，与他后来的继任者刘心武"更自由地扇动文学的翅膀"③相比，显得低调朴实许多，但这绝不仅仅是话语风格问题，而是体现了王蒙对当时境况的清醒认识和谨慎判断。

王蒙主持《人民文学》期间，正是中国社会改革开放的早春，虽然思想解放、改革创新已渐成风气，但就整个思想文化界而言，仍不时暗潮涌动，乍暖还寒，

---

① 《不仅仅是为了文学——告读者》，《人民文学》1983 年第 8 期。

② 朱伟《王蒙：不仅仅为了文学(3)》，《三联生活周刊》2016 年第 16 期。

③ 《更自由地扇动文学的翅膀》，《人民文学》1987 年第 1、2 期合刊。

特别是 1983 年"清除精神污染"和 1986 年"反资产阶级自由化"运动,不时给文艺界带来阵阵惊悸,正如王蒙所言,这是一个"希望与不安,矛盾与生机,尝试与误判"①共存的时代。在这样复杂敏感的语境下,如何办好《人民文学》是王蒙必需慎重面对和认真考虑的问题,这在很大程度上决定了王蒙的办刊理念。

众所周知,《人民文学》并非单纯意义上的文学刊物,在很大程度上它代表和反映的是文学的"国家意志"。《人民文学》自创刊之日起,即确立了面向时代、刊发"人民文学"的办刊方针,这是文学"国刊"的使命所系。新时期以来,《人民文学》更是率先擎起了"伤痕""反思""改革"文学的大旗,特别是刘心武《班主任》、蒋子龙《乔厂长上任记》、高晓声《陈奂生上城》等小说的发表,更是引发了社会的高度关注和共鸣,再次把《人民文学》推向了时代前沿。王蒙对此自然十分清楚。这其实就是王蒙在"告读者"中所一再申明的:"我们特别热切地呼唤那些忧国忧民、利国利民的作品,那些勇敢地直面人生、直面社会矛盾而又执著地追求共产主义理想和信念的作品,我们欢迎的是那些与千千万万的人民命运休戚相关、血肉相连、肝胆相照的作品。"②在这篇短短的"告读者"中,"人民""时代""生活""历史"等被反复提及,这既是《人民文学》的一贯立场,也是作为主编王蒙的"起跑线"。

为了彰显对"不要忘记人民"③这一办刊传统的坚守,王蒙罕有地重新刊发了耿龙祥的短篇小说《明镜台》(原载《人民文学》1957 年第 1 期)。王蒙的这一态度,从此时刊发的作品题材也能看出,那就是现实主义文学始终占据主导地位。特别是在小说方面,表现新农村建设、城市工业化改革、知识分子问题等现实题材的小说占据了该时期《人民文学》的大部分版面。以随机抽取的 1984 年第 10 期为例,该期共刊发小说 17 篇,其中农村改革题材的 6 篇(张一弓《挂匾》、何士光《又是桃李花开时》、乌热尔图《堕着露珠的清晨》、伍本芸《宿愿》、赵熙《村姑》、杨东明《消失的莲村》),表现社会主义新人新貌的 2 篇(林翔《吐鲁番的葡萄》、刘岚《蜜蜜姑娘》),反映知识分子问题的 1 篇(马秋芬《中奖》)。同时,王蒙强化了现实性和宣传性都很强的报告文学,基本保持一期一篇的刊发频率,1983—1986 年,王蒙共主持《人民文学》编务 41 期,刊发报告文学 45 篇,其中 5 篇刊于头题位置,可见王蒙对于报告文学的重视。

---

① 王蒙《大块文章》,《王蒙文集》(第 42 卷),人民文学出版社 2014 年版,第 228 页。
② 《不仅仅是为了文学——告读者》,《人民文学》1983 年第 8 期。
③ 王蒙《大块文章》,《王蒙文集》(第 42 卷),人民文学出版社 2014 年版,第 218 页。

王蒙对他的南皮同乡张之洞"历行新政,不悖旧章"的思想极为推崇,事实上,这也是王蒙担纲《人民文学》期间最主要的办刊思路。与"不悖旧章"相比,王蒙显然更明白自己的使命是"历行新政",即"让主流更辉煌,让支流更明亮,让先锋更平安……让精神更自由,让情绪更健康"①。这既是王蒙的初衷,也是此时《人民文学》最主要的价值诉求。许多人从那篇看似四平八稳的"告读者"中,听出了王蒙的"弦外之音",作为小说艺术探险家的王蒙,要开始另一领域的"探险"。

王蒙曾多次自称比"书斋型"知识分子"多了一厘米"②,从随后渐次展开的一系列举措来看,王蒙对改革《人民文学》显然经过了深思熟虑,不但有明晰的"路线图",且有一套较为成熟的方案。王蒙上任后第一个重要举措就是重组《人民文学》编委会,一批"少壮派"作家如徐迟、谌容、黄宗英、蒋子龙等加入编委会,老一代作家如冰心、沙汀、魏巍、贺敬之等则退出了编委会。同时,王蒙将年轻的朱伟从中国青年出版社调入《人民文学》,担任小说编辑,并拟从天津调蒋子龙到《人民文学》任职,虽然此事最终未果,但也可以看出王蒙办刊思想的某些"端倪"。

随着编委会的调整,《人民文学》更根本性的变革也随之而来,一大批充满艺术探索精神的文学新人开始崭露头角。在倚重老作家的同时,王蒙表示"特别愿意推出文学新人"③,《人民文学》自此逐步突破了"名人文学"的框子。粗略统计,王蒙主持《人民文学》短短几年间,莫言、迟子建、张炜、李杭育、徐坤、残雪、刘索拉、徐星、刘西鸿、洪峰、何立伟、陈世旭、阿城、邓刚、李锐等"文学新人",通过《人民文学》"登陆"文坛,除了刘西鸿远赴法国外,他们后来都成了中国文学的中坚。蒋子龙曾说《人民文学》改变了他的"命运",被《人民文学》"改变"了命运的,更多是这些"文学新人",《人民文学》成了这些作家的真正"摇篮",这是王蒙和《人民文学》对新时期文学做出的一个独特贡献。

二

王蒙与茅盾、邵荃麟、严文井、张天翼、张光年等历任主编不同的是,他对艺术创新更为敏感和自觉。此时的王蒙,作家与主编,双重角色,相互借力,《人民

① 王蒙《大块文章》,《王蒙文集》(第 42 卷),人民文学出版社 2014 年版,第 226 页。
② 王蒙《大块文章》,《王蒙文集》(第 42 卷),人民文学出版社 2014 年版,第 225 页。
③ 《编者的话》,《人民文学》1985 年第 3 期。

文学》以前所未有的勇气和姿态,深度介入了新时期文学的重构,特别是在文学观念的拓展、小说艺术的探索等方面,《人民文学》扮演了重要角色。

王蒙首先是个深具探索精神和创新意识的作家,王蒙多次对文学审美观念和文学标准的"单打一"现象表示反感和无奈,为了改变这一局面,王蒙自觉"从我自己做起,从我的编辑工作做起"①,《人民文学》开始更自觉地担负起了引领文学变革的历史重任。事实上,王蒙主持编务不久,短篇小说的艺术问题就被郑重提了出来:"短篇小说是一种最精炼的艺术形式,需要高度的艺术概括力,需要一种特殊的敏感,一种诗的凝练和隽永,一种机智巧妙的撷取生活和表达生活的方式。"②此后,《人民文学》多次在"编者的话"等栏目中强调短篇小说艺术的重要性,并刊发了大量短篇小说精品。一个带有"风向标"性质的刊物,开展对某一具体艺术形式的探讨,这在《人民文学》历史上并不多见,这既与王蒙的作家身份有关,更预言了《人民文学》对未来中国文学的某种期待视野和价值诉求。

王蒙与《人民文学》的旨意显然不在对短篇小说艺术一般意义上的提倡,而是借此希望引领新的艺术变革。很快,一大批在艺术上充满了探索性、先锋性的作品,如阿城、韩少功为代表的寻根文学,刘索拉、徐星等为代表的现代派小说,马原、残雪为代表的先锋文学,先后借助《人民文学》登陆中国文坛。继"伤痕""反思""改革"文学之后,《人民文学》以更加前卫的姿态,成了新潮文学的策源地。

1985年是当代文学史上极不寻常的一年,也是《人民文学》历史上的一个"绝唱"。这一年小说界出现了两件引人注目的事件:一是寻根文学热,二是先锋文学的崛起。这两件事,都与王蒙和《人民文学》有密切关系。从大的语境看,1985年是中国改革开放历史上相对平静的一年,"清污"已经过去,"反自由化"尚未到来,针对王蒙个人创作上的争议和批评,在胡乔木等人的干预下也暂时告一段落,这为王蒙及《人民文学》即将展开的略带几分激进色彩的文学变革提供了难得机遇。

无论是作为作家还是主编,王蒙一直期待中国文学出现更多的"异数与变数"③,因此,他对新时期文学保持着高度敏感。以寻根文学为例,张承志《北方

---

① 王蒙《大块文章》,《王蒙文集》(第42卷),人民文学出版社2014年版,第220页。
② 《编者的话》,《人民文学》1983年第9期。
③ 王蒙《大块文章》,《王蒙文集》(第42卷),人民文学出版社2014年版,第441页。

的河》发表不久,王蒙便撰文盛赞其为"一只报春的燕子"①。《人民文学》1983年第8期刊发了齐戈的《文学的根伸向哪里?》,不久,又发表了李陀、乌热尔图的《创作通信》,王蒙亲自向寻根作家李杭育约稿。在王蒙的努力下,李杭育《土地与神》(1984年第6期)、乌热尔图《堕着露珠的清晨》(1984年第10期)、阿城《树桩》(1984年第10期)与《孩子王》(1985年第2期)、郑万隆《老马》(1984年第11期)、张承志《九座宫殿》(1985年第4期)、韩少功《爸爸爸》(1985年第6期)、贾平凹《黑氏》(1985年第10期)、莫言《红高粱》(1986年第3期)、李锐《厚土》(1986年第11期)等,相继在《人民文学》亮相。正是由寻根文学开始,王蒙与《人民文学》拉开了当代小说艺术变革的序幕。

相较于寻根文学,王蒙与《人民文学》对现代派文学、先锋文学的引领和推动,则更加引人关注。事实上,在王蒙之前,现代派文学如高行健的《路上》(1982年第9期)、李陀的《自由落体》(1982年第12期)等先后在《人民文学》发表。但是,显然这些早期现代派作品的问世,并非一种自觉行为,甚至有的还被贴上了现实主义的标签。《人民文学》有意识地持续推动现代派文学的发展,是从王蒙开始的,其标志是刘索拉《你别无选择》在《人民文学》(1985年第3期)作为头条"横空出世"。《你别无选择》的发表,在新时期文学史上是一个标志性事件,它不仅是中国现代派小说的开端和最重要的代表作,而且直接开启了稍后的先锋文学思潮。1985年的王蒙似乎重新获得了勇气,他没有再遮遮掩掩,而是更像一个"斗士",甚至有点要赤膊上阵的味道。但是,在策略上,王蒙仍极其谨慎,他对文坛的心理接受程度有着清醒了解,这显示了王蒙过人的一面。为了推出《你别无选择》,王蒙与《人民文学》做了大量细致的工作,该期"编者的话",以较大篇幅表达了力图突破思维定式的心声:"刊物办久了有时也和人上了年纪一样,在打开了局面、走出了路子、积累了经验的同时,却也不免有形无形地造就了自己的固定模式——套子,也造就了读者对这种刊物的固定看法,造成了读者、作者、编者你影响我、我影响你、老车熟路、难得破格发展的既成观念和事实。"明眼人一眼就能看出,所有这些看似小心翼翼的解释,其实都是为《你别无选择》的"出生"做铺垫,王蒙似乎意犹未尽:"本刊有志于突破自己的无形框子久矣……于是本期编者把年轻的女作者刘索拉的第一部中篇小说《你别无选择》放在排头。闹剧的形式是不是太怪了呢? 闹剧中有狂热,狂热中有激

---

① 王蒙《大地和青春的礼赞——〈北方的河〉读后》,《王蒙文集》(第22卷),人民文学出版社2014年版,第87页。

情,激情中有真正的庄严,有当代青年的奋斗、追求、苦恼、成功和失败。也许这篇作品能引起读者——特别是青年读者的一点兴趣和评议? 争论更好。但愿它是一枚能激起些许水花的石子。"①这种铺垫,其作用是双重的,一方面对于读者和社会接受心理的确起到了某种"缓冲垫""减压阀"的作用;另一方面同时又是一种"火上浇油"般的暗示和引导。事实上,《你别无选择》绝不仅仅是"一枚能激起些许水花的石子",而不啻是一枚深水炸弹。小说一经发表,即引起文坛的热烈关注和争议,反对者诘难其为"'精神贵族'的'玩意儿'"②,更多的则是热情的支持和肯定,评论家李洁非甚至用"狂喜"来形容《你别无选择》的问世:"像《你别无选择》这样的作品,确实给当时文坛造成了一种蜜月般的气氛,它象征着中国当代文学和世界的联姻、现实主义的大龄青年讨了一位现代派的老婆。这个蜜月,等于为一直为其幼稚和荒废学业多年而苦恼的当代文坛施了成人礼,使它缺乏自信、浮躁的心理终于有了某种平衡感。"③从李洁非略显夸张的语气中,我们不难看到这部作品给文坛带来的惊喜和震动。《你别无选择》的发表,对于刚刚经历过"现代派"风波的文坛具有症候式意义,它表明这种新的文学思潮和书写方式已经得到了主流文学的认可,更表明写作空间正在进一步拓展,一种较为宽容的文学氛围正在形成。值得一提的是,《你别无选择》是在编辑已经建议退稿时,作为主编的王蒙力排众议,"下令"编发的。

1985 年的《人民文学》可谓群星灿烂,正如一封读者来信所说的那样"一扫横秋的老气",年轻作家何立伟更是一年两次登上《人民文学》"头条",这在《人民文学》史上也并不多见。当时的评论家用"杂花生树,群莺乱飞"④描述 1985 年的《人民文学》,实在是很贴切的。显然,王蒙通过《人民文学》在小心地引导、推动着新的文学潮流。《你别无选择》发表后,《人民文学》乘势而上,在持续推动新时期文学变革方面,迈出了更大步伐,陆续推出了一大批"新锐之作",如何立伟的《花非花》(1985 年第 4 期)、韩少功的《爸爸爸》(1985 年第 6 期)、徐星的《无主题变奏》(1985 年第 7 期)、何立伟的《一夕三叹》(1985 年第 9 期)、莫言的《爆炸》(1985 年 12 期),以及刘西鸿的《你不可改变我》(1986 年第 9 期)、高行

---

① 《编者的话》,《人民文学》1985 年第 3 期。
② 陈晋《平民的生活与贵族的艺术——部分青年文艺创新的内在矛盾》,《文艺报》1987 年 2 月 14 日。
③ 李洁非《1985 年的狂喜》,《漂泊者手记》,人民文学出版社 2000 年版,第 31 页。
④ 王干、费振钟《一九八五:〈人民文学〉》,《读书》1986 年第 4 期。

健的《给我老爷买鱼竿》(1986 年第 9 期)等。特别是《无主题变奏》《爆炸》等的发表,不但标志着现代派文学在中国文坛集体"登场",而且,这些小说也将《人民文学》推到了文学思潮的最前沿。有评论家用"生气勃发"来形容 1985 年的《人民文学》,这是很恰当的。《人民文学》孜孜以求的"青春的锐气",在这一年得到了淋漓尽致的展现。

1985 年的另一重要文学事件是先锋文学的崛起。先锋文学与寻根文学、现代派文学相比,无疑走得更远,这一点,无论是对《人民文学》的办刊传统还是对王蒙稳中求变的办刊策略而言,都是一种冒险和挑战。这一点,从后来的有关回忆中可见一斑:"第二天开会,王蒙来了,当时他兼任《人民文学》主编。王蒙的口才让人折服,滔滔不绝地讲了一个多钟头,座中不断发出笑声和掌声。我听得出,其实王蒙挺矛盾的,一方面他很欣赏空灵、飘逸、不拘一格的艺术探索,一方面对年轻人里边'脱离现实'的创作趋势又颇感担忧。"①李庆西所说的"矛盾"和"忧虑"反映了王蒙当时颇为复杂的心态。尽管如此,王蒙和《人民文学》还是给予了先锋文学最大程度的支持,先后刊发了张承志《九座宫殿》(1985 年第 4 期)、残雪《山上的小屋》(1985 年第 8 期)和《我在那个世界的事情》(1986 年第 11 期)、马原《喜马拉雅古歌》(1985 年第 10 期)、莫言《爆炸》(1985 年第 12 期)和《红高粱》(1986 年第 3 期)、洪峰《生命之流》(1985 年第 12 期)和《湮没》(1986 年第 12 期)等。时任《人民文学》编辑的朱伟认为,1985 年《人民文学》"安全完成了面貌改造",并对文坛形成了"安全的革命性影响"。②从朱伟的两个"安全",可以窥见当时复杂脆弱的"文学场"。

王蒙对先锋文学的态度,在其继任者刘心武那里得以延续。《人民文学》1987 年 1、2 期合刊,推出了"前锋文学"专号,集中发表了莫言《欢乐》、马原《大元和他的寓言》、刘索拉《跑道》、马建《亮出你的舌苔或空空荡荡》、北村《谐振》、孙甘露《我是少年酒坛子》等先锋文学的代表性作品。至此,王蒙、刘心武借助《人民文学》,接力把先锋文学送达了当代文坛的前台。如果没有王蒙和《人民文学》的倾力支持,先锋文学在中国的命运可能会是另一种样子。其实,早在《人民文学》之前,马原的《拉萨河女神》《叠纸鹤的三种方法》已在《西藏文学》发表,但并未引起太多关注,真正助力先锋文学走向文坛的是《人民文学》。

如果把《人民文学》看作先锋文学的"旗舰",王蒙无疑是这艘"旗舰"的舵

---

① 李庆西《开会记》,《书城》2009 年第 10 期。
② 朱伟《王蒙:不仅仅为了文学(4)》,《三联生活周刊》2016 年第 17 期。

手。对中国先锋文学而言,1985 年的另一重要事件是《人民文学》发起召开的全国青年创作座谈会。在这次会议上,马原、莫言、扎西达娃、刘索拉、徐星等一批先锋作家悉数到场,多年后,马原回忆道:"当时何立伟带着他的小说《白色的鸟》,我的小说是发表在《上海文学》上面的《冈底斯的诱惑》,莫言的小说是《透明的红萝卜》,刘索拉的小说当时名气最大——《你别无选择》,还有徐星的《无主题变奏》。……这一下子就把文学的标准给撼动了。……在一九八五年的《人民文学》的这次研讨会上露面的这些新的作家,带动了我国文坛上一轮新的小说美学、小说方法论。"①可以说,这次会议吹响了中国先锋作家的"集结号"。

王蒙对先锋文学的支持,还表现在大力推介先锋作家、作品,例如刘西鸿《你不可改变我》、洪峰《湮没》以及余华《十八岁出门远行》发表后,王蒙在第一时间发表了热情洋溢的评介文章;再如刘索拉《你别无选择》发表后,引发了广泛争议,王蒙称其"妙极了",并撰文盛赞其"内容和形式都具有一种不满足的、勇敢的探求的深长意味"②。特别是面对残雪小说的"特殊风格",许多人表示"无法接受",文坛也对其"颇多声讨",王蒙则称其为"罕有的怪才","她的才能表现为她的文学上的特立独行。"③王蒙对先锋文学一直持宽容的态度,多年后,王蒙仍然坚持这一立场:"没有先锋没有怪胎没有探索和试验就没有艺术空间从而也没有心灵空间的扩大。"④正是由于王蒙的作家的敏锐和编辑家的胆识,这些先锋小说才得以最终面世,并成了当代文学的独特风景。

三

无论是作为作家还是编辑家,王蒙都一直致力于精神空间"拓宽,拓宽,再拓宽一点"⑤,这一理念不但贯穿了王蒙的文学创作,也表现在《人民文学》各个层面的改革之中。

王蒙对《人民文学》的"改造"是全方位的。在王蒙的主持下,《人民文学》自1984 年正式改版,其显著变化有三个方面:首先,中篇小说开始进入《人民文学》

---

① 马原《小说密码:一位作家的文学课》,作家出版社 2009 年版,第 340~341 页。
② 王蒙《谁也不要固步自封——刘索拉小说集序》,《王蒙文集》(第 22 卷),人民文学出版社 2014 年版,第 278 页。
③ 王蒙《读〈天堂里的对话〉》,《王蒙文集》(第 22 卷),人民文学出版社 2014 年版,第 134 页。
④ 王蒙《先锋文学失败了吗?》,《王蒙文集》(第 23 卷),人民文学出版社 2014 年版,第 337 页。
⑤ 王蒙《大块文章》,《王蒙文集》(第 42 卷),人民文学出版社 2014 年版,第 220 页。

视野,"拿出一定的篇幅,逐期展示中篇小说创作的成果"①,这实为后来中篇小说的大繁荣提供了契机和可能。第二,作者队伍更加多元化,特别是为业余作者"提供充足的版面",自此,一大批文学新面孔开始更为活跃地登上《人民文学》的舞台,例如《蜜蜜姑娘》(1984 年第 10 期)的作者刘岚,其身份是"待业青年",《山上的小屋》(1985 年第 8 期)的作者残雪,系"个体户",《小城热闹事》(1985 年第 11 期)的作者小牛,是"某县商业局青年干部"。第三,创立"编者的话",更为自觉地引导文学变革的潮流。当然,这些变化还是外在的、形式方面的。

　　作为当代最具读者意识的作家之一,王蒙深知读者对于刊物的重要性,王蒙继承了张光年办刊要与读者"通心"②的做法,进一步强化了《人民文学》与读者之间的联系,把《人民文学》逐渐打造成了一个开放的文学平台。在这一点上,王蒙比他的前任走得更远。王蒙提出:"我们希望能够更好地面对读者……与读者更好地交流谈心,我们希望能够成为广大读者的知心朋友,与读者共同探讨那些令人激动又令人困扰的生活和文学艺术提出的新问题。"③《人民文学》自 1983 年第 3 期开设了"作者·读者·编者"栏目,"意在沟通作、读、编三者的关系,以利文学创作的繁荣发展"④。王蒙接手后,决心将"作者→编者→读者"的单向关系,改变为"作者·编者·读者"的双向互动格局,例如有读者提出"小说要短些再短些",编辑部立刻给予积极回应。同时,不断创新读者参与文学的形式。1984 年底,《人民文学》首次推出了完全由读者投票推选"我最喜爱的作品"活动,"请读者直接发出决定性的声音",读者由"最广泛""最实际"的"鉴赏人",变成了作品的实际"检验人",⑤极大地提升了《人民文学》在普通读者中的影响力。单纯就发行量而言,《人民文学》此时达到了历史最高峰。事实上,从读者投票推选的结果看,读者的欣赏水平是很高的,如 1984 年"我最喜爱的作品"第一名是李国文的《危楼纪事》,1985 年是贾平凹的《黑氏》,1986 年是莫言的《红高粱》。⑥ 出乎许多人意料的是,《你别无选择》《无主题变奏》《花非花》等这些颇带"异端"色彩的小说,也皆当选当年读者"我最喜爱的作品"。

---

① 《编者的话》,《人民文学》1984 年第 1 期。

② 张光年《张光年文集》(第 3 卷),人民文学出版社 2002 年版,第 349 页。

③ 《不仅仅是为了文学——告读者》,《人民文学》1983 年第 8 期。

④ 《编者按》,《人民文学》1983 年第 3 期。

⑤ 伊边《读者的意愿宝贵的信息——从〈人民文学〉"我最喜爱的作品"推选活动说起》,《人民文学》1985 年第 3 期。

⑥ 郑纳新《新时期〈人民文学〉与"人民文学"》,东方出版中心 2011 年版,第 191 页。

　　王蒙致力于精神空间的拓展,还表现在其他一些诸如刊物版式、封面设计等细节方面。以封面为例,自 1984 年,《人民文学》放弃了传统的以花鸟图案为主的现实主义风格,1984 年采用了著名插画家范一辛的三角形排列组合图案,1985 年采用的是唐伟杰的圆形与粗体箭头组合图案,1986 年采用邵新的两个平行四边形叠加图案。这些封面都有一个共同的特点,即以简洁单纯的线条勾画出重叠、并置的抽象图形,极具现代感和表现力,极大地激发了读者的想象空间。更重要的是,这些具有强烈现代感的图案与内容交融辉映,相得益彰,极好体现了一期刊物是一个“有机体”的理念。① 这些独具特色的封面图案,从一个侧面体现了此时《人民文学》的艺术旨趣。

　　在王蒙开放、包容理念的烛照下,《人民文学》一改昔日稳健姿态,特别是在引领小说艺术变革方面,发挥了不可替代的作用。在一定意义上,王蒙将《人民文学》带到了一个“兼收并蓄,天地宽阔”②的新境界,并与《人民文学》共同开启了 20 世纪 80 年代中国文学的变革风潮,为新时期文学的繁荣做出了独特贡献。

(原载《当代作家评论》2019 年第 3 期)

　　(李萌羽:博士,中国海洋大学文学与新闻传播学院教授;范开红,硕士,青岛市城阳区流亭街道赵红路小学教师)

---

① 《编者的话》,《人民文学》1983 年第 11 期。
② 王蒙《大块文章》,《王蒙文集》(第 42 卷),人民文学出版社 2014 年版,第 218 页。

"历史和解"与"意识融合"的文学史张力

——当代文学史视野下的 20 世纪 90 年代王蒙小说创作

房 伟

王蒙的小说创作贯穿当代文学。这些作品,以其政治敏感性、时代呼应性、独特创新性,成为共和国发展历程的见证,表现出世俗化与革命、启蒙诸多概念的纠缠,也展示了当代文学与历史之间复杂隐秘的内在关系。王蒙创作于 20 世纪 50 年代的《青春万岁》《组织部来了个年轻人》等小说,表现了中国社会主义文化建设的"热情想象"与"内部话语冲突";王蒙的 80 年代小说,较典型地反映了"新时期共识"的主流表述及其内在危机;而他的 90 年代小说,则表现出全球化历史时期,中国文学在追求"历史和解"与"意识融合"基础上,再造民族文化主体叙事的努力。因此,对王蒙的理解,不能割裂地以某一类文学形态去评判,除了苏联文学和西方文化影响之外,必须建立在当代文学史"内部关联性"的基础上,将之放在社会主义文学内部嬗变语境之下,才能理解其创作中革命与启蒙纠缠,传统与创新结合,主体再造与历史和解并存的独特形态。因此,理解 90 年代王蒙的变化,也必将成为理解文学史的重要支点之一。

—

中国现代文学发轫之初,五四青春叙事,有着苦难与自卑交织,新生与毁灭并存的叙事腔调。"青春"包含着对于"中国现代性"的想象,主体是青年知识分子。革命叙事兴起之后,革命主体的成长故事就替代了青春成长故事。这种革命叙事对成长主题的改写,在杨沫的《青春之歌》达到高潮,即描述小知识分子如何克服浪漫情绪与软弱胆怯,成长为革命者。然而,《青春之歌》还属于"建国叙事"范畴,随着社会主义建设的不断展开,新中国需要一种新的、具象征意味的青春叙事。这种青春叙事要塑造一种"当下"的青春体验,让生在新中国、长在红旗下的青少年打造自己言说"成长"的方式,从而树立中华人民共和国的

"主体叙事性"。这也就是很多批评家所说的王蒙的"少共情结"。

王蒙 14 岁加入中国共产党。他曾作为中央团校学员、腰鼓队成员之一,参加了开国大典。党性与青春,在王蒙的精神血脉之中已紧紧联系在一起。《青春万岁》展现了革命胜利后的沸腾生活。夏令营的篝火,义务劳动,强健的肉身与纯洁的精神,文化学习与社会事务结合,无不显现出理想主义色彩的中国社会主义"青春气质"。这种生活的摹本是苏联。《青春万岁》中那群充满青春朝气的"共和国之子",是中国当代文学最早的"社会主义新人"形象:"旧社会遗留下的少年人的疾病和衰弱远没有彻底消除。但是,你们是第一批在新时代成长起来的新人。你们毕业了,这样高兴,到天安门前来庆祝。多少时代学生没有这种快乐心情。"①他们是杨蔷云、袁新枝、郑波、周小玲、张世群等"社会主义新青年"。小说还虚构了毛泽东与青年学生见面的场景。青春万岁,是革命理想万岁。青春见证历史,青春在历史的主体建构之中。王蒙写道:"五十年代,中学生生活有很多优良传统和美好画面,例如:又红又专、全面发展的口号……同学们之间的互助,以及新社会人与人之间的关系。"②这种对"社会主义"的浪漫认知,也能看到王蒙思想与情感的连续性,一直保留在王蒙的文学世界,并成为"历史和解"与"多维融合"思路的重要一环。

然而,热情明丽的想象背后,依然存在潜在的问题:知识和革命、世俗化与革命能否协调一致?青春理想主义与现实之间,能否达成和谐?裂隙的出现始于《组织部来了个年轻人》。这篇小说既可以看作社会主义的"青春成长小说",也可以看作《青春万岁》的续篇。《组织部来了个年轻人》直接受到苏联作家尼古拉耶娃小说《拖拉机站站长与总农艺师》的影响。这篇小说,比一般反官僚主义题材小说深刻之处在于王蒙以更复杂的目光看待刘世吾与林震、赵慧文等人的关系。《组织部来了个年轻人》突出日常生活对革命理想主义的溶解作用。老干部刘世吾的口头禅是"就那么回事",他对于理想激情的倦怠,来自拥有权力后不自觉的保守意识。林震对待刘世吾的态度,恰可看作青春理想主义与革命成功后的现实政治秩序的一次"不激烈"的对抗。林震这个形象的暧昧,恰在于他有审父的叛逆,又充满了对父权的维护。这既与王蒙童年家庭不睦、父权形象缺失有关,也有现实政治潜在心理制圄,更彰显了一个始终贯穿王蒙创作的矛盾主题:社会主义内部官僚主义,不仅是个人品质问题,如麻袋厂韩作新变

---

① 王蒙《青春万岁》,人民文学出版社 1979 年版,第 340 页。
② 王蒙《青春万岁》,人民文学出版社 1979 年版,第 345 页。

成腐败分子,更是一个时间性的结构问题。当革命激情状态退却,日常生活浮现,个人主义"私利"也就出现了。王蒙作品提出这样的问题:如何防止革命理想主义蜕变? 如何处理日常生活与革命的关系?

另一层潜在话语冲突,即个人理想追求与革命庸常化现实(世俗化)的冲突。严家炎认为,《组织部来了个年轻人》的"前史",是丁玲的小说《在医院中》,主人公陆萍,就是革命年代医院"新来的青年人"。赵慧文与林震朦胧的"办公室爱情"更彰显了这种困惑。林与赵因反官僚主义互相吸引,其结果却成为带个人性私密色彩的"性欲"。这种力比多转换方式,无疑丰富了矛盾层面。虽然小说使用第三人称,但林震的视角,始终与叙事者、作者合一,更是纯洁坦诚意味的"理想主义"视角。王蒙将深刻的社会政治困惑,放置于理想主义视角之下,无疑缓解了尖锐的政治刺激性,也表现出社会主义文化内部的结构张力性。小说结尾,林震从赵慧文家中出来,一声亲切的"刚出锅的炸丸子",不仅有王蒙式幽默,更表现了王蒙在生活与革命之间的两难选择。娜斯嘉式的"理想",寄托于州书记之类的领导的英明睿智。王蒙在日常生活与革命理想之间的困惑,比尼古拉耶娃更深刻,触及到中国社会主义建设的某些敏感点。

但是,这篇小说,并非描写"党话语"与"知识分子话语"产生内在对抗的小说。《组织部来了个年轻人》依然是在"组织内部",依然是中华人民共和国成立伊始,"当代文学"探索之中,社会主义文学形态的"内部矛盾"。这篇小说,也为王蒙20世纪90年代的独特小说形态,打下一个注脚,即世俗化与革命之间,知识启蒙与革命之间,也存在"和解"与"融合"的可能。

二

某种意义上讲,20世纪80年代是王蒙的小说创作走出固定的"青春模式",走入更广阔的创作形式的时期。这一时期,王蒙笔下革命与世俗生活之间的张力关系逐渐缓解。内在原因在于,在"新时期改革共识"基础上,因为启蒙的介入,与现代意识的觉醒,王蒙很好地表现了民族国家叙事对启蒙与革命叙事的融合。这里不仅有《活动变人形》《蝴蝶》等大量影响深远的伤痕反思小说,而且出现了更多艺术类型和技巧的探索,比如,《球星奇遇记》《名医梁有志传奇》《一嚏千娇》《坚硬的稀粥》等寓言性作品,《在伊犁》系列以新疆为背景的地域风情小说,也有《布礼》《春之声》等所谓"新意识流"作品。这一时期是王蒙的"个性觉醒"期。无论语言诉求,还是自我意识,王蒙的小说都变得更丰富复杂了。

王蒙在80年代的小说,也比较典型地体现了政治主流化的"新时期共识"。

它们既反极左政治,反对政治对文学的钳制,也反极右自由主义,反对否定党的领导。这种谨慎的改革意识,使得"关注人民生活"的世俗化意识与"人的解放"的启蒙意识,都得到了暧昧的包容。这种"新时期共识",是社会主义文艺内部的调整策略,也隐含着潜在危机。这类"共识"试图在社会主义文化框架内实现文学发展,表现在很多遭受极左磨难回归文坛的作家身上,老一辈的有丁玲、杨沫,相对年轻的有王蒙、张贤亮、从维熙、刘绍棠等。王蒙充满青春气质的理想主义没有被完全磨灭,而是化为"试炼"的党人忠诚。《布礼》主人公钟亦成念念不忘"少共回忆"。钟亦成的妻子凌雪说:"党是我们的亲母亲……亲娘也会打孩子,但是孩子从来不记恨母亲。"这种"忠贞"的党人情怀,得到很多人的赞同,也受到了很多人的质疑,如曾镇南说:"小说无意认可变了形的封建宗法观念。"①有学者指出,王蒙的情结,仍然是"延安文学精神",是"比较开放、善于变通的延安文学精神之子"②。还有的学者,称王蒙是"一个偏于左翼化的,自由主义的支持者"③。

然而,王蒙没有走回十七年文学老路,也没有加入 20 世纪 80 年代初重建"社会主义新人"的努力,更没有在西方文学影响下,走入先锋文艺的路径,而是走向另一条独特的探索道路。比如,对于从西方引进的"意识流小说"技法,王蒙有过借鉴,也曾有过深刻的反思。他认为,西方的意识流,是一种叫人们逃避现实,从而遁入内心的艺术形式,而"王蒙式的意识流",则是让人们同时面对主观和客观世界,热爱生活和心灵的艺术。可以说,王蒙的"意识流",不是文学走向极端虚无的产物,而是一体化体制对文学的束缚放开之后,中国社会主义文学内部启蒙生机的迸发。王蒙的意识流不是神秘的不可知论,而是个人感知、经验与思想的爆炸式解放。这里充满主体启蒙释放自我的喜悦。从个人而言,这是摆脱专制苦难的启蒙喜悦;从国家而言,这种意识流,则是人民脱离意识形态禁锢,找到民族国家发展新道路的启蒙喜悦。由此,《布礼》的时空闪回,意识流动,更多展现数十年历史风云,给钟亦成带来的巨大心理冲击。《蝴蝶》以张思远对世事变迁和身份转换的恍惚感受,展现个体心灵的复杂情绪。

更典型的是《春之声》。闷罐子车的各种杂声,就是改革开放共识的"春天

---

① 曾镇南《王蒙论》,中国社会科学出版社 1987 年版,第 29 页。

② 张钟《王蒙现象探讨》,《文学自由谈》1989 年第 4 期。

③ 李钧《"狐狸"》,王蒙、温奉桥编《王蒙·革命·文学——王蒙文艺思想研究》,人民文学出版社 2008 年版,第 158 页。

之音"。岳之峰的回家之路,各种声音嘈杂入耳,有黄土高原的铁砧、广州三角形瓷板、美国抽象派音乐、京剧锣鼓声、火车车轮声。从空间讲,读者则在汉堡游轮、北京高级宾馆、三叉戟客机、斯图加特奔驰车厂、闷罐子车之间眼花缭乱地转移。这正是一个由于改革开放造成的丰富复杂的时空特征。各个时空信息,都加速交织,汇成令人欣喜的"杂音",以此表征迅疾发展的中国现代化。落后与发达、传统与现代、外国与中国,并存于时空之中。那再也不是灰暗的时空,不是革命的红色时空,而是充满多元活力的时空。《春之声》的火车,如同《哦!香雪》的火车,"火车"这个"现代性符号",再次被赋予了"历史新起点"的现代象征意义。

这样的现代民族国家意识之下,宏大化的启蒙意识流充满重生的喜悦和进步的自豪,在回忆往昔的伤感与展望未来之间,个人意识得到空前拓展。但是,这始终是"过渡"状态。这种多声部并置状态,王蒙很难对之整合,只能将"多声部"演变成语言狂欢,如《杂色》《来劲》等。创作主体意识在启蒙感召下觉醒,也召唤着王蒙不断寻找真正的自我:"茫茫的生活海洋,时间与空间的海洋、文学与艺术的海洋……我要寻找我的位置、支持点、主题、题材、形式和风格。"王蒙的小说从透亮纯净的青春成长式抒情语言,演变成饱含焦虑的、复调式的现代性话语。这种信息量巨大且多变的"反叙述"语言,既成为独特的小说风格,也显示"杂色"的内在困境。革命、启蒙、现代、后现代、传统、抒情、反讽等诸多要素,王蒙试图将之纳入小说时空。郜元宝认为,"80 年代,王蒙这些带有探索性质的小说,其语言是'拟抒情',借此消解宏大叙事的话语"[①]。王蒙与其他作家的不同在于,他有强烈的社会主义政治体验的表达欲望。这使得新时期共识的过渡价值,被延宕到 20 世纪 90 年代。王蒙的作品不仅体现了对政治的解构,而且体现为对革命叙事意义的重构。

然而,新时期共识框架内,世俗化代表的日常理性,与革命、启蒙等种种意识形态之间的复杂纠葛,也集中表现在《活动变人形》中。《活动变人形》塑造了"倪吾诚与倪藻"两代知识分子形象。倪吾诚语言大于行动,性格软弱,去过解放区,也留过洋。他狂热支持"破四旧",甚至对于"消灭自己的肉体,也举双手赞成"。然而,倪吾诚缺乏毅力与恒心,最终成为没落的失败者。其实,王蒙在80 年代中期通过"分裂的知识分子"形象,展现了 80 年代启蒙共识的潜在危机,

---

① 郜元宝《阅读与想象——致陈思和,再谈王蒙小说的语言与抒情》,《小说评论》1995 年第 3 期。

也预示了世俗化对启蒙意识的解构。中国知识分子的软弱性、非理性与话语幻觉,使他们在传统与现代、西方与中国、肉身与信仰之间,常处于矛盾状态。批评家张颐武认为,"《活动变人形》,表现了日常生活与宏大叙事分裂的尴尬与矛盾"①。王蒙延续了《组织部来了个年轻人》的困惑,日常生活如何与激情理想达成和谐?集体性宏大话语如何才能与个人日常生活和谐相处?《活动变人形》从知识分子自身反思入手,将他们的内在灵魂分裂展现出来。

革命传统的单纯明朗与眼花缭乱的现代性体验之间,不可避免地产生巨大眩晕感。集体的道德情怀与个人主义的怀疑叛逆,使得王蒙不得不求助小说形式突破缓解焦虑。《来劲》等小说,形式意义大于内容意义。大量名词堆砌、变形叙述,呈现出更大的分裂感。《坚硬的稀粥》则是王蒙 20 世纪 80 年代创作的一个"异数"。它通过一家人吃饭这一"世俗化"的故事,从日常生活角度引出政治问题的处理方式,甚至是"文化共存发展"的态度。这部小说,也初步奠定了王蒙 20 世纪 90 年代以历史和解与意识融合,再造共和国史诗的文学史野心。

三

很多研究者认为,20 世纪 90 年代是王蒙创作的一个衰落期,其影响和活力,都大大下降。然而,如果从王蒙整体的创作轨迹以及 90 年代中国小说的宏大叙事演进逻辑来看,这一观点值得商榷。因为,对于王蒙创作衰落的判断,显然服从于 90 年代是"启蒙的自我瓦解"(许纪霖语)的时代的整体判断。可是,单一的启蒙视角,不足以解读 90 年代,也不足以解读王蒙这样复杂的作家。90 年代的思想分歧,很多都是 80 年代内在问题的显性浮现与延续性激化。比如,权力、资本与公平、正义问题。张炜的《古船》《葡萄园的愤怒》,王润滋的《老霜的苦闷》,贾平凹的《小月前本》等小说,对于改革开放导致的欲望与伦理、权力与资本的复杂关系,就多有所揭示。90 年代思想的分裂,既有来自 80 年代社会主义体制转型导致的中国内部变化因素的影响,也是全球化语境下资本市场对于中国社会深度介入的结果显现。

然而,现代性宏大叙事的目标在 90 年代的中国不再是摆脱外族侵略与阶级压迫的解放,而是"实现中华民族文化复兴"与实现"个体的人"的启蒙解放的双重任务。王蒙内在于社会主义体验,因而具有了某种主体观察的视角、心态

---

① 张颐武《活动变人形——反思现代的中国和现代的中国人》,《长篇小说选刊》2006 年第 1 期。

和文学可能性。类似苏联作家拉斯普京、卡卢斯、艾特马托夫、肖洛霍夫等,王蒙小说是社会主义经验内部自我启蒙的典范性文本,张贤亮代表"右派文学"的激进改革意识,受到更多西方影响,将个人欲望放大到政治控诉,试图以市场化共识,实现个人欲望解放的神话。王蒙的小说,则代表了"右派作家"的保守性改革意识,他们更注重共和国的社会主义文化体验主体性,并将 80 年代的改革意识,发展为 90 年代多元化背景下对于"历史和解"与"多元意识融合"的努力。

可以说,王蒙"不新不旧"的艺术特质,在于少共式理想主义,融合世俗化现代逻辑,形成浪漫又务实,批判又怀旧,建构又解构的社会主义内部体验性。世俗化,让王蒙取得了相对革命叙事更为冷静理性对待叙事的态度,也让王蒙对启蒙的高调论说保持着本能怀疑。王蒙反对极左,也反对极右,以生活促发展,以世俗代替革命,以审美距离保存对革命的敬意。王蒙更能代表中国政治领域稳健派的改革共识。"杂色"随着时间流逝与缓慢经验积累,有成为共识与信仰的可能。

理解王蒙,必须充分认识中国的世俗化思潮。世俗化既是启蒙的产物,让王蒙怀疑反省革命左倾问题非常深刻,也让王蒙对启蒙本身的功利性与原罪性,有一个清醒的认识。考察"世俗化"在西方的流变史,它首先是作为"国家没收教会的财产""教职人员回归社会"等宗教社会学概念使用。后来,追求个人物质与精神幸福的世俗化思潮,逐渐被纳入启蒙的思想框架。康德认为:"启蒙,就是人脱离自己加之于自己的不成熟状态,'不成熟状态'即没有别人的指导就无法实现自己的理智。"①这无疑是运用理性来指导自己,追求幸福。而中华民族有"耻谈功利、崇尚道德"的文化传统,自"五四"以来,中国文化又处于"救亡"和"超越他者"的焦虑之中,这也让中国更注重民族国家意义的宏大启蒙意义,忽略个人世俗化欲望的启蒙。

80 年代的"新启蒙",阶级英雄变成知识分子英雄,但是,人类的世俗化欲望依然服从于现代民族国家叙事的宏大诉求。20 世纪 90 年代,作家塑造了更多"普通人"的艺术形象。体现在他们身上,世俗化就成为一个重要维度。90 年代"现代化改革"深入发展,为文学的世俗化倾向提供了更好的条件。一方面,经济世俗化与现代文学有着重要联系。埃斯卡皮指出:"现代小说发生与现代出

---

① 〔德〕伊曼努尔·康德《历史理性批判文集》,何兆武译,商务印书馆 1991 年版,第 17 页。

版经济之间,有着非常重要的依存关系。"①丹尼尔·贝尔也赞扬市场经济对作家的解放。这与支持"人文精神"的知识分子,把市场化视作"对文学自主性剥夺"的观点,形成了有趣对比。另一方面,中国的市场经济还远未成熟,世俗化书写虽通过"祛魅"一定程度消解了宏大叙事,却走向了政治规避与精神虚无。同时,世俗化维度天然地包含着对精英文学的消解。这种附庸性,在市场经济受到主流意识形态操控情况下表现得更加明显,也应该警惕。

然而,90 年代中国作家面对的更迫切任务,则是如何处理革命文艺精神遗产与世俗化的关系的问题。因为,世俗化既是启蒙的产物,也天生对所有宏大叙事带有强烈的解构颠覆性。文学的革命叙事,在近百年历程中常常表现出"激进启蒙"的面孔。它的集体性、崇高性,是中国现当代文学合法性的重要部分。90 年代,社会主义市场经济崛起,后现代与全球化思潮冲击中国。中国当代文学也必然面临巨大的心理撕裂与精神重建,世俗化与革命叙事的关系,也就成为中国作家必须面对的课题。

对很多作家而言,这种世俗化冲击反映在创作上,都表现为"解构"与"建构"并置杂糅的状态。90 年代王蒙的小说,也见证了这个过程的艰辛和复杂。在 80 年代的《在伊犁》系列小说之中,王蒙歌颂新疆朴实善良的劳动人民,在人民话语与宏大政治话语之间,其目光就更为关注"日常生活"。而这里的日常生活,成为王蒙重新审视人性叙事与革命叙事关系的桥梁。王春林指出:"《在伊犁》是一种对于 90 年代才流行于文坛的日常化叙事的大胆尝试。"②

然而,王蒙 90 年代创作的《恋爱的季节》等系列作品,不是"完全世俗化"的作品,而更像是在世俗化基础上对启蒙与革命的双向反思与双向和解。也就是说,王蒙意味的世俗化,不仅有解构政治的因素,也是"再政治化"的宏大叙事建构。它们包含世俗化和人性多元论,谴责意识形态的伤害;同时,它们又蕴含理想主义气质,维护社会主义道德合法性,有别于 90 年代新历史主义小说。这也造成了理解王蒙的复杂性,及王蒙在 90 年代的寂寞。90 年代的王蒙成了一个"横站"的经验主义者,有了更多宽容睿智的理性。与其说王蒙怀念革命,不如说他怀念单纯明朗的理想主义。与其说 90 年代的王蒙走入了世俗化视野,不

---

① "1740 年,英国小说家塞缪尔·查理逊发表被认为是英国小说原型的书信体小说《帕美勒》,这部书信体小说是由一群书商和书籍事业家非文学性创举'生养'出来的。"见〔法〕罗贝尔·埃斯卡皮《文学社会学》,于沛选编,浙江人民出版社 1987 年版,第 42 页。
② 王春林《被遮蔽的文学存在——重读王蒙的小说〈在伊犁〉》,《中国作家》2009 年第 8 期。

如说他试图在世俗化形成的多元叙述空间内实现"历史的和解",既批判反思革命叙事,歌颂世俗化对人的解放,又怀念革命的理想主义仪式,警惕世俗化本身的虚无情绪。

四

具体而言,王蒙的文论《躲避崇高》,是理解 20 世纪 90 年代王蒙的重要文献。崇高无法被"消解",而只能被"躲避"。王蒙的姿态颇有意味。表面看来,王蒙称赞王朔,是因为"世俗的王朔"解构了宏大叙事,但具体论述中,王蒙主要针对阶级革命叙事,而"真诚"与否,被认为是革命叙事失效的重要衡量标准。他声称"首先是生活亵渎了神圣""我们的政治运动一次又一次地与多么神圣的东西开玩笑""是他们先残酷地'玩'了起来的!"①由此可见,对王蒙这样的"少年布尔什维克"而言,将革命与启蒙截然二分,完全"消解崇高",无论从情感上讲,还是从理性上看,都非常困难——更何况在中国的现代性进程中,二者本来就是扭结在一起的。

王蒙有两个原发性精神资源,一是浪漫的革命理想主义,二是日常化叙述基础上对专制创伤的反思。80 年代,王蒙复出之后,努力将启蒙和批判专制、浪漫理想主义同时呈现,制造一种"社会主义文学内部"的反思性。然而,"浪漫主义"与"专制"、革命与日常化之间的冲突,又造成了他身上的"讽刺解构"与"浪漫感伤"的双重气质。进而,在他的创作之中,造成了无法解决的悖论性冲突。这也使王蒙常以夸张反讽的"话语流"姿态出现,表现为强悍又软弱、幽默又伤感的"杂糅性文体",如《一嚏千娇》《来劲》《杂色》等小说,政治讽刺、荤笑话、市井俚语杂糅并生,理想的天真与世故的装傻融为一体。郭宝亮将这些文体分为"自由联想体,讽喻性寓言体,拟辞赋体"。王蒙的这种悖论化焦虑情绪,在 90 年代初期达到顶点。与其说《躲避崇高》是王朔小说的"辩白之文",不如说是王蒙自己痛苦心路历程的"自嘲"反思。

有的学者认为,王蒙标志着中国当代文学的审美"转型",然而,90 年代王蒙的启示,更在于 90 年代整体告别革命、拥抱日常化的背景下,中国当代文学如何将政治性与文学重新进行审美化联结。这主要表现在王蒙的"季节系列"小说。1990 年初冬,王蒙决定"写一部一个人的中华人民共和国编年史"。《恋爱的季节》《蹉跎的季节》主要写五六十年代的共和国历史,而《失态的季节》《狂欢

---

① 郭宝亮《沧桑的交响——王蒙论》,《文艺争鸣》2015 年第 12 期。

的季节》则写到了"文化大革命"。王蒙将世俗化与革命、启蒙相结合："可不可以大雅若俗，大洋若土呢？可不可以，在亲和与理解世俗，珍重与传承革命的同时，保持精英高质量与独立人格？"①作家试图从世俗性个体层面切入历史，总结中华人民共和国成立后半个多世纪中国风云变幻的历史体验。90 年代王蒙既反思激进革命，也反思 80 年代新启蒙。这也使得他将"建构"与"解构"相结合，将"幽默"和"伤感"相结合，将理想主义与世俗性体验相结合。有论者认为，王蒙的这些准自传型小说，主人公叙述视角具有"追忆者旁观历史与介入历史"的双重性。其实，这些小说也存在大量全知全能叙事，某种程度上也凸现了中国现代国家民族叙事与世俗化的结合。

《恋爱的季节》是季节系列小说的开端。小说详细记述了解放初期，钱文、赵林、洪嘉、满莎、周碧云、舒亦冰、林娜娜、萧连甲、李意等"社会主义中国新人"的生活。革命被解释成浪漫的爱情与生活，如舒亦冰、周碧云、满莎之间的三角恋。一种小资浪漫情调用时间法则将革命叙事一分为二。长篇小说开头，就展现出一个乌托邦式的"全面发展的人"的形象。"梦""青春""中国""人性"成了同义词。这种全面发展的人，有古希腊式肉身与智慧结合的影子，也有着中华人民共和国成立初期小知识分子走入革命洪流，取得人生价值感的青春狂热。这种对肉身的强调，却与主流意识形态对于革命道德性的不断提纯，有着隐秘的内在裂痕。

洪嘉的母亲洪有兰再婚的情节，象征着世俗叙事与国家民族叙事的结合。尽管这里也有着"再婚住院"这样的喜剧性戏谑情节，但不能否认，"翻身、解放、自由、民主"，都因为新中国具有了现实依据。洪嘉、周碧云等人的婚姻和爱情遭受挫折，总是依赖性地找组织。小说中又有很多社会主义国家电影、50 年代苏联歌曲、欧洲 19 世纪文学名言警句等历史记忆。正如王蒙借钱文之口说出，这是一个恋爱的季节，也是浪漫的、歌唱的季节，"哪里都是爱情，到处都是爱情，人人都有爱情"。小说在钱文对东菊大声呼唤"我爱你"结束。这种世俗性对革命的改写，突出了革命胜利对人的物质和精神的双重解放。这种"革命回忆"与十七年革命叙事的不同在于，这是一种个人化叙事。小说也写到了理想主义之下的"人性自私"。比如，对于洪嘉的同父异母弟弟洪无穷的描写。无穷的亲生母亲苏红，因参与托派被捕，洪无穷毅然与苏红决裂，投奔同父异母的姐姐洪嘉，然而，洪嘉不仅不同情他，反而对洪无穷感到厌烦。

---

① 王蒙《革命、世俗与精英诉求》，《读书》1999 年第 4 期。

王蒙写了革命的幸福,也写了革命的恐怖、狂热和集体化策略。洪无穷因生母苏红是托派,就改了名字,和母亲划清界限。周碧云拒绝了青梅竹马的恋人舒亦冰,嫁给了矮小的满莎,因为他身上有着革命话语魅力:"满莎身上有一种魔法,一种无产阶级的,革命的魔法,这真叫她羡慕!"①然而,《恋爱的季节》不是《青春万岁》,王蒙戏谑地指出集体话语对个人生活空间的侵蚀:"就是去厕所,也要互相招呼,互相邀请,尽量集体化避免孤独的寂寞。"洪嘉嫁给山东革命英雄李生厚,青年诗人徐剑指出,李的英雄事迹材料是经过加工的:"找个人给我们俩整材料,你洪嘉和我徐剑也是孤胆英雄,革命楷模。"②革命从激情状态走入日常化,每个人都要成家立业,洪无穷只能回到亲生父母身边。意识形态话语的魅力最终被日常化所消解。赵林的女友受不了赵林没完没了的说教。萧连甲为了让未婚妻学理论,差点勒死她。洪嘉要结婚,为了新房子奔走。《组织部来了个年轻人》揭露的官僚主义问题,也有了更严峻的反思。当革命激情落实为权力傲慢,官僚主义就成为集体话语对人性的摧残。祝正鸿的未婚妻束玫香被局长调戏,他屡次上访,但遭到了官僚主义的无形阻碍。

同时,重新回顾中华人民共和国成立的历史,王蒙的态度并不是决裂,而是试图通过世俗叙事,在革命与人性启蒙之间找到一种对话的途径,既反思革命的缺陷,又保留革命的美好,既保持世俗性的人情味,又对自私自利的世俗社会抱有警惕。小说结尾写道:"他想保持所有的美好的记忆和他的那一串串的梦。梦,就让它是梦吧。梦只是梦,它永远不会被得到,所以也不会失落。"③钱文的这段心理独白,可以看作叙述者内心思想的流露,王蒙对待50年代和革命时代的态度,是将之作为一个"美好的梦":既肯定了它的美好,也指出了乌托邦性质。这种"横站姿态"非常特殊,是一种价值的"多向汲取"。

《失态的季节》《蹒跚的季节》《狂欢的季节》从"反右"写起,写了一代青年的挫折与反省。这种反思从宏大话语退却,钱文的个人体验觉醒开始。钱文认为,"他又变成了自己,而且仅仅是自己。他和世界,重新又分清了,他在世界上,世界在他的心里"。这三部小说,内在心灵描述变多,革命叙事本身的反思维度也逐渐展开。《失态的季节》主要讲述"反右"斗争,钱文、赵林、萧连甲等一批青年的苦涩成长,大部分贯穿了钱文的个人化视角。曲凤鸣热衷于打"右

① 王蒙《王蒙文集》(第4卷),人民文学出版社2014年版,第30页。
② 王蒙《王蒙文集》(第4卷),人民文学出版社2014年版,第117页。
③ 王蒙《王蒙文集》(第4卷),人民文学出版社2014年版,第378页。

派",在细密罗织之中满足崇高感与权力欲:"分析问题是他最高雅的愉悦。他的笑容表现着高高在上的满足、赏神益智的沉醉与真理在握的庄严。"①然而,曲也最终难逃被打成"右派"的命运。

更可怕的是,政治压力之下知识分子内心丑恶的泛滥。洪嘉揭发丈夫鲁若,鲁若最终被判刑,死在监狱。萧连甲被批判,与高干子弟女友的爱情也受到阻挠,绝望地自杀。章婉婉为摆脱"右派"身份,不与"右派"丈夫秦经世同房。《狂欢的季节》还插入第二人称"你"为视角,讲述钱文家一只猫的生死经历,以猫喻人,在心酸之中见人性温情。小说细致地写出"文革"期间文化界与政治界的真实变化。那些风华正茂的青年,变得意志消沉。钱文下放新疆,赵林成了不得志的机关处长。钱文的目光从革命宏大叙事沉入日常生活。他努力在日常生活中重寻生命意义:"到向阳口的商场,坐在看得到灯光街景的食堂窗边,吃世俗的猪耳朵与喝脱俗的葡萄酒,说一些该换汽车月票啦,管装皮鞋油上市啦……这不是幸福吗?"②

同时,历史的苦难被过滤掉了批判意味,化为"平常心"的坚守,相濡以沫的爱情、同情心以及宽容的自我保全。《狂欢的季节》大量描写日常生活,暗示王蒙试图在"革命"与"世俗"之间搭建桥梁的苦心。世俗的和谐圆满,是革命成功的目标之一;革命的激情,必须以世俗作为基础。从修辞上讲,隐含作者的反讽语气和认同语气,越来越难以区分。对"文革"的控诉,世俗叙事居然使作家从"劳改"看出劳动的必要性,虽荒诞反讽却透露着价值暧昧。小说叙事的"反讽",通过美与丑、平庸和崇高的"并置",形成解构宏大叙事的有效策略。然而,小说反讽的世俗性维度有先决条件,即隐含叙事者的世俗理性。王蒙的"季节系列"小说对世俗性的认同,大多将"世俗"归为社会内部秩序的补充,为世俗生活想象出"相濡以沫、平和温馨"的传统景观。然而,"世俗"的破坏力量,王蒙却悄悄予以遮蔽(或仅表现"浪漫")。《狂欢的季节》结尾,再次出现《布礼》式"党人忠贞"。如此,王蒙对社会主义经验的坚守就具有了双重意义,一方面延续改革开放时代坚持反对"文革",又尊重社会主义经验主体性的"改革共识";另一方面,90年代世俗话语境下,又表现出对世俗性的有限承认与隐含质疑。

---

① 王蒙《失态的季节》,《当代》1994年第3期。
② 王蒙《狂欢的季节》,《当代》2000年第2期。

结　语

　　王蒙试图将世俗化与革命、启蒙等意识结合起来，但在解决主体自由、发展权问题上，也面临很多问题。很多学者对 20 世纪 90 年代王蒙的创作持有异议。李欧梵认为，王蒙的"技巧"是把领导干部的指示和来自群众的材料结合进行加工。王蒙的语言，是技巧的标记，却成为对他的反讽。同时，他又指责王蒙无力解决中国民族性黑暗核心的内部根源。郜元宝则直指王蒙是"意识形态化的文学守护者"。

　　可以说，王蒙在 50 年代、80 年代、90 年代三个时代创作节点上，形成了不同的艺术风格，也有着内在思想性与艺术性的关联。50 年代对于理想主义的怀疑，80 年代对于新时期改革共识的彰显，以及 90 年代试图在革命、启蒙、世俗化等诸多要素之间，搭建"历史和解"与"意识融合"的平台，都显现了王蒙试图在社会主义经验内部，实现自我反思与主体建构的努力。这种努力在 90 年代去政治化的语境之内，表现出了重建个人与历史的联系，重建文学与政治联系的雄心。王蒙百余万字的"四季体"长篇小说，以史诗性时间跨度和理性反思，成为一种 90 年代宏大叙事的另类写作，尽管这种"历史和解"与"意识融合"依然充满了逻辑和思想上的悖论冲突。

　　进入 21 世纪，步入老年的王蒙，创作的《青狐》《闷与狂》《生死恋》等作品，在"青春激情、革命激情、历史激情"多重激荡中，再一次冲破时空桎梏，直逼生命之复杂真相，呈现出新的生命景观，都有着 90 年代创作的重要影响。这种独特的经验主义思路，与看似尴尬的"横站"姿态，也表现了王蒙在整个中国当代文学史上的特殊性与代表性。王蒙的个案也告诉我们，在中国当代文学史的书写过程中，不仅要重视那些断裂性文本，而且要注重王蒙这类具有很强历史关联性的作家。他在创作上的成功经验和失败教训，都值得我们继续反思。

（原载《人文杂志》2019 年第 12 期）

（房伟：苏州大学文学院教授，博士生导师）

王蒙的书在俄罗斯出版的情况

〔俄〕托洛普采夫

　　王蒙是当代中国文坛最富有活力和创新精神的作家之一,他的作品在世界范围内引起了巨大的反响。尤其是在俄罗斯,在中国当代文学普遍受众较小的大背景下,他更是成了最受欢迎和作品被翻译出版次数最多的中国作家之一。无论是在苏联还是在俄罗斯,王蒙都可以算得上是最受欢迎和作品译介次数最多的中国当代作家之一。俄罗斯汉学家认为王蒙小说有着鲜活的人物形象和灵活的叙事风格,人物和作者在文中奇迹般地交织在一起。俄罗斯汉学家说,他们已了解,中国出现了真正的文学,并在对王蒙作品的争论中才出现了"心理现实主义""心理小说"等术语。

　　从 1981 年在苏联发表的《夜的眼》开始,20 世纪 80 年代是王蒙作品在苏联国内的热销期,王蒙在这一时期创作的大部分作品都被翻译成了俄语介绍给苏联读者。俄罗斯的许多汉学家都曾翻译过王蒙的作品。

　　王蒙在俄罗斯出版的文学作品选集:《人妖之间》(1982 年,《组织部来了个年轻人》和《夜的眼》),《一个人和他的影子》(1983 年,《蝴蝶》),《当代中国小说:王蒙、谌容、冯骥才》(1984 年,《春之声》和《海的梦》),《人到中年》(1985 年,《杂色》),《王蒙选集》(1988 年,《活动变人形》《布礼》《风筝飘带》《悠悠寸草心》《冬天的话题》和《青春万岁》(节选)),《中国当代小说选》(1988 年,《惶惑》《春夜》《听海》《湖光》和近年翻译的《夜的眼》),《当代中国小说选集》(1988 年,《冬天的话题》再版),《20 世纪的中国诗歌与小说:谈过去看未来》(2002 年,《风筝飘带》和《春堤六桥》),《王蒙:山坡上向上的足迹》(2004 年,包括了之前曾再版多次的王蒙经典作品,又有近年翻译的新作),《命若琴弦》(2007 年,《歌声好像明媚的春光》),《中国变形:当代中国散文小说选》(2007 年,6 篇短篇小说和《老王小故事》《行板如歌》),《窗:俄中互望——小说、随笔、散文》(2007 年,《苏联祭》),《王蒙文集》(2014 年,《活动变人形》,《老王小故事》的部分节选和王蒙自传《半生多事》的部分节选)。

从 1981 年开始,截至目前,俄罗斯共出版发行了 48 篇王蒙不同类型的文学作品,共有 40 篇短篇小说,5 篇随笔,2 部长篇小说(含节选),1 部传记(节选),这些作品被包含在 16 部文集中。

(托洛普采夫:俄罗斯科学院远东研究所研究员)

经典重读

生活与革命的辩证法

——《青春万岁》与王蒙早期小说的思想主题

金 浪

生活是作家王蒙最为钟爱的话题。"文革"结束后的归来者王蒙时常高举生活的旗帜:"生活是多么美好! 这一直是我的心灵的一个主旋律,甚至于当生活被扭曲、被践踏的时刻,我也每每惊异于生活本身的那种力量、那种魅力,那种不可遏止、不可抹杀、不可改变的清新活泼。即使被错戴上'帽子',即使被关进了牛棚,即使我们走过的道路有过太多的曲折和坎坷,然而,生活正像长江大河,被阻挡以后它可能多拐几个弯,但始终在流动、在前进,归根结底它是不可阻挡的。"①在这段热情洋溢的文字中,生活不仅被王蒙视作治疗政治创伤的良药,也被推崇为自己心灵的主旋律。虽然以生活来突破政治的思路打上了新时期思想解放的烙印,但彼时王蒙对生活的歌颂并不能仅仅归结为新时期的时代精神,而是被他追溯至《青春万岁》:"生活是美好的,这是《青春万岁》的主旋律,也是我至今的许多作品的主旋律……"②甚至可以说,这种对美好生活的赞美,直接构成了王蒙小说创作的契机:"是的,当写小说的时候,过往的日子全部复活了……我完全忘记了是在写小说,我是在写生活,写我的心对于生活的感受、怀念、向往。"③这些都提示了王蒙关于生活的理解还存在更早的起源。

近年来,在对《组织部新来的青年人》④这一经典文本的考查中,已有研究者

---

① 王蒙《倾听着生活的声息》,《王蒙文集》(第 6 卷),华艺出版社 1993 年版,第 113 页。

② 王蒙《感谢你,爱读〈青春万岁〉的朋友》,《王蒙文集》(第 7 卷),华艺出版社 1993 年版,第 616 页。

③ 王蒙《倾听着生活的声息》,《王蒙文集》(第 6 卷),华艺出版社 1993 年版,第 114 页。

④ 需要说明的是小说存在两个题目的版本:一是《人民文学》1956 年 9 月号上秦兆阳未经作者同意修改发表的版本,题为《组织部新来的青年人》;二是收入《短篇小说选:1956》中的版本,题目由王蒙自己改为《组织部来了个年轻人》。为方便起见,本文统一写作《组织部新来的青年人》。

开始关注生活与革命关系之理解在文本机制中发挥的作用。朱羽通过对《组织部新来的青年人》的批评史梳理,从"革命"与"常态"的关系提出了对小说的新解读,指出"林震以其少年式的'一元性',遭遇到刘世吾式的'二元性'与'常态性',这关联着这部小说最为基本的'成长经验'"①。这里的"常态"便是日常生活的另一表述。而罗岗亦强调小说的反官僚主义问题包含了来自日常生活挑战下的主体焦虑,尤其体现为"男性革命主体"面对"夜晚"和"欲望"时的危机。②二者都不同程度地注意到小说在惯常的反官僚主义解读之外,同样传达了青年王蒙关于日常生活的理解。不过,二者在聚焦《组织部新来的青年人》的同时,其实又都忽视了其与《青春万岁》的互文关系。事实上,正是在 1956 年利用"创作假"修改《青春万岁》的间隙,王蒙作为调剂写出了《组织部新来的青年人》。③这不仅意味着《青春万岁》可能是《组织部新来的青年人》的"母体",甚至还包藏着理解王蒙从事文学创作起源的秘密。因此,对王蒙早期小说思想主题的考查也便不能不从《青春万岁》入手。

一、历史门坎上的《青春万岁》: 当革命转入生活世界

《青春万岁》作为王蒙文学创作的处女作,早在 1953 年便已动笔,并于 1956 年夏天修改完毕,1957 年曾在《文汇报》上连载过部分章节,但与同时期《组织部新来的青年人》的顺利发表并引发轰动效应相比,《青春万岁》的出版可称得上是命运多舛。尽管 1957 年、1962 年曾两度排印,但都因政治形势的变化而中辍,直到"文革"结束后的 1979 年,小说才由人民文学出版社正式出版。④ 从 1953 年动笔到 1979 年出版,这部小说足足延宕了 26 年之久。小说出版后获得了不错的反响,1982 年被《语文报》评为"最受中学生喜爱的小说",1983 年还被拍成了同名电影,甚至于最后战胜了时间,"平均每三年就要印一次,从未中断,

---

① 朱羽《成长、革命与常态——〈组织部来了个年轻人〉之批评的批评》,《中国现代文学研究丛刊》2018 年第 7 期。
② 罗岗《革命的"第二天"、左翼男性主体与"情感政治"的焦虑——重读王蒙〈组织部新来的青年人〉》(未发表稿),收入《1957 历史实践的社会、思想、文化、生活意涵》(会议论文集,2018 年 4 月 28~29 日)。
③ 王蒙《王蒙自传·半生多事》,花城出版社 2006 年版,第 136~137 页。
④ 需要说明的是在人民文学出版社 1979 年初版基础上,1997 年王蒙又参照 1957 年《文汇报》上发表的内容对之进行了"恢复原貌的工作",形成了《青春万岁》的通行版本。本文所引用的便是后一版本。

前后已经发行了四十多万册"①,成为令王蒙颇为自豪的长销书。但相较于《组织部新来的青年人》在当代文学史上的显赫地位,《青春万岁》较少受到研究界的重视。尽管有研究者试图将之重新放置回 20 世纪 50 年代来加以讨论,譬如董之林便将之与《青春之歌》一起列为"青春体小说"的代表作②,但后来的读者似乎更愿意将青春从历史中抽离出来,将之当作自身青春的投影,从而使得《青春万岁》中记录历史的自觉意识未能受到重视。在 1982 年回顾这篇小说时,王蒙曾如此交代自己的创作初衷:

> 眼看着我所熟悉的那批从地下时期就参加了人民革命运动的"少共布尔什维克"也都转向了和平建设时期的文化科学与各门业务的攻关学习,我预感到了一个旧的历史时期的结束与新的历史时期的到来。我怀恋革命运动中慷慨激越、神圣庄严,我欢呼大规模、有计划的社会主义建设的绚丽多彩、蓬勃兴旺,我注视着历史的转变当中生活与人们的内心世界的微妙变化与大千信息,我为我们这一代人,经历了旧社会的土崩瓦解、解放的欢欣,解放初期的民主改革与随后的经济建设的高潮的一代少年——青年人感到无比幸福与充实,我以为这一切是不会原封不动地重现的了,我想把这样的生活和人记录下来。③

不难见出,王蒙以《青春万岁》来记录历史的创作初衷乃是与他身处 1953 年的历史感知密切联系在一起的。随着"三反""五反"的平稳结束、抗美援朝战局的渐趋明朗以及第一个"五年计划"的开始制订,新中国的政治目标正在从以战争与肃反为中心转向以经济建设为中心。作为对这一政策变化的响应,团中央开始要求各级中小学加强文化学习。彼时担任北京东四区团区委副书记的王蒙不仅对国家政策的调整感受强烈,而且将之直接写入了小说:"现在,社会民主改革运动已经基本完成,朝鲜战场上也取得了伟大的胜利,建设的任务日益提在首位,在各种文件、报告、谈论里,大家普遍提到即将开始的'大规模的、有计划的、全面的经济建设与文化建设高潮'。可是,人们来不及去欢迎、吟味和欣赏生活的变化,就被卷到生活的变化中去了。"④"被卷到生活的变化中去",生动简明地概括出了小说中的女中学生们的共同处境:"这一年五一节,北京的女学生第一次普遍穿上花衣服、花裙子,打扮得漂漂亮亮;还有呢,'少年布尔什

① 王蒙《王蒙自传·半生多事》,花城出版社 2006 年版,第 148 页。
② 董之林《论青春体小说——50 年代小说艺术类型之一》,《文学评论》1998 年第 2 期。
③ 王蒙《我的第一篇小说》,《王蒙文集》(第 7 卷),华艺出版社 1993 年版,第 619~620 页。
④ 王蒙《青春万岁》,人民文学出版社 1979 年版,第 19 页。

维克'们也开始对自己的学生时代做长远的打算了;他们在高唱'兄弟们,向太阳,向自由!'的同时,也入迷地唱:'生活是多么幸福,生活是多么美好……让蓝色的星儿照耀着我……'他们感觉到了:我们的生活不仅有严峻的战斗,而且有了从来没有过的规模壮阔的社会主义建设。"①小说中甚至更为精练地将这一状态概括为"我们的中学生,站在新的历史时期的门坎上"②。

如果说在国家任务转型的意义上,1953 年构成了"新的历史时期的门坎",那么,生活世界的大量涌现,便是王蒙站在这个门坎上敏锐体察到的变化。即便是在晚年的回忆录中,王蒙仍然对当时的感受进行了清晰回顾:"我们的生活中出现了世界、和平、生活、幸福、岁月、日子这些字眼,这些字眼令我感动莫名。"③不过,对于作为"少年布尔什维克"的王蒙而言,和平幸福生活的突然降临带来的并不仅仅是"感动莫名",而是同样包含了不可避免的挫败感:"参加革命的时候我从来没有考虑过胜利以后的事情,北京的解放使我一直处于革命的大兴奋中,我甚至于想,由于我年纪小便于隐蔽,我也许会被派到台湾去从事地下革命活动。我喜欢地下的革命生活,传单、印刷所、秘密接头、暗号、群众运动与情报传递……我看苏联影片《马克辛三部曲》,对彼得堡的工人运动如醉如痴……俱往矣。直到此时,我才明白人民掌握了政权的和平的日子有多么美好、多么快乐、多么迷人——但是回忆地下工作者的豪情与神秘,我又略感失落。"④这意味着《青春万岁》并非对历史的客观记录,而是作者激动与失落交织情绪下的产物。若深究之,这种激动与失落交织的复杂情绪其实又源于"少年布尔什维克"在"新的历史时期的门坎上"所遭遇的挑战。

挑战首先来自前述国家政治任务转型的要求。随着经济建设时期的到来,团中央对"少年布尔什维克"的要求也从政治斗争转向了文化学习,小说中体现这一挑战的人物便是郑波。作为对王蒙本人经历的部分投射,郑波在小说中被设置为一名思想进步的"少年布尔什维克",14 岁加入青年团,冒着危险做地下工作,甚至为之做好了牺牲准备。小说开篇不久便借助郑波交代了"少年布尔什维克"在新中国的经历:"一九五〇年,学校生活刚刚开始正常,人们瞻望和平幸福的明天。这时,朝鲜战争的炮火又惊动了她们……接着是'三反'运动……"

---

① 王蒙《青春万岁》,人民文学出版社 1979 年版,第 19 页。
② 王蒙《青春万岁》,人民文学出版社 1979 年版,第 19 页。
③ 王蒙《王蒙自传·半生多事》,花城出版社 2006 年版,第 105～106 页。
④ 王蒙《王蒙自传·半生多事》,花城出版社 2006 年版,第 106 页。

"在接连紧张的运动里,郑波和其他学生中的优秀分子习惯了一种非同寻常的生活:晚上不自习去听打报告,课外活动时间召开各种会议,上课的时候一边听讲一边注意着教员们有什么'糊涂观念'……并且,似乎没想到自己要按部就班地读下书去,而是'时刻准备着'听候组织的调动,当干部,参军,下江南或者去朝鲜。"①然而,国家政治任务的转型却使得这些充满激情的想象全都落了空,"愈是美妙的向往,愈使人觉得遥远;而当生活飞跃,向往变成现实的时候,人们却又发现自己还缺少准备了"②。因此,讲述尚未做好准备的"少年布尔什维克"如何转入生活领域继续战斗,也便成为小说的主导线索。

在国家政治任务转型的挑战外,"少年布尔什维克"还面对着一场更为隐秘的挑战,这便是丹尼尔·贝尔所说的"革命的第二天"问题。丹尼尔·贝尔指出,当革命取得胜利之后,世俗生活对革命意识的侵犯,往往构成对革命的真正威胁。③ 按照这一说法,生活世界在 1953 年的全面到来,会不会也对中国革命造成威胁呢?事实上,正是这一隐秘挑战使得"少年布尔什维克"在欢呼幸福生活的同时对日常生活充满了困惑与警惕。小说中的杨蔷云在看到国营商店中琳琅满目的商品时,便脱口而出批评道:"净是资产阶级的玩艺儿!"④于是,在革命转入生活世界的时刻,"少年布尔什维克"又忍不住怀念革命年代的激情岁月,并借此确认自己革命意志的纯粹性,而这恰恰构成了王蒙创作《青春万岁》的隐秘动因:"一九五三年以后,当国家局势变得更加安定、正常,学校生活日益恢复了自己惯有的以教学为中心的日常秩序,而当中学生们纷纷回到课堂里坐稳自己的座位,埋头学文化、向科学进军的时候,我在欢呼中学生的新生活的同时,又十分怀念处在解放前后历史的大变革的风暴中的激越的年轻孩子,于是我决定写《青春万岁》。"⑤就此而言,讲述革命如何转入生活世界并遭遇到来自后者的挑战,也便成为《青春万岁》所要处理的重大问题。

二、重新定义生活:政治世界与生活世界的互动

生活世界的出现,作为王蒙在"新的历史时期的门坎上"体察到的变化,促

---

① 王蒙《青春万岁》,人民文学出版社 1979 年版,第 18 页。
② 王蒙《青春万岁》,人民文学出版社 1979 年版,第 19 页。
③ 〔美〕丹尼尔·贝尔《资本主义文化矛盾》,赵一凡等译,生活·读书·新知三联书店 1989 年版,第 75 页。
④ 王蒙《青春万岁》,人民文学出版社 1979 年版,第 1 页。
⑤ 王蒙《感谢你,爱读〈青春万岁〉的朋友》,《王蒙文集》(第 7 卷),华艺出版社 1993 年版,第 616 页。

成了他在《青春万岁》中把一群高三女中学生看似平淡却又充满斗争的学习生活处理为小说题材。在中华人民共和国成立初期以战争、土改或工厂题材为主流的创作氛围下,《青春万岁》对中学生学习生活题材的处理可以说是别开生面的,这一点也曾获得小说审稿人萧殷的高度肯定。① 王蒙之所以能成功驾驭这一题材,一方面固然是他在青年团区支委与学生打交道的工作经验使然,"虽然我不是中学生,却是中学生的朋友、同龄人,我没有离开中学生活"②。另一方面,也与他本人作为"少年布尔什维克"的青春热情有关。"所有的日子,所有的日子都来吧,/让我编织你们,用青春的金线,/和幸福的璎珞,编织你们。"③序诗的开篇不仅直接奠定了整个小说的青春热情的基调,也将小说的题旨揭呈而出,所谓用"青春的金线"和"幸福的璎珞"来编织"日子"乃意味着要打造一种新的生活观,而由此形成的新旧两种生活观的对峙,也便暗中构成了推动小说情节发展的内在冲突。在小说中,这种冲突被戏剧化处理为杨蔷云与苏宁哥哥苏君之间的一场辩论。针对苏君对当时中学生"无谓的忙碌和虚妄的热情"的批评,杨蔷云忍不住向苏君发出"你认为生活应该是什么样"的质问:

这样问便错了。生活是怎么样就是怎么样,而不是"应该"怎么样。人,生为万物之灵,生活于天地之间,栖息于日月之下,固然免不了外部与内部的种种困扰。但是也必须有闲暇恬淡。自在逍遥的快乐。譬如,苏君随手拿起藤桌上的笔筒,指着笔筒上的字、画给蔷云看。上面画着古装的一男一女举杯饮酒。题字:"花中真富贵,无事小神仙。"字纹中长着绿霉,"这样一种自然的、无忧无虑的生活情趣,难道不是一种理想么?"蔷云低下头,沉思。苏宁给她倒水,她根本不接,然后严肃而自信地向着苏君摇头:"您说的一点都不对,也许我还听不懂,那些名词对我还很陌生。不过我觉着,你一点也不了解我们的、我的和苏宁的生活。您的话和这个笔筒一样,过时了,陈旧了,黯淡无光了。说什么沉重的负担,我们过着有目的的积极的生活,我们担起的不是沉重的负担,是做人的光荣责任。我们忙碌也不无谓,就说学俄文,原来不会,忙了一阵,会拼音也会造句,这怎么是无谓? 相反,那些无所事事地浪费生命的人,他们的清闲,倒真是无谓得可怕。还有热情,一个人像一把火。火烧完了就只剩下灰。火能发光发

---

① 萧殷《读〈青春万岁〉》,《王蒙研究资料》(上),天津人民出版社 2009 年版,第 295 页。

② 王蒙《感谢你,爱读〈青春万岁〉的朋友》,《王蒙文集》(第 7 卷),华艺出版社 1993 年版,第 615 页。

③ 王蒙《青春万岁》,《王蒙文集》(第 1 卷),人民文学出版社 2014 年版,第 1 页。

热,它不是虚妄的。灰尘呢,风一吹就没了。至于您那个'无事小神仙',说起他们就像说起男人的辫子和女人的小脚,不但虚妄,简直是可笑!"于是蔷云轻蔑地、胜利地大笑,公然地嘲笑苏君的议论。①

从上述对话中不难见出,苏君所代表的旧生活观与杨蔷云所代表的新生活观的对立恰恰在于前者主张退守于个人生活的小天地,后者则充满了到广阔天地中搏斗的青春热情,而这两种生活观的差异归根结底又体现为对生活世界与政治世界关系的不同理解。在苏君这里,生活世界与政治世界是截然分离的,他之所以批评中学生"无谓的忙碌和虚妄的热情",便在于认为他们的生活受到了政治的过多干扰:"在你们的生活里,口号和号召非常之多,固然生活可以热烈一点,但是任意激发青年人的廉价的热情确实是一种罪过……"②而在杨蔷云这里,"敢于到旋涡的中心进行搏斗"恰恰源于个人生活与新生的国家的紧密联系。为了表现这种新生活观的胜利,小说特别设置了杨蔷云与伙伴们一起帮助苏宁对卧室空间进行改造的情节:"清扫了所有角落的尘埃后,摆上了毛主席的石膏胸像。贴上了一张《列宁和孩子在一起》的铅笔画和一张卓娅的画像。她们送给苏宁几本书:《普通一兵》《刘胡兰小传》《青年团基本知识讲话》。苏宁把它们放在书架上最显著的地方。根据周小玲的提议,差点儿要在墙上贴上标语:'迎接祖国的建设高潮!''学习,学习,再学习!'"这个布置卧室的过程,其实也是政治世界进入生活世界并对之进行重塑的过程。通过这种空间改造,"那个绝大的光明的世界,就在姑娘们的笑声中,胜利地冲击到这里"③。

不过,政治世界对生活世界的重塑并不见得处处都能奏效,譬如在李春身上便遭遇了难题。在小说中李春虽然是个人主义的落后典型,但曾在初中担任支部书记的经历却使之同样能够熟练掌握新中国的革命话语。借助着1953年团中央学习文化的号召,李春理直气壮地对团支部过多的政治活动提出了批评。当杨蔷云把自己学习不好归结为学习目标不够明确时,李春嘲讽她不过是在说"漂亮话":"请问你考试发慌的时候嘴里念一句'我为了祖国而学习',就能驱散邪魔,不慌不忙吗?"④"我真心劝郑波,当然听不听在你,别开那些个会去了,也用不着找个别人谈话,先自己念好书吧。我也劝杨蔷云,我知道杨蔷云恨

---

① 王蒙《青春万岁》,《王蒙文集》(第1卷),人民文学出版社2014年版,第57页。
② 王蒙《青春万岁》,《王蒙文集》(第1卷),人民文学出版社2014年版,第56页。
③ 王蒙《青春万岁》,《王蒙文集》(第1卷),人民文学出版社2014年版,第59页。
④ 王蒙《青春万岁》,《王蒙文集》(第1卷),人民文学出版社2014年版,第45页。

我。你呀,也别净讲些政治名词了,有工夫多制几个图好不好? 还有咱们全班,大伙好好地念书吧,什么你选我我选你呀,谈谈思想情况呀,你批评我我批评你呀,申请入党呀——还远着呢,——往后搁一搁,不碍事。"尽管李春也曾是革命的受益者,但革命话语仅仅被她视作帮助自己实现个人理想的手段,当革命话语阻碍个人理想的实现时,便可以被弃之不顾。因此,即便革命话语可以使她无法反驳,却无法从根本上说服她、改变她。这在李春对杨蔷云的回答中被表达得很清楚:"你们硬想改变我是办不到的,要改变得等我自己改变。如果我想改变了,我自然就会好好地变。如果我高兴,也可以为集体做点事情。"①

革命话语在李春身上的失效恰恰揭示了仅靠革命话语进行思想改造的局限。杨蔷云与郑波用革命话语来对李春进行批评改造非但没有使之妥协,反而加深了她的对抗心理。虽然小说后来也描述了李春的思想变化,但这种变化并非革命话语单方面作用下的结果,而是源自她在集体生活氛围触发下的反躬自省。尽管把个人理想看得比集体利益更重要,但在集体生活中的孤立处境难免使李春的内心发生动摇:"她念自己的书,她不稀罕这个。不,不要骗自己了吧,她稀罕这个,她像即可一样地需要朋友,需要集体的温暖,需要为大家办事的光荣。"②直到在与呼玛丽的交往中,"一种质朴的、对于朋友的衷心的关心和爱护在她心底产生了",由此也促成了李春的自我反省:"她终日沉浸在冷静的计算和个人的进取中,她根本不了解自己的同学,根本不是自己同学的好朋友(郑波说:'还是我和她谈得来。'瞧!),在同学们各自的生活和命运中做一个可有可无的同伴是不妙的,甚至于,她很少自己对自己讲讲知心话……"就此而言,《青春万岁》不仅讲述了政治世界对生活世界的重塑,更重要的是还反过来揭示了政治世界的良性运转同样离不开生活世界的支撑。一旦从生活世界中抽离出来,革命话语便有沦为口号的危险。如果说《青春万岁》致力于提供一种新的生活观,那么,政治世界与生活世界的良性互动恰恰是这种新生活观的基础。

三、受阻的恋爱与暧昧的日常:烫头发时也能保持火热斗志?

虽然政治世界与生活世界的互动为重新定义生活提供了前提,但严格而论,二者作为不同的价值领域又无法完全同一。在哈贝马斯的社会理论中,政治世界便被认为属于系统整合的领域,而生活世界则属于以交往行为为基础构

---

① 王蒙《青春万岁》,《王蒙文集》(第1卷),人民文学出版社2014年版,第244页。
② 王蒙《青春万岁》,《王蒙文集》(第1卷),人民文学出版社2014年版,第83页。

筑起来的社会整合的领域。正是通过对二者的结构性关系的分析,哈贝马斯指出晚期资本主义的病症在于系统入侵生活世界造成的"生活世界的殖民化",其具体表现便是用系统整合取代社会整合,工具理性凌驾于交往理性之上,日常交往行为遭到扭曲,文化系统受到损害:"一旦传统受到破坏,而变得不再是毫无问题,有效性要求就只有通过话语才能保持稳定,因此,对文化自我特性的干扰,促进了原来属于私人领域的生活领域变得政治化。"①虽然 1953 年刚刚开始社会主义改造的新中国与哈贝马斯分析的晚期资本主义不可同日而语,但前者通过政治世界与生活世界的互动来打造新生活观同样使得生活世界为政治世界的进入打开了大门。一方面,通过与政治世界的互动,生活世界的面貌得到了重塑;另一方面,生活世界中那些私人性的日常领域,不仅无法被政治世界完全同化,反而对后者的进入与征用产生了反弹,而最能体现这种私人性的日常领域莫过于婚姻与恋爱关系。《青春万岁》对两段恋爱(郑波与田林、杨蔷云与张世群)的处理,便透露了那些无法在互动中被合理安放的剩余物。

在小说所讲述的女中学生们中,身为团支委书记的郑波,不仅最具革命信念,也是性格上最理性沉稳的女孩,然而,在面对田林的示爱时,郑波的心扉也不免发生波动。这些内心波动在小说中以郑波日记的方式得到了呈现:

这些日子,不论是天气,不论是日月星辰,不论花鸟虫鱼,不论是我的同学、老师还是街上走过的一个工人,都给我一种浑然一体的激动。我的心像是燃烧着,烧得发焦。每天都经历了许多难忘的事,每天都有数不清的喜乐哀怒。最细微的一点声音,对于我却像雷鸣,像战鼓,像交响乐。白天匆匆地过去了,我觉得自己仿佛比前一天长得高大了些。又微微有些惧怕:难道这一天这样简简单单地过去了吗?(所以我非要写日记不可)我有时候觉得生活是一幅画,我在这幅画里是什么颜色?我愿意设想我静坐读书的姿势,高声唱歌的神情,以及如何说笑、沉思……我过去很少想自己,想,也往往是一二三,上中下,分开优点与缺点,"应注意的问题"与"今后努力的方向"。那时候比现在好,比现在轻松。不,不,那时候我太傻,还像个流着鼻涕的小丫头……②

在这段对恋爱心理的描写中,让人印象最深刻的莫过于对作为风景的日常生活的发现。在柄谷行人的理论中,风景的发现作为一种认识论装置,是与"内

---

① 〔德〕尤尔根·哈贝马斯《合法化危机》,刘北成、曹卫东译,上海人民出版社 2009 年版,第 78 页。

② 王蒙《青春万岁》,《王蒙文集》(第 1 卷),人民文学出版社 2014 年版,第 191 页。

面的人"同时出现的,"只有在对周围外部的东西没有关心的'内在的人'
(innerman)那里,风景才能得以发现"①。过去作为"少年布尔什维克"的郑波从
未留意过身边的日常生活,田林的示爱不仅使她重新发现了日常生活的风景,
也同时发现了自我,甚至于开始关注起自己的容貌:"我美不美呢? 今天我换了
一件浅色的衣服。梳头的时候,我照了半天镜子,我向着镜子笑。我的眉毛还
是挺长的,眼睛也很秀气,可是,我的鼻子那么矮。我不美,我一点也不美。可
是,我也不丑吧? 我哪儿能丑呢? 照着镜子,我觉得郑波她还是挺可爱的。"②然
而,"少年布尔什维克"的政治觉悟立刻使郑波警觉到了问题,并及时打断了自
己的遐想,由此显示了恋爱与革命的紧张关系。在郑波的意识中,恋爱以及婚
姻都意味着进入日常生活的领域,正因为如此,遭遇田林的示爱才使得郑波"觉
察自己有一种被生活强烈的吸引的感情",但日常生活与革命又被认为是相互
排斥的,接受恋爱也便意味着要放弃革命的纯粹性。正是基于这一认识,郑波
不仅在内心中不断质疑人为什么要结婚,而且以拒绝生活的名义来拒绝恋爱:
"我的生活还没有开始","但那不是我的,还不是我的!"

　　郑波关于恋爱、婚姻与日常生活的困惑,在她与中华人民共和国成立前一
起战斗过的上级、已婚青年黄丽程的对话中,被直接抛到了前台。面对刚结婚
不久的黄丽程,郑波不仅质问人为什么会结婚的问题,而且直言不讳地讲出了
自己认为结婚与作为职业革命者之间存在冲突的想法。正由于担心结婚之后
会变得庸俗,郑波无法接受田林的求爱,并希望以此继续保持自身革命的纯粹
性。为了宽慰郑波,黄丽程则发表了一番有关革命与日常生活之关系的精彩言
论:"要永远记住我们最初走向革命的时候所受到的教育,使我们不仅是在战斗
中,而且要在和平建设中,不仅在冲破宪兵包围的时候,而且在烫着头发的时候
(她撩一撩头发),都有一样的火热的斗志。"③虽然宣称烫头发与革命斗志可以
并行不悖,但事实上日常生活与革命的紧张并不会因此消逝,在说完这番话后,
黄丽程也随即补充道:"当然,这不容易。"事实上,郑波和黄丽程面对日常生活
时的这种紧张感,也同样来自身为"少年布尔什维克"的王蒙自己。小说中讲述
郑波拒绝了田林的示爱后,日常生活风景不仅再度大量涌现,叙述人(也是王蒙

---

① 〔日〕柄谷行人《日本现代文学的起源》,赵京华译,生活·读书·新知三联书店 2003 年
　　版,第 15 页。
② 王蒙《青春万岁》,《王蒙文集》(第 1 卷),人民文学出版社 2014 年版,第 190 页。
③ 王蒙《青春万岁》,《王蒙文集》(第 1 卷),人民文学出版社 2014 年版,第 237~238 页。

自己)也忍不住直接现身说法地评说道:"为什么郑波不能够静静地享受这奔流不息的生活的美妙呢?为什么她的心不能平静?为什么她要使田林——她所尊敬和喜爱的人含泪走开?难道事情不能是另一个样子么?假使……啊!"①

如果说郑波对恋爱的拒绝展现了"少年布尔什维克"的革命觉悟,那么,小说中杨蔷云的恋爱则更多展现了被革命压抑的私人情感。相较于带有革命禁欲主义倾向的郑波,热烈开朗、个性冲动的杨蔷云,无疑能更为自由地面对自己的情感世界。在与大学生张世群的交往中,杨蔷云非但没有如郑波一般将爱情拒之门外,反而表现出了主动追求的姿态。她不仅在五一劳动节游行庆典的人群中到处寻找张世群的身影,后来更在情感驱使下主动前往地质大学面见张世群。与借助日记来表现郑波的内心波动不同,小说更为直接地以梦境的方式描写了杨蔷云的恋爱心理。梦中杨蔷云穿越一个又一个陌生的庭院(在苏宁家的感受),遇见了宿舍门卫老侯的阻挡(规章制度的限制)与团总支书记吕晨(来自政治的阻挠),终于见到病中的张世群和他的表姐——"一个美丽的、高大的、成熟的女人"(来自日常生活的竞争),这极具弗洛伊德意味的心理描写充分揭示了杨蔷云在革命意识压抑下的情感世界。即便小说中对杨蔷云恋爱心理的描写没有在1978年"抓纲治国"氛围下被视作"感情不健康"的内容而遭到删减,王蒙也自觉地安排了这段恋爱以并不完美的结局。当张世群告诉杨蔷云他爱上了同班女同学,杨蔷云心中的爱情火花被瞬间扑灭,并为革命友谊所填充。这一情节处理的背后,透露出的乃是"少年布尔什维克"在面对日常生活时的困惑。

由此可见,虽然《青春万岁》把政治世界与生活世界的互动视作打造新生活的出发点,但小说中两段恋爱却又透露了这一互动中无法安放的部分——以恋爱面目出现的"少年布尔什维克"在面对日常生活时的困惑。尽管两段恋爱分别以自觉(郑波)和不自觉(杨蔷云)的方式呈现了这一困惑,但无论是文本内的"少年布尔什维克"郑波对于恋爱的拒绝,还是文本外的"少年布尔什维克"王蒙对于杨蔷云恋爱的打断,其实又都构成了对这一困惑的象征性解决。正是通过文本内外的合力,恋爱被迫停止在了青春期懵懂情愫的阶段,而未能真正进入日常生活的领域。这个被阻断了的青春期恋情打动了一代又一代的读者,但小说中被象征性地压抑下去的日常生活,难道真的可以一劳永逸地被排除在革命激情之外吗?或者换用黄丽程的话来说,烫头发的时候真的可以毫无扞格地保

---

① 王蒙《青春万岁》,《王蒙文集》(第1卷),人民文学出版社2014年版,第250页。

持火热的革命斗志吗？事实上，王蒙出版于 1992 年的小说《恋爱的季节》便可被视作对这一问题的回答。虽然这部小说常被视作对《青春万岁》的重写，但从题目便可得知，恋爱已然在重写中取得了支配性地位，而与恋爱同时复归的便是日常生活的正当性。通过讲述一群怀抱浪漫革命理想的"少年布尔什维克"如何接受日常生活的再教育，《恋爱的季节》在对《青春万岁》进行反讽性重写的同时，彻底否定了烫头发时也能保持火热斗志的可能性。

四、反官僚主义的思想起源：生活对政治的介入及其失败

《青春万岁》作为王蒙文学创作的起点，体现了"少年布尔什维克"站在 1953 年"新的历史时期的门槛上"对于生活与革命之关系的理解，亦即通过政治世界与生活世界的互动来打造新的生活观的尝试。但小说中的两段恋爱描写以中断的方式使得日常生活的困惑得到了象征性解决的同时，却又透露了生活世界中那些无法在与政治世界的互动中合理安放的部分。这种打造新生活观的努力及其困惑不仅构成了《青春万岁》的思想底蕴，同样也被带入了同时期《组织部新来的青年人》的写作。晚年王蒙在回顾《组织部新来的青年人》的写作时，便特别强调了它与《青春万岁》的关系："它也是青春小说，与《青春万岁》一脉相承。"①这意味着对《组织部新来的青年人》的考查其实应该放置到《青春万岁》的延长线上来进行。尽管《组织部新来的青年人》一经发表便被解读为反官僚主义的作品，无论是对这个小说的批评还是肯定，甚至毛泽东对王蒙的保护②都立足于反官僚主义的问题域，但王蒙本人并不完全认同这一理解。他不仅在当时便撰文进行了有限的申辩与回应，此后更多次表达了不同看法。在其复出后的小说集《冬雨》后记中，王蒙更集中阐述了自己的意见：

> 小说中我对于两个年轻人走向生活，走向社会，走向机关工作以后的心灵的变化，他们的幻想、追求、真诚、失望、苦恼和自责的描写，远远超过了对于官僚主义的揭露和解剖。如果说小说的主题仅仅是"反官僚主义"，我本来应该着力写好工厂里王清泉厂长与以魏鹤鸣为代表的广大职工之间的矛盾和斗争。但是，请看，作品花在这条线上的笔墨，甚至还没有花在林震与赵慧文的"感情波流"上的多。我有意地简化和虚化关于工厂的描写，免得把读者的注意力吸

---

① 王蒙《王蒙自传·半生多事》，花城出版社 2006 年版，第 142 页。
② 《毛泽东在颐年堂上的讲话》，洪子诚整理，收入洪子诚《材料与注释》，北京大学出版社 2016 年版。

引在某个具体事件上。再说,作为林震的主要对立面的刘世吾的形象,如果冠之以"官僚主义"的称号,显然帽子的号码与脑袋不尽符合。但作品的客观效果是不能不承认的,于是人们说起反官僚主义就要举出它来。这真令人不知是荣幸、烦恼还是惭愧。当然,这也不是说反官僚主义不是小说的内容的一个重要方面。①

正如这段论述中所指出的,在对反官僚主义并非小说主旨的说明中,刘世吾的形象的确是一个关键。与反官僚主义解读常常将林震与刘世吾视作对立面的做法不同,小说其实反讽性地揭示了二者的共同点:刘世吾不仅与林震一样爱好文学,而且因之充满了浪漫想象:"当我读一本好小说的时候,我梦想一种单纯的、美妙的、透明的生活。我想去当水手,或者穿上白衣服研究白血球,或者当一个花匠,专门培植十样锦……"②对刘世吾的另一面的发现,在令林震震惊的同时拉近了与之的距离。事实上,在 1957 年对各方批评的回应中,王蒙已然道出了刘世吾形象的玄机:"我着重写的不是他工作中怎样'官僚主义'(有些描写也不见得宜于简单地列入官僚主义的概念之下),而是他的'就那么回事'的精神状态。形成刘世吾的原因许多同志已经做了分析,除了同意他们的看法以外,我觉得刘世吾所以称为刘世吾,还在于他脱离了群众、脱离了生活。"③如果说这里的"脱离了群众"尚与官僚主义有关系,那么,"脱离了生活"传达出的则是王蒙关于刘世吾形象的独特理解:将政治世界与生活世界截然分离,这体现为小说中刘世吾的名言——"一个布尔什维克,经验要丰富,但是心还要单纯……"④在此意义上,林震与刘世吾的区别乃体现为前者坚持生活与政治相统一的青春稚气,后者则立足于将生活与政治分离的世故圆滑。

事实上,不仅《组织部新来的青年人》中对刘世吾与林震形象的塑造,分享了《青春万岁》中以政治世界与生活世界的互动来构筑新生活观的理解,小说在林震与赵慧文"情感波流"上花费的笔墨,同样也与《青春万岁》中无法合理安放的日常生活的困惑有关。无论是小说中的吃馄饨、听柴可夫斯基,还是"我们把荸荠皮扔得满地都是",这些与官僚主义无关的细节,传达出的正是"少年布尔

---

① 王蒙《〈冬雨〉后记》,《王蒙文集》(第 7 卷),华艺出版社 1993 年版,第 685 页。

② 王蒙《组织部来了个年轻人》,《王蒙文集》(第 4 卷),华艺出版社 1993 年版,第 51 页。

③ 王蒙《关于〈组织部新来的青年人〉》,《王蒙文集》(第 7 卷),华艺出版社 1993 年版,第 588 页。

④ 王蒙《组织部来了个年轻人》,《王蒙文集》(第 4 卷),华艺出版社 1993 年版,第 54 页。

什维克"在面对日常生活时的困惑。尽管在《青春万岁》中以恋爱中断的方式获得了象征性解决,但在对《组织部新来的青年人》里的林震与赵慧文的"情感波流"的描写中,这些困惑不仅再度回归,而且在与反官僚主义问题的缠绕中引发了严厉批评。小说发表后招致的批评中,这些有关日常生活细节与恋爱心理的描写便常常被视作小资产阶级情绪作祟,而这一观点甚至也为王蒙本人所接受:"由于作者的心灵深处还存在着一些和林震'相通'的东西——它们是对于生活的'单纯透明'的幻想,对于小资产阶级知识分子的孤芳自赏、与狂热心理的玩味,不喜欢'伤感'却又伤感点缀自己的'精神世界'等等,又由于作者放弃了自觉地评价自己任务的努力——于是,违背了作者的初衷,作者钻到了林、赵的心里,一味去体验他们的喜怒哀乐,渲染地表现他们的情绪,替他们诉苦……掌握不住他们,反而成为他们的思想感情的俘虏。"①

由此可见,即便小说发表后围绕反官僚主义问题的批评氛围,使得王蒙自己也无法否认"反官僚主义是小说的内容的一个重要方面",但至少其出发点并非反官僚主义,而更多是源于作为"少年布尔什维克"的王蒙构想新生活观的努力及其在面对日常生活时的困惑。虽然这一构想新生活观的努力及其面对日常生活的困惑发端于《青春万岁》并以恋爱中断的方式获得了象征性解决,但与《青春万岁》不同的是,《组织部新来的青年人》将故事场景设定在组织部这个具有代表性的行政机关中,在很大程度上已然显示了王蒙以这种构想新生活观的努力及其困惑来介入政治的尝试。在面对各方批评时,王蒙多次以生活的复杂性来解释小说的复杂性,说明反官僚主义并非小说主旨,但这一源于生活的理解已然被反过来指认为自身缺点:"没有努力依靠马克思列宁主义的光辉照亮自己的航路,却在这观点、思想、情绪波流组成的大海中淹没了。"②由此王蒙也通过对生活与政治关系的重构对自己进行了检讨:

作者以为有了生活的真实就一定有了社会主义精神,其实是不去自觉地追求社会主义精神;以为有了现实的艺术感受就可以替代无产阶级的立场、观点、方法,似乎那只是写政策论文的时候才需要,写小说的时候用不上;以为反映了生活就一定能教育读者,其实是不去自觉地评论生活,教育群众。作者是坚决

① 王蒙《关于〈组织部新来的青年人〉》,《王蒙文集》(第7卷),华艺出版社1993年版,第587页。
② 王蒙《关于〈组织部新来的青年人〉》,《王蒙文集》(第7卷),华艺出版社1993年版,第589页。

反对把社会主义精神与生活真实割裂开来的,反对作品中外加的"教育意义"的。但因此作者陷于另一种片面性中,只要"生活真实",不要社会主义精神,其实,这也正是把社会主义精神与生活真实割裂开,把"生活真实"孤立地"圣化"起来。①

　　所谓"坚决反对把社会主义精神与生活真实割裂开来的",再次透露了王蒙从政治世界与生活世界的互动来构建新生活观的出发点,只不过,当他在舆论压力下承认自己的问题出在"只要'生活真实',不要社会主义精神",并认为这一做法导致"把社会主义精神与生活真实割裂开"的时候,其实又是以颠倒的方式揭示了真相:如果说《组织部新来的青年人》延续了《青春万岁》中以政治世界与生活世界的互动来打造新生活观的思路并以之反过来介入政治的尝试,那么,王蒙的自我批判则无疑昭示了这一尝试的失败。承认自己的缺点在于"只要'生活真实',不要社会主义精神",意味着王蒙不仅接受了政治世界与生活世界的分裂,而且将政治置于支配性位置。通过将问题归诸小资产阶级情绪,那些曾经无法被合理安放的日常生活的困惑如今被视作危险因素获得了政治正确地安置:"当自觉的、强有力的马列主义的思想武器被解除了之后,自发的、隐藏的小资产阶级(或其他错误的)思想情绪就要起作用了,这种作用,恰恰可悲地损害了生活的真实。"②然而,正如《青春万岁》中被压抑下去的恋爱会在《组织部新来的青年人》中复归,在政治批判中被压抑下去的日常生活的困惑也并不会真的消逝,此后的社会主义实践仍将面临其不断重返的时刻。

余　论

　　《青春万岁》作为王蒙的小说处女作,蕴藏着王蒙从事文学创作的起源性密码,其核心正在于生活与革命的辩证关系。正如王蒙在回顾自己的创作初衷时所说的:"正是这种对于生活的爱,这种被生活所强烈地吸引、强烈地触动着的感觉,使我走向了文学。"③无论是立足于通过政治世界与生活世界的互动来构建新生活观的努力,还是以恋爱中断的象征性解决把日常生活的危险排斥在外

---

① 王蒙《关于〈组织部新来的青年人〉》,《王蒙文集》(第7卷),华艺出版社1993年版,第590页。

② 王蒙《关于〈组织部新来的青年人〉》,《王蒙文集》(第7卷),华艺出版社1993年版,第590页。

③ 王蒙《倾听着生活的声息》,《王蒙文集》(第6卷),华艺出版社1993年版,第113页。

的文学处理,都传达了"少年布尔什维克"王蒙站在 1953 年"新的历史时期的门槛上"对生活的理解与困惑。这种理解与困惑不仅构成了《青春万岁》的底蕴,也被带入了《组织部新来的青年人》。后者不仅以体现政治世界与生活世界互动的青春稚气来克服将二者分离的圆滑世故,那些曾经被象征性地压抑下去的关于日常生活的困惑也借助于对林震与赵慧文"情感波流"的描写得以复归。虽然体现了以新生活观及其困惑来介入政治的努力,但小说发表后遭遇的批判却昭示这一努力被挫败。在自我批评中,王蒙不仅接受了政治世界与生活世界的分离,而且认同了政治的支配性地位,而这也为后来的倒转积蓄了势能。

如果说通过政治世界与生活世界的互动来构建新的生活观构成了王蒙文学的思想起源的话,那么,接受二者的断裂无异于其精神结构上的一次重大转折。虽然"文革"结束后作为归来者的王蒙再度高举生活的大旗,热烈歌颂生活的美好,并将之追溯至自己的小说处女作《青春万岁》,但这种对生活的理解已然是政治世界与生活世界发生断裂之后的产物。只不过,与 1957 年政治世界凌驾于生活世界之上的状况不同,二者的关系在新时期初已然发生了倒转:日常生活越来越被视作自在的、自足的、恒常的领域,而政治世界则成为危险的、异化的甚至荒谬感的来源。这个独立于政治世界之外的生活世界的合法性的再度确立,作为新时期初中国思想领域的重大事件,不仅赋予了生活以治愈政治创伤的功能,甚至还成为用以对抗政治的领域。就此而言,不仅是王蒙,甚至于整个新时期文学都不同程度地参与了这一思想转变的进程。随着将政治世界界与生活世界相分离以及生活世界合法性地位的确立,新时期文学的历史车轮再次启动,它在 20 世纪 50 年代的思想起源却被遗忘殆尽了。

(原载《文艺争鸣》2020 年第 4 期)

(金浪:博士,重庆大学人文社会科学高等研究院副教授)

《青春万岁》:永不消逝的青春

李恒昌

《青春万岁》是王蒙的第一部长篇小说,是一位 19 岁青年,以一颗火热的青春之心,弹奏出的属于那个时代青年学子的最强心音。

"青春万岁"是一句口号,一句希望青春永远长存的口号。但是,王蒙却将口号当作长篇小说的题目。这种用法,在长篇小说创作中实属罕见。由此可见其青春的英勇和血性。

在王蒙这里,"青春万岁"绝不单单是一句口号,更不是一句煽情的口号。它不仅包含着王蒙对书中所写美好青春的良好愿望,更是那个时代、那片激情、那份追求的真情写照。

当代文学史上,表现和反映青年和青春的长篇小说有三部里程碑式的作品。它们分别是杨沫的《青春之歌》,王蒙的《青春万岁》,辛夷坞的《致我们终将逝去的青春》。

《青春之歌》表现和反映的是 20 世纪 30 年代青年人的青春;《青春万岁》表现和反映的是 20 世纪 50 年代高中生的青春;《致我们终将逝去的青春》表现和反映的则是 20 世纪 90 年代大学生的青春。这三部作品,虽然所反映的时代和对象不同,但都有一个共同的特征,那就是主人们的青春都充满美好的向往和追求。《青春之歌》的主人公向往和追求革命事业,《青春万岁》的主人公向往和追求建设事业,《致我们终将逝去的青春》的主人公向往和追求更多的则是爱情。

《青春万岁》书写的是 50 年代初北京第七女子中学高三某班学生的青春故事。从某种意义上讲,这部著作除了是它本身外,同时还是 50 年代的"青春之歌",也是 50 年代"终将逝去而又不会逝去的青春"。

青春是一个非常特殊的词汇,也是一个非常迷人的字眼儿。她虽然无形无色无味,似乎看不见摸不着,但在现实世界又确实存在。她是人生中最为美好、最难忘记的时光,但同时是极其短暂、极易失去的时光。虽然作者和众人无不渴望青春万岁、青春永存,但是那段异常宝贵的时光,早已随着时代的发展、社会的演进和时光的流失而"远走高飞",一如"我的青春小鸟一去不回来"。特别是当社会发展到当今时代,人们早已剥去披在身上过于厚重的"政治外衣"之后,那个特殊时代的青春,早已像滚滚东逝的长江之水,永远不可能掉头回来。

但是,这绝不意味着,那段激情燃烧的岁月,那如火一般的青春,那份真挚而坚定的信仰和追求,会随着岁月的流转、时代的变迁而烟消云散,永远不复存在。她们作为客观的存在、历史的印记和生命的价值,永远也不会消逝,反而会随着社会的发展,愈来愈散发出其自身特有的光焰,成为一种精神的永恒、艺术的永恒和美的永恒。

她们的青春,因火热的激情而永恒

她们是富有激情的一代年轻学生。"我爱营火,爱夜晚,爱学校,爱生活。"①这是她们吟唱的歌曲,也是她们青春和生命的宣言。这些女孩子,是中华人民共和国成立后最早一批女子高中生,她们的青春,属于社会主义新青年的新青春。因着祖国的解放和妇女的解放,社会革命和建设焕发的巨大活力,她们的青春也焕发出前所未有的生机和活力。与前一代青年学子相比,她们更加爱祖国、爱学校、爱班级,爱国主义和集体主义是她们青春时代的主旋律。因为爱祖国、爱学校、爱班级,她们更喜欢参加活动,无论是政治活动、社会活动,还是学校的集体活动。也正是因为这些各式各样的活动,使她们的生活,她们的身体,她们的精神,更火热,更加充满激情,也更值得永久记忆。

她们热爱伟大的祖国,始终把祖国放在最崇高的位置。她们的爱国,首先体现在为祖国的强大而深感自豪上。当郑波和同学们观看天安门前的练习阅兵时,面对隆隆开过的一辆辆坦克、大炮,她只说了一句"都是我们的",足见她为祖国的强大感到多么自豪。学校举办展览,她们将展览定义为"一切为了伟大的祖国",第一部分为"祖国大规模建设的先声";第二部分为"支援最可爱的人";第三部分为"攻克科学的堡垒",展现了强烈的爱国精神。

面对个人私情和个人的发展,她们能够把祖国的需要放在第一的位置来权衡和考虑。郑波在写给田林的"绝交信"中说:"祖国的伟大的建设刚开始,对青年的要求是高得无比的,而自己的知识是这样贫乏、可怜,即使咬着牙每天念二十四小时的书,我也觉得还差很远,又怎么能谈到别的呢?"临近毕业的时候,当

---

① 王蒙《青春万岁》,《王蒙文集》(第1卷),人民文学出版社2014年版,第12页。

教导主任找到她,告诉她因为学校教员太少,希望她不要考大学,而是留下来当老师时,她毫不犹疑地答应了教导主任的要求。当然,她也承认,做出这一选择,"沉重的义务感要比事业的吸引力更强"。

她们还善于把祖国发展和解决自身思想问题有机联系起来。袁新枝曾对生活一度非常单调的李春说:"我们北京大大小小的事物,都能鼓舞我们爱我们的国家,爱我们的建设,爱我们的城市。总起来说,这样,一个人就像泉水似的,他很清凉,很灵活,有什么思想问题,好像也容易解决。"①这是她对李春的劝导,也是自己的真实心得。在帮助呼玛丽摆脱宗教控制时,她们也没有简单地看作一次单纯的思想教育,而是把自己和祖国联系在一起。郑波说:"无论如何,我们得耐心,一百个耐心,一个孩子到现在还不了解自己的祖国,那是痛苦的。"②

当她们庆祝毕业的时候,也没有忘记自己的祖国。袁新枝站在一块石头上,昂起头说:"亲爱的同学们,让我代表我们全班同学,向我们亲爱的城市、亲爱的祖国、亲爱的周围的一切宣布:我们毕业了!"

她们热爱集体,努力维护学校和班级的荣誉。当学校举行"五一""五四""校庆"活动时,她们在一起商议,该参加哪些活动。为了整体活动,为了班级的荣誉,她们决定参加篮球比赛、演讲比赛和大合唱。当李春演讲比赛获得第二名时,尽管她自己不太满意,但全班同学仍将其视为班级的集体荣誉,给予她热烈掌声。她们对班集体的热爱,是一种真的、发自内心的热爱。一如杨蔷云对李春所说的一样:"如果只是在表面上'为集体做点事情',却不爱这个集体,这种积极性难道可靠吗?"③

她们热爱集体活动,积极踊跃地参加各种形式的活动。参加学校组织的野营活动时,她们自己挖掘出一道"幸福泉",并举行"盛大"的"开泉"仪式。她们品尝甘甜的泉水,点燃美丽的篝火,唱起青春的歌儿,"狂欢地跳跃在五星红旗下面""快乐地迎着美丽的春天",幸福像花儿一样在她们身上开放。"营火把心都烧热了,心里盛满了欢乐,快要溢出来了。"在这些集体活动中,她们虽然很多人,但又像一个人。她们的青春,虽然无形,却又像那一团熊熊燃烧的火焰,跳动在她们的身上,燃烧在她们的心上。

① 王蒙《青春万岁》,《王蒙文集》(第1卷),人民文学出版社2014年版,第160页。
② 王蒙《青春万岁》,《王蒙文集》(第1卷),人民文学出版社2014年版,第253页。
③ 王蒙《青春万岁》,《王蒙文集》(第1卷),人民文学出版社2014年版,第245页。

她们的青春，因美好的心灵而永恒

什么样的青春最美好？乐于奉献、乐于助人的青春最美好！

"在她的脸上，目光里，却像是拥有照耀一切人的光亮。"这是杨蔷云的形象，也是她们心灵的形象。"她们的笑声和炉火的温暖一起扑来，我脱下大衣，看见了那十一位少女。她们都十六七岁，互相以青春的光亮照耀，笑声在她们中间荡来荡去。"无论是郑波，还是杨蔷云、袁新枝，她们都有一颗美好的心灵。她们心灵的美好，主要体现在乐于帮助其他同学，尤其是那个时代的"问题女孩"一道前进上。

她们耐心帮助"自我女孩"。李春，父母早逝，寄人篱下，性格孤傲自负，而且有点自私。她一心只想学习，曾躲避军校报名，长期游离于集体之外，与郑波、杨蔷云和袁新枝等同学产生过矛盾，但同学们依然对其热心帮助。她们曾一度和李春是"竞争对手"，对李春也有很多误解，但是她们在老师的帮助下，很快发现自己认识上的局限，从单纯地与李春竞争，变为互相帮助、互相提高。她们不仅推荐李春参加演讲比赛，帮助她融入集体，成为班级大家庭中的一员，同时，对李春思想境界不高、过于自私等问题，也毫不留情地指出来，帮助其认识和改正。"你说人家瞧不起你，其实是你瞧不起别人！你说你没有朋友，因为你不肯帮助人！你说人家讲的是空话，其实是你的眼光不够远大！"①有鼓励，有引导，有批评，这才是真正意义上的帮助。在大家的热情帮助下，李春真诚地承认了自己的错误，回到集体的行列。她说："我更为我们的集体对每个人的关怀而感动，于是我觉得，我过去太骄傲、太狭隘了，我要和同学们一起前进，首先，我愿意和骂我骂得最多的杨蔷云拉一拉手。"②这是多么来之不易的事情。

她们耐心帮助"受害女孩"。呼玛丽，自小失去父母，在天主教会"仁慈堂"长大，无论精神还是肉体，都受到神甫的长期奴役。尽管她受尽折磨，但并不自知，一心相信上帝，相信神甫。在学校里，与班级与同学"自我隔离"。郑波和同学们耐心细致地对其进行帮助，从身体到心灵，从生活到学习，促使她慢慢觉醒。

她们耐心帮助"不幸女孩"。苏宁，出身于资本家家庭，11岁时曾被姐夫强奸，哥哥有严重的肺病，资本家父亲解放后依然行为不轨，生活在这样的家庭

---

① 王蒙《青春万岁》,《王蒙文集》(第1卷),人民文学出版社2014年版,第150页。

② 王蒙《青春万岁》,《王蒙文集》(第1卷),人民文学出版社2014年版,第274页。

里,她看不到任何希望,长期低沉消极。凡事总以"但是我——"为由逃避和回避。为此,杨蔷云和郑波苦口婆心地对其帮助,最终促使其主动揭发父亲的不法行为。当杨蔷云发现苏宁的问题之后,主动"家访",主动靠上来做苏宁和她哥哥苏君的工作,不仅劝苏宁,而且劝苏君"不应该把自己的青春虚度"。特别是当她得知苏宁早年的不幸之后,一方面为她保守秘密,另一方面耐心细致地帮助其减轻心理的巨大压力。当苏宁听了呼玛丽的劝说,准备信仰天主教的时候,杨蔷云更是苦口婆心地对其进行劝说,打消她的错误想法。

予人玫瑰,手留余香。她们因为对同学的关心和帮助,成为一个更加团结的集体,她们的青春也由此更加美丽。

她们的青春,因好学的精神而永恒

学习,是学生时代的主要任务。郑波因为经常参加各种会议和活动,耽误了一些功课,致使基础打得不牢,考试成绩也不好,而且没有被颁发"优良奖章",反而是平时不参加集体活动、只顾自己学习的李春一时成了"翘楚",应验了"这回那些功课差劲的'先进同学'可惨了"的说法。面对杨蔷云等同学的打抱不平,郑波并没有在意,而是从自身找原因,决定正确处理参加活动与学习的矛盾,决心把学习成绩搞上来,并且和杨蔷云约定"咱们一定要用功"。她说:"如果你不能用实际的成绩,只是有两片嘴来证明自己是对的,那有什么用呢?"[1]在她们身上,好学精神得到最充分的体现。

郑波甚至这样告诫自己:"我要勇猛顽强地学习,像大炮坦克一样。"可见其学习决心之大。

当她认识到自己学习效率不高的问题时,便主动强化对自己的心理暗示和激励,在小卡片上写下"让每分每秒都发挥最大作用",当作自己的座右铭。

学习是艰苦的,但是郑波从中也获得了极大的幸福和快乐。特别是经过几个小时的钻研,"我算出来了"时的激动,非常令人动容。她做功课的时候,不理会外界,只是自己隐约地笑。为什么会"微笑"呢?大概找到了领会其中奥秘的金钥匙了吧?就像恋爱中的人无意中想起"心上人"一样幸福。

作品中关于不同同学学习特点的描写,堪称神来之笔:"如果说李春做功课的时候像写学术论文一样的'气魄宏大';如果说袁新枝做功课的时候像给自己讲故事一样轻巧灵活;如果说郑波做功课的时候像耕牛拉犁一样埋头苦干;那

---

[1] 王蒙《青春万岁》,《王蒙文集》(第1卷),人民文学出版社2014年版,第46页。

么杨蔷云做功课的时候,忽而像唱歌一样的自在,忽而像打架一样的凶猛。"①有如此好学的学子,有如此好学的精神,有如此好学的青春,谁又会担心她们和祖国的未来呢?

她们的青春,因向上的追求而永恒

她们几乎每个人,都有着积极向上的追求。郑波,早在几年前就加入了共产党。很多同学也加入了共青团,那些没有加入组织的,也积极向组织靠拢。她曾说:"为了纪念我的妈妈,纪念她冤枉的一生,我真想好好地活着!我希望一个人做几个人的事业,一个人过几个人的生活!这样我妈如果知道,她也许会安心地说一句:'我这辈子有点冤枉,可下一辈子人活得都很有价值!'"②

在她们班级里,几乎每个人,都有着想为即将展开的社会主义建设,即将实施的"五年计划"做贡献的想法和意识。早在"五一"节之前,"她们感觉到:我们的生活不仅有严峻的斗争,而且有了从来没有过的规模壮阔的社会主义建设"③。

当有人劝郑波"歇歇吧,别累着"时,郑波却说:"记得咱们新年晚会上校长讲的话吗? 国家发展得那么快,快得让你振奋,也让你恐慌,我怎么能再放松自己呢?"④这是一种少有的成熟和自觉。

她们的这种向上的追求和向往,还体现在内心深处的价值判断上。杨蔷云曾如此评价袁新枝的妹妹:"第一不认生,第二摔倒了自己爬起来,第三不哭——冲这三条就是具备'社会主义水平'的孩子。""社会主义水平"的孩子,这个标准真好,虽然带有玩笑意味,但深刻地体现了杨蔷云的价值观念和评价标准。

她们的青春,因成长的共性而永恒

她们是处于青春期的女孩,很自然地,她们也有自身的"心事",也有自身"成长的烦恼",值得称赞的是,她们对这些都做出了属于自己的"妥善处理"。

她们几乎每个人,当遇到内心的不快、矛盾和纠结时,都能够善于主动反思自己,也善于主动征求老师和同学的意见,从而对自己的思想和言行加以纠正,

---

① 王蒙《青春万岁》,《王蒙文集》(第1卷),人民文学出版社2014年版,第91页。
② 王蒙《青春万岁》,《王蒙文集》(第1卷),人民文学出版社2014年版,第129页。
③ 王蒙《青春万岁》,《王蒙文集》(第1卷),人民文学出版社2014年版,第19页。
④ 王蒙《青春万岁》,《王蒙文集》(第1卷),人民文学出版社2014年版,第130页。

真正解决自己的"心事"。

李春就曾这样对自己发问:"难道我就这样闹情绪吗?""难道我没有承认错误的勇气?不,我的勇气要使大家吃惊。从下学期起,我要变得很积极,很谦虚,很肯为群众服务。我要主动地进步,主动!"①这是一种非常难得的自我教育、自我解决问题的意识和能力。

她们少不了青春期的萌动。当杨蔷云和张世群在滑冰场相遇的时候,她感到了自己内心的萌动:"于是她就觉得自己那小小的身躯,装不下那颗不安的心、那股烧不完的火。于是她往往激动、焦灼,永远不满足。"②"当她想起风筝和空竹的哨音的时候,忽然不知道从哪儿来的一种寂寞的感觉压杨蔷云的心头。"③为什么会出现这种情况?因为她的爱心萌动了。她喜欢上了张世群。可是,当她发现,张世群有了自己的女朋友,只是把她当普通朋友之后,她做出了非常理智的处理。她曾经向同学们坦诚:我现在能谈出来的,那就是我太浮,我受了春天的诱惑,春天诱惑了我。她不断地在心里给自己喊口号:"要征服自己,才能前进!"

郑波也有自己的"心事"。只是,她的"心事",谁都不知道,甚至连她自己也不知道。她的"心事"都记录在自己的日记里。这里,有她为班级挨批评的担忧,也有对自己对杨蔷云关心不够的自责,更有她突然对自己美不美的在意。不过,她最大的"心事",还是在于那个叫田林的异性朋友。她知道,田林对她有些意思,但是,她对此始终保持着冷静的头脑,认为这"绝不可能"。为此,她还征求了师姐、革命路上的引路人黄丽程的意见,得到了"只有合乎理性的幸福,才是真正的和巩固的"答案,最终她通过写信的方式,向田林做出说明,对两人的关系做出恰当处理,"就这样,她平复了少女心灵上的初次微波"。

她们的青春,因深感无悔而永恒

毋庸讳言,该作品带有鲜明的时代烙印和政治色彩,其阶级斗争思想和情结也非常浓厚。

杨蔷云曾说:"咱们班十七八个同学,可是,好像社会里的一切,都反映到咱们班里。""袁先生说我们幸福,但我们的日子过得也挺难的,我们得把我们身上

---

① 王蒙《青春万岁》,《王蒙文集》(第1卷),人民文学出版社2014年版,第156页。
② 王蒙《青春万岁》,《王蒙文集》(第1卷),人民文学出版社2014年版,第108页。
③ 王蒙《青春万岁》,《王蒙文集》(第1卷),人民文学出版社2014年版,第177页。

那些旧的残余、疤痕,统统去掉,我们得斗争,从小斗到大! 这样,我们才会成为真正的、新的人,真正的、毛主席的孩子。"这些,都是阶级斗争思想的反映。

同时应当看到,她们那时的青春,是时代的辉映,是时代的产物,自然带着时代的局限。但是,这丝毫不怪作者王蒙。因为,纵然王蒙怎样天才,以他19岁的年龄,也不可能超越时代的局限。这当然也不能怪那些身处其中的青年学生。因为,她们同样不可能超越时代的局限,而且她们的生活、她们的态度、她们的选择,是那样真诚又可敬。如果时光倒流,让她们重新选择,想必她们还是会做出与当年相同的选择。因为,在她们的青春里,虽然也有某些政治上虚夸的成分,但毕竟她们是真诚的。

杨蔷云在和苏君的一次谈话中曾说:"还有热情,一个人就像一把火,火烧完了就只剩下灰。火能发光发热,它不是虚妄的!"① 由此,可以得出这样一个基本结论:她们的青春,那时的青春,并没有烟消云散。因为她们像火一样,发过光,也发过热!

当然,时隔多年之后,有人也曾对那时的青春提出质疑,认为有些"极左",有些"盲从"。然而,我们是辩证唯物主义者,应该历史地辩证地发展地看问题,试问如果没有那时的所谓"极左",那时的所谓"盲从",新中国新一代青年人的热血和激情如何点燃和焕发,全国上亿青年人的思想和行动如何感召和统一? 可以说,没有那时的青春,就没有如火如荼的革命和建设局面的形成,也没有后期的成熟与健康发展。

她们的青春,因与祖国命运紧密联系而永恒

1983年,《青春万岁》被搬上银幕。作品从写作到出版,再到搬上银幕,历时长达30多年。回想那时青春,王蒙百感交集,对那时的青春又有了更深的认识,也给我们一些深层启示。

作者在《比怀念更重要的》一文中写道:"摧枯拉朽的人民革命运动,初升的太阳一样的共产主义思想体系,怎样地改变着我们这个古老的中国,改变着旧社会的腐朽的社会制度,治愈着旧社会的那些诸如'一盘散沙''东亚病夫''因循苟且'之类的不治之症,焕发出我们的民族、我们的人民的无限青春!"由此,作者进一步推论:"在这个意义上,'青春万岁',不仅是指这一代人的青年时期,而且是指我们的中华人民共和国,我们的凯歌行进的革命事业,我们的干部和

---

① 王蒙《青春万岁》,《王蒙文集》(第1卷),人民文学出版社2014年版,第57页。

人民将永葆的精神的青春!"①由此,我们可以看出,那时的青春,是与党、与祖国、与人民、与事业、与革命精神紧密联系起来的青春,甚至可以说是祖国的青春、人民的青春、事业的青春,这样的青春毫无疑问具有强大的生命力和永恒特质。她注定不会因为时间的失去而消逝。借写青年人的青春写祖国、人民和事业的青春,这是王蒙作品无与伦比的家国情怀!

(注:本文节选自李恒昌专著《大地上的宝藏:王蒙创作评传》之第一章第一节,题目为编者所加)

(李恒昌:作家、诗人、评论家)

---

① 王蒙《青春万岁》,王蒙《王蒙文集》(第1卷),人民文学出版社2014年版,第213页。

青年工作坊

论影响王蒙创作的外部因素

张　宇

　　王蒙是当代著名作家,也是一棵当之无愧的"文坛常青树",他是中国海洋大学的顾问和驻校作家,曾多年担任文学与新闻传播学院院长,现为名誉院长。王蒙的成功是主客观因素有机统一的产物,除了他个人主观因素外,本文主要从影响王蒙发展的外部要素出发,探讨家庭影响、顺境和逆境三个方面对王蒙成才的影响,进而审视外部环境在人才成长过程中的重要作用。

一、家庭的影响与促进

　　家庭是一个人最初的生活环境,也是人才成长的第一个重要环节。每个家庭都是社会中的小单元,是人才成长过程中吸收知识和养成习惯的第一场所,在家庭成员的科学熏陶和影响之下,人才更容易把握住成功的方向盘。在王蒙的人生旅途中,家人的爱、理解和支持,在他的内心深处形成一道坚强、自信的逆境防护体系,成为激发王蒙战胜困难与自我激励的重要因素。

(一)家庭对文学的启蒙

　　美国加州克莱尔蒙特皮策学院的心理学家艾伯特(Robert S. Albert)在《天才与杰出成就》中,以及美国成功学研究者小盖洛普(George Callup)在他的《美国名人谈成功秘诀》中都对家庭在人才成长过程中发挥的重要作用进行了阐述。王蒙走向文学和革命,有历史机遇的成分,但儿时的家庭环境以及父亲提供的平台,都对他的事业走向有着直接或间接的促进作用,使他比别人更有机会接触到文学和革命,更早地培养了他的意识和兴趣。而在他人生的低谷时期,家庭又发挥了巨大的作用,妻子给予他的支持、信任和理解,孩子们赋予他的责任感,都让他在逆境之中能够坚强、乐观、从容地度过,在顺境中又能珍惜机遇,把握机会,取得成就。可以说,家庭是光芒又是力量,是理解又是温馨,是慰藉又是责任。家庭在王蒙的成功历程中应该书写上浓重的一笔,也是重要的一笔。

在具有"自传体"性质的《活动变人形》这部小说中，王蒙生动地描绘了那段刻骨铭心的童年生活。小说中人物性格饱满，形象鲜活，给人留下了深刻的印象。针对这部小说的评论也是多角度，全方位的。而抛开这些社会历史层面的深层阐释，王蒙所展现的是一个真实的童年生活。虽然有父母的争执、家庭的纠纷等不和谐的曲调，但父亲、母亲、姨妈和姥姥对他不同方式的关爱，仍然让他感觉到"慈祥与温暖""生活在宠爱之中"。在这些家庭成员的身上或多或少都具备一些文学的"素养"，在这样的家庭氛围之中，王蒙的文学启蒙教育也在耳濡目染中开始了。

王蒙的父亲是一个非常复杂的人物，他给王蒙的童年带来了一些不愉快的经历，但作为一个北京大学哲学系毕业的知识分子也为王蒙提供了一个文学和发展的平台。父亲当过校长也做过讲师，结交一批在文艺界比较有影响的朋友，比如他的名字就是父亲王锦第北大同室舍友何其芳起的，这种优势使王蒙"或潜在或显性地处于'在场'位置，并对王蒙文学创作的积极心态起到促进作用"①。纵然家道兴起又败落，但家中还有一些藏书。在家里，他读过曹禺的剧本《北京人》《日出》，读了《木偶奇遇记》与《爱的教育》，《安徒生童话》与《格林童话》，以及一本印刷精美的插图本《世界名人小传》，里面介绍了牛顿、居里夫人、狄更斯等人的事迹，这对他将来事业的发展起到了一定的激励作用。王蒙曾感叹："如果（父亲，笔者注）没有走出龙堂村，王蒙的一生会是什么样子呢？就算你有天大的本事，你能混成什么样呢？机遇呀，天地呀，空间呀，平台呀，谁能掉以轻心？谢谢了，亲爱的爸爸，你的追求虽然不果，但是你毕竟为我们创造了最起码的条件。"②

在王蒙的儿时家庭中，二姨一直是一个重要的角色，承担着他家庭作文辅导老师的责任。二姨在家庭的女性成员中属于最有"才华"的，喜欢读书，张恨水、耿小、刘云若的言情小说与郑正因、宫白羽、还珠楼主的武侠小说她都非常喜欢，同时，她还受过"五四"以来新文学的影响，对冰心、卢隐、巴金、鲁迅都怀有敬意。有了这些文学知识的积淀，二姨的词语和句子就显得特别丰富。在辅导王蒙作文的时候，她经常运用一些有哲理的句子以及新文学的词语。比如，

---

① 李宗刚《对王蒙早期文学创作的成功学解读》，《山东师范大学学报》（人文社会科学版）2008 年第 5 期。

② 王蒙《半生多事》，花城出版社 2006 年版，第 19 页。

有一次作文题目是《风》,在描写了一段飞沙走石的大风以后,结尾处二姨添了一句话:"啊,风啊,把这世界上的一切黑暗吹散吧!"这句话大受老师的赞赏。她也喜欢用一些新文学的词,如"潺潺的流水""皎洁的明月""满天的繁星""肃杀的秋风""倾盆的大雨",等等。这些语句在作文中的运用,无疑为王蒙的作文增加了亮点,更容易博得老师的赞赏,从而在作文方面为他建立了信心。从儿童的深层心理出发,这些夸奖满足了儿童在寻找"自我同一性"过程中的心理需求,自身得到肯定,从而也就乐于表现自己、突出自己、相信自己。家庭的作文辅导使王蒙更喜欢文学,更乐于接受文学,这对他将来所从事的作家职业未尝不是一种启蒙。

柏拉图在《理想国》中曾经深刻指出,"凡事开头最重要。特别是生物。在幼小柔嫩的阶段,最容易接受陶冶,你要把它塑成什么型式,就能塑成什么型式"①。或有意或出于无意,家庭在人的成长过程中一直都扮演着"牧羊人"的角色,"我们都像被人饲养的'羊',你我对于这个世界的认识、看法和体验已经被'牧羊人'限定的环境具体化、程式化了。在我们很小的时候,我们所置身的文化、家庭、社区就开始教导我们怎样认识这个世界"②。家庭作为人才发展的第一环境发挥着不可忽视的作用。基于家庭对王蒙的重要影响,家庭浓厚的文学氛围为王蒙提供了文学启蒙的条件,在家庭氛围的耳濡目染之下,王蒙更喜欢用文字表达,不经意间爱上了小说,爱上了文学。

(二)独特的童年经历对心路历程的影响

由于太早的关切和参与政治,王蒙说自己没有童年。这样的经历具有深刻的时代烙印,在那个匮乏与苦难、动荡与不安并存的年代,每个有志青年都会把自己的人生目标和国家命运联系起来,发挥自己的光和热。王蒙似乎过早地走上了这条道路,在其行为背后,独特的家庭环境和童年经历一直充当着幕后推手。

家庭是社会的细胞,是孩子成长的摇篮,是和谐快乐的家园,也是人才开发的坚实后盾。由此可见,和谐的家庭氛围是人才成长的必要保障。而在王蒙的童年中,家庭的冲突"如同梦魇"。他少年时曾作诗:"在我们的奇异的家庭里,有太多的纷争……"除了父母之间的纠纷,在父亲不在时,被称为"三位一体"的相濡以沫的三个长辈也常常陷入混战,她们对骂的场面着实让人毛骨悚然。在

---

① 〔古希腊〕柏拉图《理想国》,商务印书馆1986年版,第71页。
② 〔美〕安东·卡马罗塔《发现你的领导力》,科学技术出版社2006年版,第5页。

这种畸形的家庭环境下，王蒙回忆说："所有的长辈，不管她们之间有什么样的冲突，都宠爱我，所以我就有了几分超脱和高雅，有了几分（对长辈们的）怜悯和蔑视，有了几分回旋余地。一个落后的野蛮的角落里的宠儿，这就是童年王蒙。"①当时的王蒙是以俯视的心态来观望长辈们的冲突，同时他也感觉到自己所生活的家庭环境的落后与野蛮。此时的家庭已不是一片孕育人才的沃土，而变成了生动的反面例证。在这种独特的童年经历下，王蒙的内心过早地成熟，他看到了处于混战中的长辈们所没有看到的东西，他更需要一种崇高的指引。

在王蒙的人生中，李新为他注入了新鲜的血液。"李新同志一到我们家就掌握了一切的主导权。他先是针对我刚刚发生的与姐姐的口角给我讲批评与自我批评的道理，讲得我哑口无言，五体投地，体会到一个全新的思考与做人的路子，也是一个天衣无缝，严密妥帖，战无不胜的论证方式。对于我来说，这是一个做圣人的路子，遇事先自我批评，太伟大了。"②可以想象，在当时经常生活在家庭混战中的王蒙，本身就对长辈们的纠纷存在一种怜悯和蔑视的态度，在内心中需要一个精神的向导，而李新的出现，带来了新的思想，新的处事方式，这无疑为王蒙带来了希望，让他的崇拜之情溢于言表。同时，这也更增加了他对旧生活的不屑，以及寻找新路径的信念。在回答"革命是怎么来的"这个问题时，王蒙说："革命是从一切阅读，从一切对生活对世界的不满意，从一切社会矛盾、阶级矛盾、家庭矛盾、人际矛盾……从一切对于新生活的幻想中来。我的父母之间骂架，我以为只有革命才能解决他们的怨仇。"③通过这些少年对于革命的理解，足以透视其家庭对其心路历程以及人生选择的影响。

家庭氛围会对人才成长产生各种影响，和谐的家庭氛围会成为一种顺向合力推动人才的成长和发展；而不和谐的家庭环境往往会成为一种逆向的阻力迫使人才去寻找新的方向。家庭矛盾冲突的接连不断客观上为王蒙增加了一种反向作用力，这更需要他激发改变生活的强大动力，从而导致了他政治上的早熟，这也为他的仕途奠定了基础。

(三)爱是人才成功的重要动力

王蒙评价自己的一生时说："我的平生有两件最得意的事，一是爱情的成

---

① 王蒙《半生多事》，花城出版社 2006 年版，第 26 页。
② 王蒙《半生多事》，花城出版社 2006 年版，第 39～40 页。
③ 王蒙《半生多事》，花城出版社 2006 年版，第 58 页。

功；二是与文学结下不解之缘。"①文学是他一生的志趣所在，把爱情与文学放在同等重要的位置，足以证明爱情在王蒙生命中的重要性。的确，在王蒙生命中的每个阶段，无论贫贱富贵，都有妻子的相濡以沫，支持与理解，支撑与分担，让王蒙从艰难的日子里走了出来。家庭就是他夜行时的光束，照亮了他前行的路；家庭就是冬季里的火炉，温暖了他寒冷的心；家庭就是一根拐杖，支撑着他走完崎岖的山路。可以说，爱是王蒙成功的重要动力，在他的成才之路上，忠贞的爱情、和谐的家庭发挥了不可替代的积极作用。

王蒙总是强调要珍惜家庭，"人需要与人共处，需要与人分担自己的喜怒哀乐、见闻经验。人更需要爱，没有爱的人生是沙漠里的人生，是难以忍受的。家庭是爱的结果。是爱的载体，是爱的'场'。而爱是家庭的依据，家庭的魅力，家庭的幸福源泉。有了爱，生命是生存的见证，交流是活着的见证。夫妻、父子或母子、父女或母女，互为生存的依托和见证。没有了爱，也就没有了生存，或者虽生尤不生"②。在爱的温暖下，王蒙一次次走过生命的寒冬。在王蒙"劳动改造"的时候，他妻子的勇敢让他想到了俄罗斯历史上的十二月党人的妻子。在王蒙被划为"右派"那段极为敏感的时间内，她不仅陪着王蒙同坐火车为其送行，还陪着他给当地的农民拜年，甚至不惜与一切对王蒙不好的亲人决裂，她的勇敢和伟大并非那个时代的人所能轻易做到的。而这些只是她为王蒙做的一小部分。1963年王蒙决定要去新疆时，他们通话前后只用了不到5分钟，妻子就同意了。崔瑞芳回忆说："前后通话不到5分钟，就定下了举家西迁的大事。放下电话，我忽然感到两腿无力，气血一直往上升。新疆，多么遥远的地方，而我们基本上是没有出过远门的。"③但凭着他对王蒙的理解与信任，她义无反顾地答应了。"我一心只求这个环境对王蒙比现状好，有这一条足够了。很多细微的事不必去想。至于王蒙先去，这是不能考虑的。我俩必须在一起，这是没有商量余地的；在一起，边疆也是家园；不在一起，家园也就不再存在。"④她不但陪着王蒙去了乌鲁木齐，还去了伊犁，去了公社和巴彦岱大队。

在"劳动改造"期间，听到老战友老徐自缢的消息后，王蒙很吃惊，他认为除了政治上的原因以外，还与老徐爱情上的遭遇有关。在后来的许多"运动"中，

① 黄殿琴、孙维媛《文化大师的读书生活》，中国文联出版社2008年版，第23页。
② 王蒙《王蒙自述：我的人生哲学》，人民文学出版社2006年版，第288～289页。
③ 方蕤《我的先生王蒙》，长江文艺出版社2004年版，第34页。
④ 方蕤《我的先生王蒙》，长江文艺出版社2004年版，第35页。

他也越来越相信那些挺不过来的人往往是因为腹背受敌，在社会上在单位挨斗，回到家也得不到温暖的缘故。而王蒙也由衷地感叹，"严酷的生活，强力的时代，有多少人鸿燕东西，有多少亲人天各一方，有多少家庭破裂，有多少家庭妻离子散……而王某何幸，有温馨家室存焉，有夫唱妇随存焉，有避风的小巢存焉，有未来的不知猴年马月终可实现的希望存焉"①。无论在什么情况下都不离不弃，同甘共苦，这是何等的相知与相守！泰戈尔说过：爱是理解的别名。夫妻之间最重要的莫过于理解与支持。在人最艰难的时候需要的往往不是华丽的宫殿，需要的只是可以慰藉心灵的港湾。无论在什么情况下，都有家人的相守与问候，这又是何等的幸福。

王蒙在小说《光明》里写崔岩的一段话中提道："他好像一条正在畅游的鱼儿，突然被抛到了沙滩上……他生命的职业并没有枯竭，他没有变成一块僵硬的鱼干。因为他的妻子濡之以沫，更因为即使在沙石之中他始终依恋着、追求着大海，雨露和每天清晨从万顷碧波中跃动而出的金红色的太阳……"在人生最艰难的时期，他拥有家庭和希望，爱是一笔无与伦比的宝贵财富，也是他能够坚忍不拔、具有强大的抗压力的重要动力。无论情势如何变化，妻子对他的理解、信任凝聚成强大的爱情力量，为他的人生和事业发展提供了精神动力。

二、顺境与得道多助

人生征途漫漫，既有顺境，也会有逆境。处于顺境时，人生犹顺水行舟，一泻千里，能早日到达成功的彼岸；而处于逆境时，则如逆水行舟，不进则退，如不奋起直追，就很难到达成功的目的。纵观王蒙的一生，既有少年得志的一帆风顺，也有蒙冤"右派"的委屈；既有中年踌躇满志、指点江山的文化部长，也有急流勇退、回归作家生涯的淡定与执着。

王蒙具有幽默诙谐的个性特征，这非常有利于和谐人际关系。从人才的成长和发展来说，"在一般情况下，从整体来看，顺境有利于人才成长和发展，逆境（困境）不利于人才成长和发展。但是，社会环境的好坏对成才的作用不是绝对的。人们总是按照他已有的心理结构来对客观环境作出反应的。人们心里结构不同，对客观环境的反应也不同。因此，良好的环境，在一定条件下可引出差的结果；相反，差的环境，也可在一定条件下引出好的结果；就是同一环境，人才

① 王蒙《半生多事》，花城出版社 2006 年版，第 258 页。

也会有不同的发展趋向"①。王蒙的成功在于能积极主动地营造一个和谐有利的外部环境,身处逆境时又能勇敢坚强、充实等待,无论在什么情况下,都能以乐观的心态面对纷繁复杂的生活。

人生活在群体中,具有鲜明的社会性,一个人不可能摆脱人际关系而单独存在。在中国这片土地上,人们很早是聚族而居的,人与人之间的人际关系显得尤为重要。儒家思想的核心"仁",注重从人与人的关系出发,所以有人称为"二人"之学。在人才成长过程中,良好的人际关系也是非常重要的,它有助于掌握更多的人脉资源,为成功创造更有利的外部资源,有时甚至可以转逆为顺,化解人生窘境。王蒙的人生经历复杂,命运起伏涨落,变化颇大,加上敏于感受、酷爱学习、善于思索,所以积聚了非常多的人生经验,在人际交往方面也非常成功,他朋友众多,这也为他的事业发展起到了一定的推动作用。

在王蒙的自传中可以经常看到"贵人相助"的时刻,在危难之时朋友总会鼎力相助,帮助他渡过难关,扭转形势,化干戈为玉帛。1962年,在三乐庄大田干活的时候,他收到了由韦君宜关照发出的约稿通知,这给了困境中的他以希望。中国青年报的张总编辑和佘副总编辑都一直关心他,这些帮助让他顺利地走出了"反右"的那个艰难时刻。在王蒙全家准备举家西迁前夕,众多友人为他们践行,甚至主动提出要借钱给他们。最后,在众多朋友的帮助下,他获得了将近工资十倍的补贴。在人的一生中总会遇到各种艰难的境地,人际关系就显得尤为重要,在事情发展受到阻碍的时候,恰当的人际沟通也许就会铺平前行的道路,扭转当前的形势。

在危难时,人际沟通彰显了其特殊的作用,王蒙之所以能获得众多朋友的帮助,这不得不有赖于他自身的行为准则。他认为,"人际关系永远是双向的、相互的。你要求人家事事跟着你,你就得事事维护人家。让人家为了你的利益而不怕牺牲哪怕是一时放弃自己的利益,那么你就必须有为了人家的利益而不惜得罪你不想得罪的人的思想准备"②。而这些归根结底就是提高个人修养,与人为善,站在他人的立场着想,学会换位思考。王蒙无论在官场还是在作品中都有一种豁达、宽容、和善的君子之风在其中。他有自己的交友原则,"不能靠假大空套话交朋友,要待之以诚,言之以真,要礼尚往来,要平等互利,要互相尊

① 叶忠海《人才学基本原理研究》,高等教育出版社2009年版,第71页。
② 王蒙《王蒙自述:我的人生哲学》,人民文学出版社2006年版,第66页。

重"①，否则是无法交到朋友，取得信用的。同时，对待下属以及小辈他都能做到以人为善，他唯才是举，热心举荐提拔新人，为他们争取展示才能的舞台。

《吕氏春秋》中说："利不可两，忠不可兼。不去小利，则大利不得；不去小忠，则大忠不至。"说的就是与人为善，心胸宽广，行为坦荡，不计小利才是真正的大智慧。人际沟通，在学习、生活和事业发展中发挥着重要的作用，也是一个人能在社会中生存的基本能力。和谐的人际关系可以说是事业发展的助力，在外部环境一定的情况下，人际关系良好者，无疑是事业发展中的大赢家。

从顺境对王蒙创作的影响来看，特别需要关注的是新时代精神以及对外开放和国际视野，客观上极大地影响了王蒙的创作视野和学术视野，从他的文学创作与学术研究的成果中，我们都可以看到王蒙对古今的融通、中西的融通，所以，贾平凹为他题了四个大字："贯通先生"。

三、逆境对人生的历练

王蒙是一个特殊而又成功的逆境成才者。从人才学的角度来看，所谓逆境成才实际上并不是一般的成才规律，而只能是特殊规律，即只有特别坚韧的勇者，才有可能逆境成才，而多数人客观上很容易随波逐流。

王蒙常说："故国八千里，风云三十年"，"我无时不在想着、忆着、哭着、笑着这八千里和三十年，我的小说的支点正是在这里"。② 逆境中重生，这八千里的空间和三十年的时间里他所经历的生活，化为他笔下思想波澜和感情波澜，向读者喷涌而出，而这恰恰是他重新崛起的契机和资源。逆境，在王蒙的生命中并不陌生，在逆境之后，他没有被打倒，反而活得更精彩，用他自己的话说就是，"逆境：人生的考验与挑战"。

从 29 岁到 45 岁，这 16 年人生的黄金时期，王蒙在新疆艰难度过。与 1957 年被划为"右派"在农村改造不一样，那时王蒙还是"在组织"的，并且与许多"右派"在一起，并没有被疏离的感觉。而到了遥远的新疆，王蒙仿佛就是一只"断了线的风筝"，彻底被遗忘，被放弃，被放逐，这是一直自强自信的王蒙所无法忍受的，但又必须去忍受，这在他心里形成了极度的焦虑。他的妻子崔瑞芳在《我的先生王蒙》中记述了这样一件事情：1971 年古尔邦节，王蒙同在新疆乌拉泊"五七"干校学习的少数民族学友喝酒，酩酊大醉后，一个个都喊着"回伊犁！回

---

① 王蒙《大块文章》，花城出版社 2007 年版，第 248 页。
② 王蒙《我在寻找什么》，《王蒙小说报告文学选》，北京出版社 1981 年版。

伊犁!"突然,王蒙又补充了一句:"不,我想的并不是回伊犁!"众学友一时愕然。① 这虽然是酒后"失言",但足以透视王蒙内心真正所思。崔瑞芳还记述了另外一件事:王蒙在新疆期间落下了个毛病,常常在夜间似睡未睡时,下意识地突然喊出一个怪声"噢!"吓得我浑身发抖。他叫完后,睡了,可我还拿不准他什么时候会再叫,只得支着耳朵等着。他睡着了,我却瞪着眼睛,捂住心口,难以成眠。② 从王蒙的"失言"与梦中喊叫中,足以看出他内心压抑之深。特别是"文革"后期,王蒙更是无所事事,心情烦躁。在这样的逆境中,王蒙的身心都在忍受着折磨和煎熬。

其实,每个人在人生旅程上都不可能一帆风顺,总会遇到或多或少、或大或小各种各样的逆境和挫折,如果不能正确面对,就很容易产生紧张、焦虑、烦躁、失望和痛苦等负面情绪。王蒙能从逆境中走出来,并能在顺境中厚积薄发,这与他能发挥主体因素,正确面对逆境是分不开的。恶劣的外部环境没有把他打倒,反而激发了他坚强的意志,让他蓄势以待,整装待发。他认为逆境就是人生的考验与挑战,在逆境中"没有比保持自己的良好精神状态更要紧的了,只要自己处于良好的精神状态心理状态,谁都奈何不了你。不管处于怎样的逆境,自己精神上不垮谁也就无法把你打垮"③。而他也确实做到了,他调整心态,耐心等待,但在等待中不是无所事事,形如槁木,心如死灰,而是在等待中不断学习积累,他学会了维吾尔语,学会了锻炼与调节身心,学会了太极拳和健身操,学会了过小日子,学会了饮酒抚琴……这一切都为他将来的成功之路奠定了坚实的基础。

孟子曰:"天将降大任于斯人也,必先苦其心志,劳其筋骨,饿其体肤,空乏其身,行拂乱其所为,所以动心忍性,增益其所不能。"在人才成长之路上,不可能一帆风顺,侥幸逃过各种逆境。人生不如意十有八九,重要的是如何面对困难和挫折,王蒙在逆境中成功成才,积极发挥了自己的主体精神,不仅没有被困难打倒,反而使自己的人生更加充实,这样涅槃之后的重生才显得更为难得,更有教益,人生的诗篇才更为华美。

王蒙深受传统文化的影响,达则兼济天下,穷则独善其身。面对困境和挫折,他泰然、淡然,总会以坚韧的意志和海纳百川的胸怀,迎战复杂纷纭的人生。

---

① 方蕤《我的先生王蒙》,长江文艺出版社2004年版,第95页。
② 方蕤《我的先生王蒙》,长江文艺出版社2004年版,第84页。
③ 王蒙《王蒙自述:我的人生哲学》,人民文学出版社2006年版,第182页。

王蒙作为一位杰出的作家,他的创作和成功体现了作家创作的一般规律;王蒙作为一个特殊的作家,他独特的人生轨迹、丰富的人生经历和饱经沧桑的阅历,体现了人才发展的独特规律;王蒙作为一个部级高官,宠辱不惊,淡泊名利,急流勇退,体现了他驾驭人生的高超艺术;王蒙作为一个学者,他融通文史哲,说古道今,论事说理,表现出超常的智慧。他是文学研究需要关注的大作家,也是人才学研究需要关注的成才范型。

(张宇:硕士,苏州天然气管网股份有限公司人力资源部部长助理)

以"父"之名

——论《青春万岁》中"父亲"形象的解构与重塑

王 洁

　　《青春万岁》是王蒙于 1953 年动笔创作的一部长篇小说，与创作于同一历史时期的"十七年"红色经典作品(譬如《林海雪原》《红旗谱》《创业史》等作品)相比，王蒙的《青春之歌》多少有些"异类"，《青春之歌》一波三折的出版历程似乎也从侧面说明了这一点。① 直到 1979 年 5 月，《青春之歌》才由人民文学出版社首次正式出版。为什么《青春之歌》会成为"十七年"红色经典作品中一个"异类"般的存在？ 一个重要原因是，与《青春之歌》创作于同一历史时期的红色经典作品大多属于宏大叙事，讲述宏大的家国情怀，而《青春之歌》却以"青春"为主题，以一群年轻的女中学生为主人公，讲述她们的"青春"故事，体现出了浓郁的抒情性。

　　然而，尽管《青春之歌》以青春为主题，有着浓郁的抒情性，但是处于特定时代背景下的文学创作必然会带有特定的时代气息，正如钱锺书先生所言："一个艺术家总在某些社会条件下创作，也总在某种文艺风气里创作。这个风气影响到他对题材、体裁、风格的去取，给予他以机会，同时限制了他的范围。……圣佩韦也说，尽管一个人要推开自己所处的时代，但仍要和它接触，而且接触得很着实。"②王蒙自己也说："我无法淡化掉我的社会政治身份社会政治义务。"③所以，在《青春万岁》这部小说当中，除了"青春"之外，还有着不容忽视的"非青春"元素，其中值得关注的一点，就是《青春万岁》中"父亲"形象的解构与重塑，蕴含其中的是一个意味深刻的政治隐喻。

---

① 1957 年，因为"反右"斗争，《青春万岁》的出版事宜被冻结;1961 年，"千万不要忘记阶级斗争"口号的提出使得《青春万岁》的出版之事再次不了了之。
② 钱锺书《七缀集》，三联书店出版社 2001 年版，第 1~2 页。
③ 王蒙《王蒙自传·大块文章》，花城出版社 2007 年版，第 79 页。

一、《青春万岁》中的"父亲"形象

《青春万岁》以北京女七中的几位女学生为主人公,讲述了她们在新中国建立之初富有理想和激情的青春生活。在这几位主人公的设置方面,作者采取了色调鲜明的对比手法。郑波、杨蔷云、袁新枝等人可以说是新时代、新社会的青年代表,她们积极阳光,浑身散发着理想主义和乐观主义的时代激情;而呼玛丽、苏宁、李春等人则与郑波、杨蔷云等形成了鲜明对比,她们的生活环境是压抑的,性格上缺乏年轻人应有的青春活力和正能量,她们的形象也多少带有一些负面色彩。而她们的父亲形象,在很大程度上也形成了一种鲜明的对比。

人物	父亲形象
郑波	郑波 11 岁那年,父亲被美国士兵开的吉普车撞死在雪地里。小说中郑波的父亲实际上是缺席的
杨蔷云	缺席
袁新枝	父亲袁闻道,是一位数学教员
呼玛丽	李若瑟神甫虽不是呼玛丽的亲生父亲,但是在呼玛丽的成长中扮演着父亲的角色。他是教会中帝国主义分子的代表
苏宁	父亲苏宏图是旧社会的资本家,一个唯利是图、感情淡漠的守财奴式商人
李春	亲生父亲原是一个小地主,很早就死了,伯父照顾着李春母女的生活。在李春的成长过程中,父亲也基本可以看作一个缺席的存在

可以看到,像呼玛丽、苏宁这些带有一定的落后色彩、需要帮助的女同学,她们的父亲基本是在场的,但他们同时是新社会中需要被改造的对象;而像郑波、杨蔷云这样的作为新时代的青年代表的女学生,她们的父亲基本是缺席的,是一个空洞的"能指"。除此之外,可以发现,有两个例外,一个是李春,另一个是袁新枝。李春身上有落后的一面,但是她的亲生父亲是缺席的,照顾她生活的伯父也不是一个负面的形象,这与呼玛丽、苏宁这两个同样有着落后性一面的女学生的父亲形象是有所区别的。但是,李春身上落后的一面本身也区别于呼玛丽和苏宁,呼玛丽和苏宁身上的落后性带有强烈的被动色彩,是由生活环境所造成的,而李春身上的落后性,则是因为性格自私狭隘,带有强烈的主观性。而袁新枝作为进步青年的代表,她又区别于郑波和杨蔷云,在小说中,她的

父亲并不是缺席的。其实,袁新枝的父亲袁闻道先生这个人物角色有其自身的重要性,换句话说,重要的并不是袁闻道袁先生是谁的父亲——当然作为一个正面的父亲形象,他基本不可能是一个落后学生的父亲。这个人物角色不能是一个抽象的精神领袖,而是必须能够在关键时刻站出来为学生们解决实际问题的有血有肉的正面人物。在某种程度上,袁先生不仅是袁新枝的父亲,作为班主任,他同时是整个班级中所有同学的父亲。尤其是对于李春来说,袁先生是有着父性光辉的重要引导者。

出于一定的私心,功课好、特别是数学学得好的李春是袁先生最喜欢的学生。但是李春也正是因为自己成绩好而骄傲,自私,脱离班集体。在一次同学们考试失利的班会中,李春发言说:"我真心劝郑波,当然听不听在你,别开那些个会去了,也用不着找人个别谈话,先自己念好书吧。我也劝杨蔷云,我知道杨蔷云恨我。你呀,也别净讲政治名词了,有工夫多制几个图好不好? 还有咱们全班,大伙好好地念书吧,什么你选我我选你呀,谈谈思想情况呀,你批评我呀我批评你呀,申请入党呀——还远着呢,——往后搁一搁,不碍事。"[1]因为自私狭隘的性格,李春与同学们闹了矛盾,被同学们所排斥。这时候,袁先生的出面一方面使得郑波、杨蔷云这些同学对李春的看法有所改观;另一方面,与李春的谈话也促使李春对自己的错误有所认识。最终,李春与同学们化解了矛盾,达成和解。"不错,我用功,我知道怎么样得好分数,但是我不知道怎么做人,就像袁先生对我说过的,我一点也不了解生活,不了解即使在年轻的同学里边也是复杂的充满了斗争的生活。在我们这个时候,决不应该做一个骄傲的、脱离群众的家伙。"[2]李春身上的问题不同于呼玛丽和苏宁。呼玛丽和苏宁可以从集体中获得帮助和温暖,而李春的问题正在于与集体的脱离和决裂,当以郑波、杨蔷云为代表的集体对于李春的问题也无计可施之时,只有袁先生可以出面解决李春的问题。袁先生是小说中唯一一个有血有肉的正面的父亲形象,对于亲生父亲缺席,又不能在班集体这个大家庭中获得融入感的李春来说,这样一位具有父性光辉的引导者,可以说是必不可少的。

总的来说,《青春万岁》中的"父亲"形象可以概括为三类:一类是正面但缺席的父亲形象,即郑波、杨蔷云这些新时代优秀青年代表们的父亲;另一类是负面但在场的父亲形象,即呼玛丽、苏宁这些被生活环境所压抑而导致落后的学

---

① 　王蒙《青春万岁》,《王蒙文集》(第1卷),人民文学出版社2014年版,第45页。
② 　王蒙《青春万岁》,作家出版社2009年版,第262页。

生的父亲;还有一类,是正面且在场的父亲形象,也就是袁闻道袁先生。在女学生们富有激情但也容易冲动、容易犯错的成长过程当中,一位能及时出面解决问题,并且具有父性光辉的引导者必须是在场的,而袁先生正是这样一位属于集体的、在场的正面"父亲"形象。

二、"旧父"的解构

在《青春万岁》中,"旧父"的具象化人物主要有两个,一个是在呼玛丽的成长中扮演着父亲角色的李若瑟神甫;另一个便是苏宁的父亲苏宏图,一个唯利是图、感情淡漠的守财奴式商人。

呼玛丽是一个孤儿,自小生活在"仁慈堂"中,从四五岁就开始做活儿,饱受修女们的折磨和虐待。于呼玛丽而言,李神甫是父亲般的存在。教堂里的女孩子在 15 岁左右的时候就会由修女做主给嫁出去,呼玛丽也不能幸免。当呼玛丽要被修女嫁出去的时候,李若瑟神甫的一句"要不换个别人吧,这孩子很机灵,留下也许有用"让呼玛丽得以在教堂里继续留下来。从此,呼玛丽便把李神甫看作自己有生以来唯一的大恩人,像对待父亲一样对待他,而李神甫也一直把呼玛丽带在身边。一直以来,呼玛丽的生活都是孤独的,缺乏爱的,宗教信仰是她唯一的精神支柱,而神甫更是这一精神支柱的具象化存在——"多少年来,她的心目中的李若瑟,是天主的使者,是圣母的洁德的化身,她向李若瑟跪拜,就像向耶稣基督跪拜一样"[1]。正是这一精神支柱使呼玛丽可以坚忍地活下去。因此,当神甫以反革命的罪行被公安局逮捕时,呼玛丽从小到大赖以支撑的精神支柱也在瞬间倒塌,这是呼玛丽所不能承受的。而她不能承受的一个重要原因,是她还没有看清楚李若瑟的真面目。直到呼玛丽从一位黄姓神甫口中得知"仁慈堂"压榨童工、买卖人口的恶劣行径,以及她完全信任的李神甫是一个"法利赛人"时,她才明白原来自己一直以来都生活在李神甫的欺骗当中。"如果是真的,那他骗得我好苦! 于是怨恨和怀疑又交织压迫……终于,对于同学们的感谢赶走了那些缠人的念头,隔着眼泪,她看到世界十分光亮……"[2]呼玛丽的世界,直到这一刻才真正雨过天晴。呼玛丽也通过与神甫决裂的方式实现了对"旧父"的解构以及自我的成长。

如果说呼玛丽对"旧父"的解构在一定程度上是被动的话,那么苏宁与父亲

---

① 王蒙《青春万岁》,《王蒙文集》(第 1 卷),人民文学出版社 2014 年版,第 257 页。
② 王蒙《青春万岁》,作家出版社 2009 年版,第 259~260 页。

的决裂则完全是主动的,她通过向政府有关部门检举父亲的不法商业行为使父亲受到了应有的惩罚。苏宁的父亲是封建旧社会的典型性父亲形象,这一人物形象通过杨蔷云的视角得到了细腻的刻画——"四十多岁,留着平头,脑瓜顶还秃了一块,烂眼边,穿着一身哪也找不着的破袍子,一双借皮鞋。看他脑袋像仆役,看他眼睛像乞丐,看他袍子像穷秀才,看他皮鞋像机关干部,听他说话又像个大老爷"①。从这一外形描写,不难看出,在旧社会开营造厂当资本家的苏宁的父亲,即便是到了新时代、新社会,也依然遗留着浓厚的旧社会风气。苏宁对杨蔷云说:"……因为旧的生活本来就没怎么折磨你,一解放,你生活在全新的环境当中。但是我呢? 到今天,我一回家,仍然呼吸着发霉的空气,跟那个眼睛像乞丐,袍子像秀才的爸爸生活在一块儿!"②这在很大程度上暗示了郑波、杨蔷云等进步学生的父亲在小说中缺席的原因,同时揭示了苏宁受封建旧社会的压迫之久之深。即使到了新时代、新社会,苏宁仍生活在封建旧家庭的氛围当中。而他的父亲苏宏图,可以说正是封建旧社会的象征。苏宁与父亲的决裂同样是一种隐喻,即她最终以"弑父"的方式完成了对"旧父"的解构,同时摆脱了旧社会的压迫。

在某种程度上,神甫李若瑟正是帝国主义势力的象征,而苏宏图则是封建旧社会的象征,呼玛丽与苏宁两个人通过"弑父"的方式实现了对"旧父"的解构和自我成长,这一方面隐喻着帝国主义势力和封建主义势力的倒塌,另一方面也隐喻着新中国给曾经处于压迫中的人们带来新的光明和希望。

三、"新父"的重塑

如果说《青春万岁》中的呼玛丽和苏宁最终以"弑父"的方式实现了对"旧父"的显性解构和自我成长,那么"新父"的重塑则是隐性的。倒下去的"旧父"必然需要一个"新父"来替代,但这个"新父"并不一定是生理意义上有血有肉的父亲,他也可以是一个具有象征意义的符号。

在拉康的精神分析理论中,"父亲—母亲—孩子"构成原始的家庭三角关系,而父亲的菲勒斯作用是三角关系稳定的重要保证,即使生理意义上的父亲真的去世了,他在家庭关系与社会关系中的作用仍会存在,并且由能替代父亲作用的"能指"来占据这一空位。这个"能指"可以是一个人、一个组织、一个名

---

① 王蒙《青春万岁》,作家出版社 2009 年版,第 189 页。
② 王蒙《青春万岁》,作家出版社 2009 年版,第 191 页。

称、几句话，或者是一件物体，总之，它们是能体现父亲作用的象征力量。拉康将这种体现父亲象征力量的"能指"称为"父亲之名"。在拉康的理论中，父亲的概念并不代表真实的父亲，即生理意义上的父亲，也不代表孩子幻想中的无所不能的父亲。拉康认为，父亲是"一种隐喻"，一个能指符号，具有特殊的象征意义。① 在《青春万岁》中，"站在新的历史时期的门槛上"的女中学生们，他们拥有一个共同的至高无上的"新父"，而这个"新父"的具象化形象，就是毛主席。毛主席正是让郑波、杨蔷云她们感到热血澎湃的新生活、新时代、新社会的具象化的象征。

在小说的结尾，中学毕业的学生们在天安门广场上拉开大圈跳集体舞，突然间，一辆在深夜急驶的银灰色小汽车引起了大家的注意。这么晚，车里坐的是谁呢？

袁新枝第一个激动地告诉大家："我说，那一定是毛主席！"

像一道电流迅速传过了全体，袁新枝的话掀起了每一个人的心中的热浪，肃静了，人人都感到毛主席就在自己的身边，然后自动集合，走到天安门前毛主席的画像下边，他们说："亲爱的毛主席，我们毕业了。"②

接着，小说以呼玛丽的视角描写她的所见所想——"她看见毛主席慈祥的眼睛和略带严厉的眼角的皱纹，从这眼睛里，她看到的不正是祖国吗？不正是那个亲爱的、曾经失去的、永远关怀着自己的儿女的祖国吗？"③宗教信仰的精神支柱倒塌之后，此时此刻的呼玛丽，在毛主席面前可以说找寻到了新的精神支柱。

至此，毛主席作为"新父"的形象自然而然地树立了起来。值得注意的是，这里的毛主席已然并不单纯是一个领袖人物了，他已经上升为一种符号。换句话说，在"毛主席"这个"能指"背后，并不仅仅是生理意义上的毛主席而已，还代表着一个解放后充满希望、一片光明的新中国、新时代。而毛主席这个"新父"形象，正是新中国、新时代、新社会的最佳"代言人"。

结　语

青春，关乎理想，关于奋斗，也关乎懵懂的爱情，这些似乎已经成为青春的

---

① 于昊燕《童年经验方程式——贫穷与文学叙述之老舍个案研究》，云南大学出版社 2009年版，第 133 页。

② 王蒙《青春万岁》，作家出版社 2009 年版，第 291 页。

③ 王蒙《青春万岁》，作家出版社 2009 年版，第 291 页。

"题中之义",也是《青春万岁》中所书写的"青春元素"。然而,除了青春以外,创作于特定历史时期的《青春万岁》,也必然会带有特定的时代色彩,政治话语在小说中以隐喻的方式存在。《青春万岁》中的父亲形象总体来说分为三类,即正面但缺席的父亲形象、负面但在场的父亲形象以及正面且在场的父亲形象(袁闻道先生)。在这三类父亲形象中,负面但在场的父亲形象作为封建主义和帝国主义的象征,是需要被解构的"旧父"形象,呼玛丽和苏宁二人以"弑父"的方式完成了对"旧父"的解构以及自我成长。"旧父"的解构呼唤着"新父"的重塑,毛主席作为新中国、新时代、新社会的最佳"代言人"自然而然地以"新父"的形象被推上文本"舞台"。而无论是"旧父"的解构还是"新父"的重塑,政治隐喻都暗含其中。在小说结尾,毕业的女学生们"高声歌唱着走回学校,行进在天安门前淡蓝色的曙光里",与此同时,"高高的,修建人民英雄纪念碑的脚手架的顶端,已经发出金色的光辉了"。这一带着希望和光明的结尾,正与《青春万岁》昂扬向上、充满理想主义与乐观主义的基调相吻合。

(王洁:中国海洋大学文学与新闻传播学院中国现当代文学专业硕士研究生)

巢 归

——论王蒙《生死恋》中的精神向度

孙 荣

作为中国当代著名作家,文坛"常青树"的王蒙,如今已是 80 多岁高龄,但老先生依然能够紧跟时代,与时俱进,写出一部又一部展现时代亮点,反映时代痛点的作品。中篇小说《生死恋》发表于《人民文学》2019 年第一期,又被《小说选刊》2019 年第三期转载。本期《小说选刊》卷首语这样写道:"小说家的生命力有时候真的不能用生理年龄来衡量,如果你读到王蒙的《生死恋》绝对想不到这篇作品出自一位 85 岁老人,语言的热度,感觉的奇妙,行文的畅快,仿佛来自青春写作者,唯一显得沧桑的就是小说的内容,那些内容是一个经历岁月、饱经磨练的人才可以写得那么从容、淡定而又简约。今年是建国 70 周年,有论者认为王蒙先生作为共和国文学的一面镜子,就像托尔斯泰是俄国的一面镜子一样,此论出自十余年前,时过境迁,当王蒙同时代人慢慢淡出文坛,而王蒙新作不断,其'镜子'价值更是越发明亮。"

这部作品主要还是从精神层面抒写的,作者虽没做非白即黑的判断,但他用艺术之笔展现了个体生命与家庭,在时代发展过程中的存在与发展,成与败,得与失,以及种种的无奈与悲凉。多少年后,读者会多少了解到我国改革开放这段历史的复杂性。

一、梗概

《生死恋》是一篇现代社会背景下的中篇现实小说,它的主人公苏尔葆是一位跨国公司的厂长。苏尔葆的母亲苏绝尘与养父吕奉德都是留洋海归。吕奉德 1955 年卷入胡风案与一件外国案,锒铛入狱。1956 年苏绝尘生下与其丈夫的秘书兼管家顿永顺的孩子,这个孩子就是苏尔葆。9 年后,吕奉德出狱回家,面对聪慧伶俐的美少年苏尔葆,他从内心深处无法接受,他私下里与妻子总是吵闹。在长期的闹腾中,苏尔葆也慢慢地明白了:原来他不是吕奉德的儿子。

那么,他的生父到底在哪里?长期压抑又吵闹不息的家庭生活,摧残着家里的每一个成员:苏尔葆患上了自闭症,苏绝尘与吕奉德双双住院。就在这时,红小兵小队长单立红来了,她以红小兵共青团、时刻准备着,以学习学习再学习的名义,把活计献给尔葆同学与他的父母。从此,单立红就再不离开这个家庭,但苏尔葆还是那种寡言内向的性格。1978年党的十一届三中全会,改革开放全面开始,尔葆与立红双双考入大学。1979年吕奉德"平反"。1982年,享年79岁的吕奉德病逝。1983年苏尔葆与单立红结婚,但又马上申请自费出国。

两年半后,苏尔葆与单立红齐聚在美国。后来,单立红又引导苏尔葆进入一家跨国医疗器械公司,担任中国合资厂的厂长,代价是夫妻二人常年分居两地。苏尔葆的收入一下子比过去增加了19倍,他成了真正的白领,享受到此生在国内外从未有过的尊敬和礼遇。然而,他还是和从前一样小心翼翼,谨小慎微,寡言少语,克勤克俭,无论谁,无不说他是君子风范,绅士教养。就是这样的一个苏尔葆,他的工作成绩却卓有成效,他受到中外上下级的一致好评。尽管如此,这一切却无法解开苏尔葆内心的家庭与亲情情结,他依旧思念自己远在美国的家庭与家人。也许是生活实在太单调乏味,后来,苏尔葆在工业园外遇了邱月儿。可在尔葆、月儿、开茅夫妇玩骑马时,苏尔葆对飞奔在马背上的月儿放声大喊:"红红,加油!"(红红就是单立红)可见苏尔葆多么思念自己远在美国的家庭,多么思念自己远在美国的家人,他是为了家人的"梦想",将自己发派到隔山隔洋的另一个国家,独自在外飘零近十年之久。

最终,苏尔葆给不了月儿想要的家,单立红也不宽恕他,就在苏尔葆徘徊了断之际,单立红与月儿双双抛弃了他,苏尔葆自绝身亡。

二、残缺与不幸的早年生活

苏尔葆是个私生子,成长在高级知识分子家庭。他出生9年后,养父出狱回家。养父是个很有学养之人,但他对上天意外赐给他,并且已是个小少年的苏尔葆无法释怀。尔葆的成长环境一下子跌入矛盾与不宁,养父极其憎恨他,生父又不敢出面承认他。他从未见到过的父亲的突然出现,带给家庭的不是欢喜与温暖,而是矛盾与忧患。母亲苏绝尘与养父吕奉德长期不断私下吵架,其中又夹杂着尔葆身份的因素。苏尔葆终是感知了自己私生子的身份,后来,他患上了很严重的自闭症。他每天从早到晚,从上课到下课,一句话也没有,成了个"哑巴"。他的情况把班上的一个女同学吓哭,令一个老师大怒,令几个老师害怕,成绩由优秀跌为极差。从此,那个照片被照相馆作为橱窗广告的,活泼伶俐的美少年，一下子变得内向寡言，中规中矩，外表极其冷静。就像他中年后有一次，在中国工业园向他的同父异母的哥哥顿开茅诉说的那样："我来路不正，我算个啥，我根本没有生的权利，吕奉德不承认我是他儿子，母亲又不告诉我谁是我父亲。我无缘父性，却又是罪犯吕奉德的种子。我从小知道的就是小心小心，树叶掉下来，别人没有什么，我可能因此头破血流，千夫所指。"①由此可以想象少年苏尔葆，他幼小的心灵与精神在长期经受着内外的双重鞭挞与逼仄，无处可诉，无处可逃，无处可藏，无所呵护的难耐与无助，以致患上很严重的自闭症。这一切，对于一个小孩子来说，是多么残酷、沉重与不幸啊。

就在这时，红小兵队长单立红来了。她承担尔葆家里的活计，与尔葆父母沟通，尔葆一家从此都离不开她。单立红与尔葆常常一起做功课，相互督促交流，令人赞美。她还依着她父亲是自来水公司会计干部的便利关系，为尔葆所住的三进大院带来了土暖气和水龙头，她受到了大院男女老少的欢迎。在大家眼中，尔葆与单立红已经是一家人了，抑或说他们就是一对小夫妻。只是尔葆神色平淡一点，略略说一点点话，有时也笑一笑，但很快就失去了表情。从中可以看出，单立红只是走近了尔葆身边，她并没有将春风送进他心里。

三、进进出出，血肉拼搏，家在何方？

单立红从走近苏尔葆后就如影相随，从来未曾离开过。中学一块上下学，毕业后一起做小工，3 年后一起上大学，直到 1983 年都是 27 岁的单立红与苏尔葆终成眷属。对于苏尔葆与单立红的结合，尔葆的异母哥哥顿开茅有疑惑。笔者本人对此也有疑惑——从小就在一块，老大不小了不急着结婚，刚结婚又立刻准备出国别家，而且是自费出国，并且是单立红力促他留洋换一种活法，况且苏尔葆当时已有一份不错的工作。单立红与苏尔葆的母亲极力支持尔葆出国，她们认为：出去好好看看，总会有更大更多的可能。更何况那个年代，人人都认为出国是一件喜事。由此可见，苏尔葆的妻子与母亲很看重外在的东西，这一切甚至比一个生命的痛痒与幸福更为重要。

在国外，苏尔葆的经历真可谓匪夷所思，他经历了家人无法想象的困苦、折磨、考验。作者王蒙用狰狞露骨、血肉拼搏、惊心动魄来表达，用"洋插队"来标题，可他又何尝讲尽了苏尔葆的所经历的痛苦。他时常一个人干几个人的活，白天送外卖、在餐馆装卸洗剂品、上机场接送人、非法打工，夜里去老人院做陪

---

① 王蒙《生死恋》，《人民文学》2019 年第 1 期。

护,他的胳膊腿上长满了疱疹。他总吃不饱肚子,经常挨饿,甚至到市政广场捡拾鸽子吃剩的面包屑。他抑制自己的情感需要与原始欲望,果断理性地抗拒了一次又一次的需要与诱惑。那种精神与物质的双重困顿,猪狗不如,让人且哭且笑,且信且疑,饱受折磨的生活,苏尔葆到底是挺过来熬出头了。他终于在美国站稳了脚跟。两年半后,苏尔葆与单立红在美国团圆,可单立红却自谋自划,着手去抓捞更多更大的财富与成功:单立红自己经营一家杂货店,她安排和引导苏尔葆考进一所名气不小的高等院校。苏尔葆生活之余又拼命积学分,终于修了一个"洋学位"。为了金钱与成功,苏尔葆又一次被妻子送出家门只身寻找。这一次,是单立红在美国,苏尔葆回中国。而这一切,又是以苏尔葆与他的家庭近十年遥隔万里迢迢,千山万水为代价的。这种家庭生活,一直持续到苏尔葆自绝于世。

从养父归家到婚后出国别家,再到在美国别家回国,苏尔葆一直在寻找家庭、亲情与心灵的归宿。可他的归巢在哪里? 他走入家庭又走出家庭,他别国与回国,可他无论怎样努力寻找,却一直都被他的家庭推开,放逐与驱赶在外,去为家庭捕捞尽可能多的财富与成功。家庭富足了,有钱了,各种"洋消费"都有了经济后盾,苏尔葆却和他所渴望的家庭愈加遥远——他们成了两个世界的人。他的家人追求外在的金钱与物质,融入滔天的物质消费大潮,苏尔葆却在向内寻找。苏尔葆在出国、回国、回家、离家的反复中,始终是从家庭出发,始终依顺着妻子单立红的决策。只身在美国时,他的身心长期经受着异常的考验,他几次想回国,可单立红硬让他坚持下去。他到底还是依顺了单立红,硬是扛到二人团聚。其间,苏尔葆所经受的考验是一般人无法想象的,他是打碎了牙齿连血带肉一股脑儿吞进肚子。他一个人倾力挺着,扛着,为了自己一直渴望和追寻的东西,他非常艰难决绝地守护着内心的底线。最终,他战胜了精神与肉体的双重折磨与考验,走进与单立红的二人小家。只可惜,踏入美国的单立红又再次将他推出家庭,送回祖国,苏尔葆再一次失去了回归家庭的机会。在国内,他事业一帆风顺,后来,也外遇了月儿,但月儿也未必真正有情有义,她在很大程度上也是冲着物质与金钱的,否则,她不会在苏尔葆徘徊了断之际当即嫁了他人。

四、寻寻觅觅,空空悲悲,孤苦劳燕,魂归西天

苏尔葆是现代社会背景下,一个德才兼备的男人。他坚守自律,循规蹈矩,温文尔雅,心底良善。从养父吕奉德揭开他私生子身份的那一刻起,他就变为

一个自律内向,沉默无语的少年,面对父母经常在深夜里的吵闹,面对养父的憎恨,他多么渴望来自家庭的温暖与亲情,真爱与接纳。因此,少年与青年时期的苏尔葆,他的灵魂深处是极其孤独与沉郁的。走入婚姻家庭后,苏尔葆还未及享受其温暖与幸福,母亲与妻子合力而为,又将他推入孤独与残酷。苏尔葆早年不幸的生活经历,分裂矛盾的家庭关系和长期温情的缺失,使得他成年以后特别珍重家庭,珍视家人,珍惜亲情。他之所以在美国苦苦挣扎,拼死坚守,只因心中有家,心中有爱,心中有盼,心中有望。千难万难好不容易团聚了,单立红又将他推了出去——为了给她的家庭捕获更多更大的物质与财富,苏尔葆再一次被杀伐决断的单立红安排走出家庭孤身飘零。后来,虽然在金钱事业上他双获丰收,但他依然没有找到他一生都在渴望和追寻的东西。他的生活里只有工作,他似乎是一台无生命的机器,正如他发在个人微信公众号的《上班》中写道:

每天都要吃饭,

每天都要上班。

上完班需要吃饭,

吃完饭需要上班。

我每天都要吃饭,

每周都上五天班。

天天吃饭,

天天上班。

直到有一天忘记吃饭,

直到有一天忘记上班。①

从这首小诗,我们可以看到,苏尔葆的日子,除了吃饭赚钱已一无所有。最后,在月儿与立红的双双抛弃中,苏尔葆一生坚持追寻的东西因这唯一的入口被堵死,唯一的亮光被捕灭。他找不到通往他的追寻之旅的哪怕一丁点儿光亮与希望而自绝于世。在他生命幻灭的前一刻,苏尔葆还给他珍爱与留恋的家人打了电话。那是北京时间周五的夜晚,苏尔葆给妻子单立红打电话,得到的是凌晨 5 点立红内心的抗议与实际拒接。苏尔葆给 27 岁的女儿苏瓒打电话,女儿的回复是:"爸爸你先让我睡觉好不好,待会儿我还要上滑翔机培训班……"她想的是鸟儿般飞翔在高山与大海之间,没等她爸爸再说话她就把电话按死了。苏尔葆是现代高薪白领阶层的"流浪汉",他有家庭如同无家庭,有亲人如

---

① 王蒙《生死恋》,《人民文学》2019 年第 1 期。

同无亲人。他的家庭常年将他置于千万里之外,在他生命的最后一刻就连他想与他的家人说话这样极为平常的事情都难以办到。这足以让人深思现代人所谓的繁忙和在繁华不断的物质追求中的自我意识的膨胀和主体意识的迷失。在过多丰富的社会物质生活面前,人不知不觉忘记了初心,遗失了人之为人的最珍贵的东西。

对于苏尔葆的死,作者王蒙说:"安息吧,尔葆。"死了的尔葆暂且将息,活着的尔葆如何安宁? 说这话时,王蒙先生一定是痛心而无奈的。

那么,苏尔葆真是为情而死吗? 笔者认为不完全是。苏尔葆自养父归家那个时期起,他就像一只受伤的孤燕,一直在努力向前,奋力拼搏,拼命坚守,竭力寻找。他用了近乎一生的时光苦苦寻觅,可他终是无法抵达他身体与灵魂的巢穴,在那似乎是希望的点点亮光如鬼火般被物欲淹埋而熄灭时,他一生的坚守与追寻被否定,他再也找不到活着的意义,成了一只完全没有巢归的燕子。死亡也就成为他唯一的选择。他的死,使我想到了托尔斯泰笔下的安娜之死。

时代飞速发展,历史的潮流不舍昼夜,当一切的事物滚滚而来的时候,人的欲望总是先于物质而大于物质。大量丰富多样的物质服务于人类生活的各个层面的同时,它们又挤兑了人类精神存在的时间与空间,高贵的精神最终沦陷于繁复无尽的物质面前。对此,王蒙由衷地感叹:"生活呀,生活,发展到眼下了,下一步该怎么办?"这是作者之问,更是时代之问,它道出了当下社会的复杂性。作品单从表面来看,似乎是写一场情感纠葛,实则是把脉当下社会发展的痛点,它也许是社会发展进程与追赶超越之间本身固有的矛盾。王蒙毕竟是小说家,他在简约从容的书写与畅快奇妙的行文中偶尔适时放手这种"思想"。是啊,在人性与欲望的旷野里奔走,时常难免会停不下脚来,去做深入的思考与把握,但在物质与金钱联袂强袭的今天,人类的精神何去何从? 灵魂将回归何处? 如果我们一味不顾当下,一味追求所谓的成功与发展,物质与享受,以及许多外在的虚空与美好,以致将人沦为外物的奴隶,那么人类的精神与灵魂将回归何处? 没有了巢归的燕子,他们的身体与灵魂都将只能在无尽的长空游荡。

(孙荣:陕西省商洛市作协会员,陕西省商洛市商州区城关街道办事处东店子小学教师)

左右看王蒙

沙滩往事 王蒙印象

高崇理

我是 1986 年 3 月调入文化部的,那时,部机关在北京沙滩。同年 6 月,作家王蒙被任命为文化部部长。

王蒙同志是我十分尊重和敬佩的人。

王蒙是著名作家、文化名人,也是一位老党员、老革命。他将至 14 岁时,就在北平参加了地下党。1953 年,19 岁的王蒙创作了第一部长篇小说《青春万岁》,至今 86 岁高龄,仍笔耕不辍。2019 年 9 月 17 日,他被授予"人民艺术家"国家荣誉称号。

1986 年 9 月,我从少儿司调到办公厅,后任部长办公室主任。王蒙当部长的 3 年时间里,我和他接触较多。不过,我们很少称他"王部长",更习惯叫他"王蒙同志"。我对王蒙同志的印象,简言之——聪明、智慧,另有几分圆润。

1979 年,王蒙"摘帽右派"获得平反回到北京,不久,发表了短篇小说《说客盈门》:一位厂长处罚了一个不努力工作的工人,该工人的许多亲友去游说这位厂长,讽刺了当时的"走后门"现象。小说最后说:"共产党员是钢,不是浆子""不来真格的,会亡国!"

我是 1980 年初从收音机里偶然听到这部小说的,感觉立意深刻,主题突出,文风朴实,笔锋犀利,被深深地吸引了。

王蒙当部长后,有一次开完会吃饭,我恰巧坐在他旁边,向他提及这篇小说。我说:"那是比较早讲到改革的。"王蒙笑了。他还问起是谁广播的,我说是董行佶。

王蒙同志搞文学创作,不光是文笔好,主要是会用脑子。他深知什么时候该写什么,能写什么,怎么去写。王蒙同志还极具语言天赋。他讲话、做报告,旁征博引,娓娓道来。他能用英语和"老外"交流,在新疆基层生活工作 16 年,"读"成了维吾尔语专业的"博士后"。王蒙同志思想深邃,勇于进取。他当部长期间,首创"中国艺术节",开放舞厅,重视发展文化市场,支持推行"经纪人"制度。当然，他也讲"放管结合"，但主张"放"多一些，如在创作上要多给作家、艺术家一些自由和宽松的环境，对歌星的高酬金不主张过多干预等。这很符合时任中宣部部长朱厚泽的"三宽政策"（宽厚、宽容、宽松）。不久之后，朱厚泽受到高层严厉批评，王蒙同志却没事儿！对全国性的文化社团挂靠文化部，王蒙同志有不同见解。当时的规定是：申请成立全国性的学会、协会、研究会，首先要经业务主管单位审查同意，并接受其挂靠，报民政部注册登记后方可开展活动，一个大的门类只能成立一个全国性的社团。那时，每天来部里申请成立社团的人络绎不绝。材料备齐后，经办公厅审核，拟同意成立的要报请部务会讨论。

有一次讨论社团工作时，王蒙同志说：公民结社自由，但是让我们审批也很难。我们不好确定×××就是这一行里顶尖的权威，就得由这几位牵头发起成立社团，还是"全国性的"。他多少有些调侃地说：最好是这样——你要成立什么社团，就去派出所登个记！

那时候，电脑还未普及，为了适应形势，陆续进了一些。办公厅带头，去国务院机关事务管理局参观取经，并分期办起了学习班，主要是学习电脑打字。所有这些，王蒙同志都非常支持。他觉得电脑是个好东西。

其实，王蒙很早就使用电脑了，好像还是"286"。有人问他是否影响写作，他说完全没问题。言语间，露出一丝得意。

王蒙同志擅长抓大放小、统揽全局，以缺乏领导经验为由，放手让主持常务工作的副部长高占祥大胆工作。出了问题他担着，有了成绩其实也是他的。占祥同志心甘情愿，干得确实挺顺心。

调动了别人的积极性，自己还腾出了大把时间，何乐而不为？这正是王蒙同志的聪明之处。身为作家，体验部长生活，除了王蒙外，还能有谁？

我记得王蒙当部长不久，曾发表过一篇文章，说的是领导同志参加活动"撞车"的事。小小说？记不清了。

有段时间，占祥同志每周一天去学"国标舞"，有事找不到他，难免有些"非议"，甚至有人说是"不务正业"。王蒙同志睁只眼闭只眼。也是，文化部长喜欢唱歌跳舞，无可厚非。何况，占祥同志正在抓这项工作，要在首都体育馆跳开场，带头示范，不下点功夫怎么行呢！

这方面，副部长英若诚的"待遇"也不错。他从北京人艺到了文化部，从一名话剧演员当了副部长，推不掉的戏还得去演。在外地拍电视剧《围城》时，英部长经常请假，王蒙同志每次照准。

王蒙同志很会处理人际关系，不把官位看得有多重，从不以"一把手"自居，盛气凌人，独断专行。他平易近人，和蔼可亲，交流探讨，风趣幽默，立马拉近了你与他之间的距离。轻松的环境，朋友的关系，让你感觉不累！

王蒙同志不轻易得罪人，兼听则明是他的信条，包容宽厚是他的美德。缤纷世界无奇不有，凡事不必大惊小怪，各种声音都要认真聆听。

1987 年初，文化部在民族文化宫召开全国"两会"文化艺术界部分代表、委员座谈会。吴祖光直言不讳，再次对电影审查制度提出尖锐批评。会场上有点群情激愤，王蒙同志却异常平静，不动声色。有人说，王部长真沉得住气！我想，这不代表立场，是王蒙同志有涵养。这等胸怀，非常人能比。

王蒙同志当部长后，公务繁忙，找他的人很多。剧作家汪曾祺是王蒙的老朋友。他给王蒙来信，谈及某文学社团的事，请王部长过问一下。王蒙同志批转办公厅处理。没有多复杂，我们给汪老回了信。王蒙同志什么也没说，无论之前还是事后。好友相托，当办则办，不能办也要有个回复。有时候对无关紧要的事"敷衍"一下，不仅是方法策略，更是一种智慧。

王蒙同志有原则，有主见，特别是对文化艺术工作颇有见地。他深入省市，下到基层，开展调查研究。回京后，亲自起草调研报告，直送中央领导，具有很高的参考价值。

王蒙当部长不久，即提出将他的办公室从前楼搬到后院的孑民堂，尽管那里能安排几位副部长的房间都不大，而且每次开党组会、部务会、部长办公会时，还要走挺远的路。但是他说：出国访问，人家的文化部长总是让我去他们的办公室，咱们这儿差点意思。的确，前楼不仅陈旧，而且二楼除了部领导之外，主要是办公厅各处室，来办事的人很多，有点"乱"。

王蒙同志怕"委屈"了其他部领导，说："你们的办公室可搬可不搬，自己决定。"后来，大家都搬到了孑民堂。

搬家之前，稍加修整，这座中式风格、古色古香的四合院焕然一新，更有一种特殊的文化气息。王蒙同志办公室的旁边就是外宾接待室，在这里会见外宾，不仅方便，而且非常亲切、自然。

1989 年 5 月末，王蒙同志出访法国。回京后，他前往外地休假，再未去部里上班。因为，他曾向中央提出，只干 3 年文化部长，时间正好到了。

2017 年 10 月 16 日（星期一），故宫博物院为文化部系统组织了一个参观专场。那天，我意外地见到了王蒙同志，这是多年之后再次见到他。他问我："后来您到哪儿发达去了？人事司还是计财司？"我说："去了中国革命博物馆。"

王蒙同志 80 多岁了，依然精神矍铄，身体硬朗。人们认为，书画家潜心创作,修身养性,所以长寿。王蒙同志另加一条——爱运动,所以,我觉得他也行。日前,又见王蒙新作《二〇二〇的春天》(2020 年 4 月 8 日《光明日报》头版),宝刀不老,真好!

祝福王蒙——我们的老部长:青春永驻,幸福安康!

(高崇理:中国国家博物馆原副馆长)

水龙吟·贺岁王蒙先生

金宏达

　　王蒙先生八十有五,笔健如故,号称"耄耋"之年,仍有"饕餮"之愿,令人至佩。岁次庚子,虽在鼠年,亦望效龙行虎步,赋此兼勉同侪云。

> 弄潮瀚海平生,耄耋犹见骑鲸影。
> 青春报到,彩虹布礼,十分胜景。
> 放马天山,季节轮转,才思未顷。
> 又轻开夜眼,人形图绘,浩茫处,仍争竞。
>
> 人道青松不老,笑谈间年年佳境。
> 戏言饕餮,云衢闲步,不输豪兴。
> 海上绮思,生死大爱,文心珠映。
> 愿春秋不羁,花期长在,是读书幸。

　　注:上阕"青春报到,彩虹布礼""放马天山,季节轮转""轻开夜眼,人形图绘"语指《青春万岁》《布礼》、"季节"系列长篇、《夜的眼》《活动变人形》等;下阕"海上绮思,生死大爱",语指近作《地中海幻想曲》《生死恋》等。

　　(金宏达:博士,中国华侨出版社原社长、总编辑,研究员)

中国海洋大学
王蒙文学馆
建成开馆

在中国海洋大学
王蒙文学馆开馆仪式上的致辞

赵德发

尊敬的王蒙先生,尊敬的各位领导、各位专家:你们好!

深秋的青岛,天蓝海碧,美丽至极。中华人民共和国成立 70 年华诞喜气尚在,王蒙先生刚刚获颁"人民艺术家"国家荣誉称号,中国海洋大学王蒙文学馆就在今天隆重开馆了。我作为一名读着王蒙先生作品长大的后辈作家,谨表热烈祝贺!

在我心目中,王蒙先生是这样三个形象。

第一,文学大师。我年轻时就读过他的早期作品《组织部来了个年轻人》《青春万岁》,深受感染。改革开放之初,初学写作的我,读着先生一篇篇内涵深刻、手法多变、语言绚烂、极具才华的作品,瞠目惊艳,仰之弥高。几十年来,他的每一部新作,都会在文坛引发巨大反响。1800 万字的海量作品,充分展示了一位文学家无与伦比的创造力与创新力。可以肯定地说,中华人民共和国成立 70 年来,他引领了中国文坛,影响了几代中国作家。他与莫言、张炜等作家一起,共同撑起了中国当代文学的华堂大厦,其文学功绩,将永远铭刻在共和国史册上熠熠生辉!

第二,文化巨匠。在当代作家中,王蒙先生最了解中国文化、最善于阐释中国文化。前几年我写传统文化题材长篇小说《双手合十》《乾道坤道》,拜读过先生多部文化著作,如《老子的帮助》《庄子的享受》等,深受启发。先生慧根极深,悟性超群,将传统文化与世道人心融通,将历史与现实勘破。他的文化研究成果,连同他的大量文学著作,在当代文化史上的意义显而易见。

第三,长跑虓帅。先生比我父亲还大一岁。我 1955 年出生,先生 1956 年、22 岁就在《人民文学》发表作品。60 多年来,除了那些特殊的岁月,除了忙于公务的时候外,他一直在写,一直在中国作家队伍前面挂帅领跑。跑到耄耋年华,一些"30 后""40 后""50 后""60 后"甚至"70 后"渐已停歇,他还昂首阔步,一往无前,显示了无比充沛极其持久的生命能量,让我等庸常之辈望尘莫及。

今天,王蒙文学馆在中国海洋大学建成,给大家提供了一座全面了解这位文学大师、文化巨匠、长跑虎帅的殿堂。我相信,无数后辈将在这里得到滋养、激励,迸发进取之心,步王蒙先生后尘,为共和国奉献才智。

(赵德发:作家,山东作协原副主席)

王蒙 66 年文学创作留给我们的思考

王 海

首先,祝贺王蒙先生被授予"人民艺术家"国家荣誉称号。

其次,王蒙先生从事文学创作的 66 年,可分为这 4 个阶段研讨。

1. 早期文学创作的 3 年(1953—1963 年)

1963 年,19 岁的王蒙着手创作长篇小说《青春万岁》,小说部分章节,于 1957 年在《文汇报》《北京日报》上发表。1979 年 5 月,《青春万岁》由人民文学出版社正式出版。小说描写中华人民共和国成立初期一群高中女学生对美好生活的追求和渴望为祖国建设事业献身的故事。

1956 年,22 岁的王蒙发表《组织部新来的年轻人》,因揭露现实生活中的官僚主义而引起强烈反响。

这是王蒙热情奔放的年代,他作品的字里行间充溢着青春气息。如果就此发展下去,王蒙的文学创作可能比现在更有成就。

是什么原因导致,因为一部小说作家被划成"右派"?

2. 错划"右派"的命运选择(1957 年—1963 年)

1957 年,23 岁的王蒙被错划成"右派"后,他先到北京郊区劳动,后到北京师范学校任教。1963 年,29 岁的王蒙去了新疆。他说当年是自己选择去新疆的,是自我放逐。各种复杂的状况、各种自己掌握不了的形势,使他在京城无法生活和无法写作。

其实,他的决策里暗含中国文化里的一个讲究,即"大乱避于乡,小乱避于城"。王蒙的"自我放逐",是他深入生活的一种表现。他是当代作家中深入生活的典型。

他去了新疆,找到了一个安全、宁静的地方。如果说这是王蒙先生一次睿智的选择,不如说这是他一次命运的选择。

如果他不去新疆,留在北京,他的命运会如何?

3. 王蒙在新疆的思想锐变(1963 年—1978 年)

王蒙在新疆待了 15 年。这段时期,"文革"给了他一个学习维吾尔语的机会。他在"天天读语录"的过程中,完成了维吾尔语的学习阶段。

他翻译《奔腾在伊犁河上》等一些文学作品,开始创作《这边风景》。这期间,他和维吾尔族人民打成一片,同吃同住同劳动,好像牛得青草、鱼在水里一样愉快,自由自在地生活着。

在这里他没有忘记文学,却忘记自己曾经创造的文学辉煌,默默地做一个牧民。15 年的锻炼,15 年和维吾尔人民的鱼水情分,15 年的检讨和思考,他对中华民族、对这个社会有了更深刻的理解。从此奠定了他成为一个文化部长和具有影响力的作家的基础。

王蒙是什么原因在新疆得到了保护? 是他的人格魅力? 还是其他原因?

4. 王蒙重返文坛(1978 年—   )

44 岁的王蒙重返文坛,他没有埋怨,没有怨恨,他要感谢新疆,感谢维吾尔族朋友接纳了他。重返文坛后,王蒙创作了《最宝贵的》《悠悠寸草心》《春之声》等中短篇小说,获得全国优秀小说奖;出版长篇小说"季节三部曲"、《活动变形人》等大量有影响的作品。

他的作品机智、幽默,关注社会和人文情怀,不平凡的经历,敏锐的思维,过人的洞察力和艺术创造力,旷达的胸襟,善于自我调整的性格,还有 66 年的文学创作,造就他成为一代文学大家和享誉世界的伟大作品。

他是中国当代文学最具代表性的作家和思想家,他对新时期文学的贡献是独特的,是值得载入文学史册的。

他的成就是生活的积淀? 15 年思想深处的革命? 还是社会原因?

最后,王蒙与维吾尔族人民的的关系给我们的启示。

在我们一些干部中,正确处理汉族和新疆少数民族之间的关系,是一件非常重要的事。王蒙先生在这方面给我们做了表率。

王蒙在新疆,他戴着维吾尔族的帽子,穿着维吾尔族的服装,他和欢乐的人群一边走一边跳。那个场景,多么感人呀! 最近,我承担创作描写王恩茂的长篇小说《天山魂》的任务,我翻阅了关于王恩茂的大量资料,他不仅经常到维吾尔族百姓家里去嘘寒问暖,访贫问苦,而且为少数民族朋友解决切身困难和生活问题,因此才有了维吾尔族老汉"骑着毛驴去北京看望毛主席的故事"。

在读《这边风景》时,我常为王蒙描写维吾尔族人细致的生活细节而感动,更为他和维吾尔族人民融洽的关系而赞叹。

面对王恩茂和王蒙,今天,我们是否对珍惜和维护维吾尔族人民的亲密关系有更多的思考?

（王海:作家,陕西省作协副主席）

贺海大王蒙文学馆开馆

彭世团

九五校园八五翁,今秋今日乐相同。
铸魂文学此方盛,迤逦名家一馆中。
铁笔如椽书万代,初心似炬耀长空。
百川归处成沧海,大块假我老蒙公。

注:王蒙先生生于1934年10月15日,至2019年是八十五周岁。海大建于1924年10月25日,至2019年建校九十五周年。早年有闻一多,梁实秋、沈从文、老舍、陆侃如、冯沅君,当代有以王蒙先生领衔的住校作家队伍如莫言、贾平凹、迟子建、张炜,及毕淑敏、余华、郑愁予、尤凤伟、王海、严力、邓刚、刘西鸿等。王蒙先生题写的海大校训是:海纳百川,取则行远。

(彭世团:中国驻越南大使馆文化参赞)

王蒙文学馆诞生记

陈 鹭

2019年，在喜迎新中国七十华诞、中国海洋大学建校九十五周年之际，在王蒙先生荣获"人民艺术家"国家荣誉称号后的第十八天，王蒙文学馆建成开馆了。它是迄今为止，国内外收藏展示王蒙作品及其版本最多最全面的展馆，集文化展览、学术交流、修读研讨、革命教育于一体，全面展示了王蒙先生的生平、文学生涯、巨大成就，以及他于2002年受聘中国海洋大学顾问、教授、文学院院长以来，对中国海洋大学的帮助，乃至对高等教育的贡献。

2002年4月，王蒙先生受聘海大顾问、教授、文学院院长一职，由此开启了他对海大的关心与支持。王蒙文学研究所也正式在海大成立，办公地点设在鱼山老校园内的闻一多故居——一多楼中。王蒙的大批著作、手稿、证书、名人赠送字画等被集中收藏到这里。

从那时起，学校就一直在酝酿专门建设一个高水平的开放的王蒙文学馆，向师生和社会展示王蒙先生的成就，充分发挥王蒙文学成就对大学师生的人文影响和熏陶，提增学校的文化氛围。

但是建设王蒙文学馆，不仅要有丰富的馆藏资源，还需要有清晰的建馆思路，要有对王蒙先生的人生及其巨大成就的深入研究和深刻理解。还要有好的设计专家和最合适的场馆。

凡事水到渠成，因缘聚合。就在学校即将迎来九十五周年校庆之际，似乎一切条件都在必然与偶然中成熟了。

2019年6月的一天，于志刚校长带领几位同事，在海大崂山校区图书馆实地查看和选择建设王蒙文学馆的场所。在大致查看了几处可能使用的场所之后，于校长指示由宣传部牵头，图书馆负责场馆建设，文学与新闻传播学院和王蒙文学研究所负责展览内容的提供。当时明确要求10月中旬开馆，时间相当紧迫。我从这一天开始，全程参与了王蒙文学馆的建设。

整个建设过程中，图书馆王明泉馆长以高度的责任心和紧迫感，自始至终把控着建设进度和质量,进行了整体协调推进。图书馆胡远珍副馆长、贾瑞主任等多位同事积极参与,协调组织场馆建设,筹措图书资源,做了大量烦琐细致的工作。

文学与新闻传播学院,特别是王蒙文学研究所温奉桥所长及其团队,则做了大量耐心细致的展品收集整理、展览内容梳理、文稿起草、展品布展等工作。其间,温奉桥教授一直克服着眼疾病痛,圆满完成了任务。

而校友彭晏的辞约旨丰设计公司在展览招标中胜出,他们带着对母校的感情和对王蒙先生的崇拜之情投入了设计和布展,使王蒙文学馆的设计充满匠心,风格稳健而又富有新意。

文学与新闻传播学院修斌院长、刘健书记、温奉桥所长和我经过反复研究商讨,最终形成了整体设计思路:王蒙文学馆以王蒙先生与青年、与海大的关系为主轴,分"青春万岁""王蒙在海大"两部分,设计理念凸显王蒙文学成就与教育和大学的融合性、一体性,力求简洁、大方、书卷气和学术性。"青春万岁"突出王蒙作为一代文学大家与青春、青年、奋斗和国运的主题,主要展出王蒙先生人生足迹图片、文学创作以及有关书画作品等。"王蒙在海大"主要通过实物、图片、书籍等,展示王蒙对高等教育、对海大发展的贡献,展示王蒙先生的学术成就和以海大为主导的王蒙研究。

此外,还要暗含两条线索:一是在"青春万岁"板块,利用王蒙先生写下的关于老子、孔子、庄子、李商隐、曹雪芹等的作品,把王蒙放到中国文脉中去展示;二是在"王蒙与海大"板块,用闻一多、梁实秋、沈从文、老舍等文学名家在校工作时间点,串起海大文脉,将王蒙先生放到海大文脉中去展示。

后来,整个设计布展,利用浮雕文字、图片、地线时间结点、图表等多种形式,加上书籍、手稿、名人字画、王蒙先生旧物等的展示,很好地实现了设计思想。著名作家冯骥才先生为王蒙文学馆题写了馆名。

经过四个多月的紧张奋战,王蒙文学馆终于建设完成。它展示了王蒙先生的三百余种不同语种、版本著作,以及几百幅图片和大量珍贵手稿、书信、实物等,全面展示了王蒙先生的文学创作历程,列出了创作年表,所有文学获奖情况和重要的文学活动。展示了王蒙先生加盟海大以来,提出并积极推进的"驻校作家制度""名家课程体系"、"科学·人文·未来"论坛,王蒙先生给海大题写的校训"海纳百川,取则行远",王蒙先生引荐和带领下来到海大举办演讲和出席学术活动的所有专家学者以及海大主导的王蒙研究学术成果。这些内容生动、立体地展示了王蒙先生丰富的人生历程、杰出的文学成就和永不停歇的探索精神。

就在布展即将完成之时,王蒙先生荣获"人民艺术家"国家荣誉称号,给整个展览带来了巨大的惊喜和最好的落脚点。

10月17日,王蒙文学馆揭牌仪式如期举行。中国海洋大学党委书记田辉在致辞中指出:王蒙先生是当代文学的见证者、引领者,近70年来,先生辛勤耕耘,用深情的笔触,描绘了中国社会的发展进步和文化的繁荣兴盛,向当代文坛奉献出了一大批精品力作,为中国文学事业发展做出了杰出贡献。在中华人民共和国成立七十周年之际,获得了"人民艺术家"国家荣誉称号。先生为海大的发展做出了重要的突出的贡献,加盟海大近18年来,创设"名家课程体系"、建立"驻校作家制度"、开办"科学·人文·未来"论坛、凝练提出"海纳百川、取则行远"的校训,这一系列文化创新举措,开国内高校之先河,为海大重振人文、再创辉煌奠定了坚实基础。田辉说,为全面展示王蒙先生的杰出成就、传播先生的高尚品格,记录先生对海大的贡献,学校在图书馆楼设立王蒙文学馆,希望通过这种形式镌刻下海大文脉的传承与创新,王蒙文学馆将成为海大新的文化坐标。

当天,王蒙先生与众多前来出席"王蒙与中国当代文学"研讨会的嘉宾一起参观了王蒙文学馆。参观结束时,王蒙先生说:"超出了我想象的好!"

至此,海大园又多了一个高水平的文化场馆。未来,将有多少人会在此领略王蒙先生的文学风采,接受他的智慧与精神的浸染,会有多少学术交流会在此充满文化气息的场馆里进行,会有多少学子会在此诗意盎然的修读区回味"青春万岁"!

为这个展馆,温奉桥教授和我准备了一个后记:

王蒙是一部读不完的大书,这儿展示的仅仅是这部大书的几个册页;王蒙是一片浩瀚的海洋,这儿展示的仅仅是海洋里的几朵浪花。

王蒙是一个传奇:他真的做到了"青春万岁"。王蒙是一种象征:他是那只飞越千年的"蝴蝶"。王蒙也是一种力量:他的名字叫"来劲"。王蒙是一颗星辰:那是只巨大的"夜的眼"。王蒙有一个信念:那是他心底永远的"布礼"。王蒙咏一曲情歌:那是灿烂的"春之声"。王蒙怀一个憧憬:那是无垠的"海的梦"。王蒙是一首诗:一首快乐的"逍遥游"。王蒙是一幅画:"杂色"衬出他的纯净与高洁。王蒙是一部历史:又岂止"半生多事"。王蒙是一部奇书:是一部"大块文章"。王蒙是一支晴雨表:他感知"季节"的变换,知道人间的冷暖。王蒙也有种状态:那是"尴尬风流"。王蒙是一个魔术师:他玩过"活动变人形"。王蒙有着特殊的口味:他喜爱"坚硬的稀粥"。王蒙是一道风景:是"这边风景"。王蒙是个贯通先生:他知道"中国人的思路"。王蒙有一种睿智:叫做"笑而不答"。王蒙也做过大官儿:他知道"中国天机"。

愿我们的展览能让您认识王蒙,走进一个丰富多彩的文学世界!

王蒙文学馆等你来!

(原载《中华读书报》2019 年 12 月 4 日第 3 版)

(陈鷟:中国海洋大学党员宣传部部长,教授)

王蒙创作的独特性及其文学史意义

段晓琳

王蒙在长篇小说《暗杀 3322》的卷首语中写道："热烈也会冷却,记忆终将蒸发,留下一部小说,永远像刚出炉的烧饼,可口而又烫手。"而王蒙的小说就拥有这样的动人力量,不论在什么时候阅读,都会被他的"可口而又烫手"所深深打动。在共和国文学 70 年中,王蒙无疑占有举足轻重的地位,除去文学史、批评界、学术界以及今天座谈会诸学者所频频提及的《组织部来了个年轻人》《青春万岁》《活动变人形》《这边风景》,王蒙在新时期所创作的"东方意识流""集束手榴弹"等重要作品,王蒙还有他非常独特的文学史意义。王蒙在当代文学中尤为独一无二的地方,就是王蒙对中国当代知识分子心灵史进行了精准的把握与呈现,而在这方面最具代表性的作品就是王蒙的"季节系列"长篇小说和《青狐》。王蒙集中写中国当代知识分子的"季节系列"、《暗杀 3322》以及《青狐》是《王蒙文集》的 3 到 8 卷,占据了目前王蒙已有长篇小说的一多半,但目前学界对该系列长篇的关注还很不够。事实上,《恋爱的季节》《失态的季节》《踌躇的季节》《狂欢的季节》,以及《青狐》在小说人物、时间线和故事情节上有着明显的延续性。该系列非常完整地呈现了 20 世纪 50 年代、60 年代、70 年代、80 年代乃至 90 年代中国知识分子的心灵史,是对 50 年代至新时期中国知识分子复杂心灵状态的长篇精神纪实。王蒙对"播下的是龙种,收获的是跳蚤"的坎坷历史中,在动荡不宁却又变革迭起的社会政治进程里,艰难前行却也惶惑动摇的一代乃至数代知识分子个体以及知识分子群体的人性多面、精神多维进行了历史化的系统性立体呈现。因此,王蒙不但是共和国历史的亲历者与见证者,王蒙的创作也是共和国文学史的一部分,而王蒙的作品本身就是中国当代史的一个缩影。

而且,尤为值得注意的是,王蒙对知识分子心灵史的呈现,并不仅仅是对中国现实的沧桑巨变与知识分子精神历程的尽可能复原的求真性表现,而是在小说创作过程中融入了王蒙本人的个体性经验与主体性反思。王蒙的创作历程本身是有成长性的,王蒙的历史意识、王蒙对中国社会政治和中国知识分子的认识也是不断变化的,王蒙正是在创作中成长,并逐渐具备了可贵的怀疑与自省精神,这就令王蒙的知识分子小说拥有了非同一般的批判性反思深度。王蒙的"季节系列"长篇小说突破了流行的知识分子苦难书写,从下笔时就带着对中国"天机"和中国历史的"杂色"认知以及对中国知识分子性格弱点与人性复杂面的严肃审视。正是这种可贵的批判眼光与流畅的自省思路,令王蒙的小说在引入了大量的政策文件与历史事件的同时,仍能保持虚构文学的完整与圆融。因为王蒙小说的着力点,是对中国知识分子的当代历史命运以及知识分子在政治沉浮中所经历的精神自我异化与人格撕裂,进行惊心动魄的探索与表现。而这份探索与自省,又因为王蒙小说强烈的"自传性"与抒情性特质带来了强烈的亲历性阅读体验,令知识分子一饭一蔬的悲喜忧戚、切肤可感的灵魂疼痛与彳亍彷徨的精神折磨,都在读者的心灵上全部落到了实处。所以,即使对于完全没有经历过王蒙小说所涉历史的读者而言,也依然会被王蒙小说的"可口而又烫手"所感染,在阅读《青春万岁》时会被满纸的金色阳光所照亮,而阅读"季节系列"时,又被一路的碎玻璃将灵魂割得生疼。

而《青狐》相较于"季节系列"而言,又是一个超越。《青狐》在钱文与卢倩姑的双线结构中,既延续了"季节系列"的故事情节,又增添了新的叙事维度与反思深度。与新时期的大部分知识分子题材作品不同,《青狐》显然已经褪去了20世纪80年代文学知识分子对心灵苦难史的自恋,而是对"新时期"与"新启蒙"本身也进行了重审与重写。在《青狐》中,那个大写的"人"的时代也并非想象中的新启蒙的黄金时代,即便是精英知识分子也有着权力沉浮中的委琐、龌龊、浮躁、粗俗,甚至是卑劣与狠毒。因此,王蒙的知识分子心灵史小说对于当代文学而言就显得尤为可贵,王蒙对自己亲身参与的"新时期"与"新启蒙"也进行了不失锋利的解剖与内省。而且,与相当一部分作品、文艺批评乃至文学史在50~70年代与"新时期"之间所建立起的断裂式、对立式历史叙事不同,王蒙依托一代乃至数代知识分子心灵史的连续性,将"新时期"与50~70年代作为连续的当代史来叙事,而在50~70年代中或成长、或衰老、或堕落、或蹉跎、或高升的革命知识分子、文艺工作者们,在50~70年代的革命波动中所暴露出的人格缺陷与人性弱点,或在50~70年代的苦难历练中所累积起的精神品格与处事原则,都将在"新时期"文艺界的路线斗争与权力斗争中得到延续,并直接造成了他们在应对90年代"当惊世界殊"—"换了人间"的时代变化时,所陷入的惶惑与无奈,这一代或数代被革命斗争逻辑所深深塑形的知识分子们,终究是与黑白分明的革命时代一并"过时"了。

应该说，王蒙在"季节系列"与《青狐》中，是在有意识地建构自己的知识分子小说宇宙。风靡全球的漫威电影宇宙是通过各英雄角色的独立电影系列与英雄联盟团队系列共同架构起庞大的故事宇宙，各部影片之间彼此联系，共同形成统一的世界观。而在中国，由于国漫电影《哪吒》的大火，建构封神宇宙、中国神话宇宙的呼声极高，中国观众期待国漫能够共同建构起以悟空、哪吒、杨戬等角色为核心的神话宇宙，各神话角色既可以拥有自己的独立电影系列，而众神话角色又可以组团统一于同一个神话宇宙中，共同推动主宇宙叙事的发展。而王蒙的"季节系列"与《青狐》不但在本系列中注重前后照应与相互联系，该系列与王蒙20世纪50年代、70年代至90年代的小说作品都具有互文性，王蒙甚至直接在小说叙事中与该系列之外的作品进行互动。为此，王蒙不惜亲自中断虚构叙事，跳出来提醒读者，像《青狐》中的杨巨艇、白部长等非主角性人物，在王蒙的其他小说作品中也拥有自己的独立故事篇章。因此，王蒙50年代、70年代至90年代，乃至21世纪以来的小说作品，凭依着彼此之间的互文、互动，或人物的关联性，或部分情节片段的相似性，共同编织形成了庞大的王蒙小说宇宙，正是这个庞大的小说宇宙对中国知识分子的历史命运和精神心灵史进行了相当全面的体系化展现。正如邵燕祥在《读〈狂欢的季节〉》中所说的，"居然泪尽还一笑，不是王蒙写不成"，在中国知识分子心灵史的书写方面，王蒙是独一无二的，王蒙既具有亲历者的宝贵个体性经验，又有着优秀小说家的创作完成度，因此，仅凭这一点，王蒙在中国当代文学史上就是无可替代的。

最后，就我的个人阅读体验来看，王蒙先生是一位有着强烈言说欲的作家，王蒙的小说有着浓郁的复调气质与对话性，有着强烈的抒情性与诗一样的语言品格，正是强烈的言说欲令王蒙的创作需要不断突破语言与文体的禁锢，不断进行着文体实验与语言探索，因此，创作出像《闷与狂》这样汪洋恣肆、新颖奇崛的长篇小说对于王蒙而言是必然的，因为王蒙本质上是个诗人，有着与生俱来的浪漫与永不磨灭的赤诚，这也是王蒙小说尤为动人的地方。王蒙在最新作品《生死恋》的前言《好的故事》中写道："小说也可以创造到老，书写到老，敲击到老，追求开拓到老"，这种永远青春的创作心态令人敬佩，我欣赏将华为NOVA3.0写进小说里的王蒙，他是永远青春的作家。

（段晓琳：博士，中国海洋大学文学与新闻传播学院讲师）

王蒙的2019

盘点 2019

王 蒙

没有预料到,2019 年成了我一个丰收、吉祥、涨潮的特别的一年。

1. 1 月,《人民文学》上刊登了我的中篇小说《生死恋》,《北京文学·中篇小说选刊》《小说月报》《小说选刊》转载,并获《小说选刊》年度奖。同期,《上海文学》上刊登拙作《地中海幻想曲(外一篇)》,《小说月报·大字版》与《读者》转载。三月号,《北京文学》上发表拙作中篇非虚构小说《邮事》,《小说选刊》《小说月报》《中华文学选刊》转载。

2. 广西师范大学出版社,出版了上述新作的单行本《生死恋》。

3.《人民文学》12 月号,刊登了拙作,大中篇或小长篇小说《笑的风》。

4. 3 月,长江文艺出版社,出版了我与睡眠专家郭兮恒医师对谈录《睡不着觉?》。

5. 5 月,人民出版社出版我与赵士林教授的对谈集《争鸣传统》,我们坦率地各抒己见,讨论争鸣了孔、孟、老、庄、禅、审美等传统文化诸方面。

6. 国庆前夕,荣获国家荣誉称号"人民艺术家",参加了一系列七十年大庆活动,接受了新华社、人民日报、中央电视台、光明日报许多媒体的采访,我最谦逊与最当仁不让的一句话是"我现在仍然是文艺一线的劳动力",振奋与惭愧不已。

7. 在全国各地讲课,并参加大量文化活动,包括衡阳王船山诞生 400 周年纪念研讨会、青岛中国海洋大学科学人文论坛等。

8. 北京联合出版社出版了拙作极简版谈孔、孟、老、庄的 4 本书:《精进》《原则》《得到》《个性》,针对青少年学生,别开生面。

9. 拙作《中华玄机》书目,被全国老龄委与老龄协会推荐阅读。

10.《这边风景》(俄语版)(韩语版,题名《伊犁河》),《中国天机》(英语版)在各有关国家出版。《这边风景》(阿拉伯语版)正在埃及出版中。

11. 健康状况有所下降,每天走路步数由平均 8600 降到 6300 左右,听力日益下降,牙齿再次断裂,偶有腰椎压迫症状出现。我也采取了一些保护措施。

(原载《新民晚报》2019 年 12 月 13 日 20 版)

王蒙先生 2019 年活动述要

张 彬

1月7日(周一) 14:30应全国中小学教师读写比赛组委会办公室邀请,在大兴区北京国家教育行政学院讲座:《格言与故事》。

1月9日(周三) 14:30在广西大厦出席聂振宁先生小说选《长乐》再版发布暨研讨会。

1月10日(周四) 11:00在老国展出席《王蒙陪读红楼梦》新书首发活动。

1月13日(周日) 9:00应国资委下属职业企业经理研究中心邀请在原国家行政学院讲座:《格言与故事》。

2月18日(周一) 9:00出席国家图书馆第一届理事会成立大会。

2月26日(周二) 9:30在中国现代文学馆多功能厅,出席冯牧百年诞辰纪念座谈会。

3月1日(周五) 13:50乘坐国航CA1958赴温州。入住瓯越洲际云天楼大酒店。

3月2日(周六) 9:45应人民日报李辉老师和中共温州市瓯海区委邀请在温州崎君讲堂讲座:《我的新疆故事与文学创作》。15:30参观琦君故居和琦君文学馆。

3月3日(周日) 15:40乘坐国航CA1957返回北京。

3月14日(周四) 14:05乘坐海航HU7121由T1航站楼出发到宜昌三峡机场。住桃花岭饭店。

3月16日(周六) 上午应宜昌文化和旅游局邀请在宜昌图书馆讲座:《永远的文学》。下午文化调研三游洞。

20:25乘坐东方航空MU2686赴四川成都。入住启雅尚国际酒店。

3月17日(周日) 14:00出发前往电子科技大学(成都),会见学校领导并与诺贝尔文学奖获得者法国作家勒克莱齐奥先生对谈。

3月18日（周一） 中午在经典汇会见好友马识途、周啸天。

3月19日（周二） 10:00～11:00应成都市龙泉驿区总工会邀请讲座:《阅读经典》。

下午赴绵阳,入住桃花岛大酒店。

3月20日（周三） 10:30在四川文化艺术学院参观"青山未老——王蒙的文学与人生陈列"等展览。16:00出席"说不尽的《红楼梦》——王蒙、卜键、梅新林三人谈"活动。

3月21日（周四） 10:00应绵阳市富乐国际学校邀请讲座:《永远的文学》。14:25乘坐CA1454航班返回北京。

3月22日（周五） 人民日报第十版刊载《新时代文化繁荣发展之道》。

4月1日（周一） 14:30乘坐国航CA1521赴上海。入住上海市委党校。晚上在瑞金宾馆会见王安忆、上海图书馆陈超馆长等。

4月2日（周二） 9:30应上海市图书馆邀请讲座:《道通为一》(上海图书馆与人民出版社联合主办)。和人民出版社同志午餐。

4月3日（周三） 9:30应上海市教委邀请讲座:《道通为一》。14:55乘坐国航CA1558返回北京。

4月9日（周二） 9:30应武汉黄陂区委区政府邀请讲座:《道通为一》。20:30乘坐国航CA8235赴海口。入住新燕泰大酒店。

4月10日（周三） 中午会见海南省委副书记李军。15:00应海口大学邀请讲座:《道通为一》。

4月18日（周四） 13:30应对外经贸大学邀请出席第二届贸大古籍保护论坛活动并讲座:《道通为一》。

4月23日（周二） 上午应丽江古城保护管理局邀请讲座:《道通为一》。下午黑龙潭考察等。晚上在东巴谷与丽江市委书记崔茂虎晚餐。

4月25日（周四） 9:30应株洲市图书馆邀请讲座:《道通为一》。16:50乘坐国航CA1374返回北京。

5月9日（周四） 上午在天津大学出席"冰河·凌汛·激流·漩涡——冯骥才记述文化五十年国际学术研讨会"开幕式。会见冯骥才、刘诗昆、韩美林等好友。16:05乘坐国航CA1673赴杭州。入住杭州国际博览中心北辰大酒店。

5月11日（周六） 8:30 应中国医师协会邀请在杭州出席十四届中国医师协会神经外科医师分会年会并讲座:《传统文化与身心健康》。15:15 乘坐国航 CA3748 赴深圳。

5月12日（周日） 10:00 考察 2013 文化创客园。16:00 在深圳大学出席"手中的笔和脚下的路——与王蒙先生话阅读、创作与人生"活动,与刘洪一、谷雪儿对谈。

5月13日（周一） 上午应深圳文学编辑部邀请出席第十五届文博会 2013 文化创客园分会场活动。23:00 乘坐国航 CA1314 返回北京。

5月15日（周三） 8:30 在国家会议中心出席亚洲文明对话大会。18:30 在鸟巢观看亚洲文化嘉年华活动。

5月17日（周五） 13:55 乘坐国航 CA1579 赴中国海洋大学。

5月18日（周六） 9:00 出席"致敬共和国文学 70 周年·王蒙新作青年分享会"。下午与管华诗、于志刚等海洋大学领导商讨"科学、人文、未来"论坛事宜。

5月19日（周日） 9:00 出席郜元宝、宋炳辉兼职教授聘任仪式并参加郜元宝教授学术报告会:《王蒙笔下的女人们——兼谈他的近期新作》。

5月20日（周一） 12:05 乘坐国航 CA1576 返回北京。

5月24日（周五） 9:30 接受央视关于《红楼梦》的专访。

6月6日（周四） 被评为中俄人文交流领域做出贡献的"中方十大杰出人物"。

6月13日（周四） 出席窦文涛的"圆桌派"。

6月16日（周日） 10:00 出席庆祝《光明日报》创刊 70 周年座谈会。

6月17日（周一） 14:30 应中央文史馆邀请在北五环北湖九号为第二届中央文史研究馆中华艺术大家讲习班讲座:《文化传统与文化自信》。

6月22日（周六） 9:00 应中央党校王杰邀请,在中央党校主楼中四会议室出席"习近平同志关于中华优秀传统文化思想论述研讨会"并发言。

6月23日（周日） 15:00 在北京早春书院讲座:《睡不着觉》。

6月25日（周二） 9:00 应中央党校邀请为新疆班讲座。

6月26日（周三） 9:00 为"为你读诗"公众号录制《生死恋》视频。9:30 接受新疆广播电视台《我和我的祖国》专访。

6月27日（周四） 9:00 在门头沟出席"时代领读者"红色读书会启动仪式并讲座。

6 月 30 日(周日)　15:00 在北京海淀言几又书店出席《生死恋》新书首发活动。

7 月 5 日(周五)　下午应人民文学出版社邀请在 skp 书店分享创作心得。

7 月 16 日(周二)　上午在人民大会堂出席纪念中国文联中国作协成立 70 周年座谈会并发言。下午返回北戴河。

8 月 25 日(周日)　10:30 应第十七届北京国际图书组委会邀请在北京国际展览中心顺义新馆讲座:《文化自信和文化定力》。

9 月 1 日(周日)　15:00 在人民大会堂出席《中国精神读本》新书发布会。

9 月 4 日(周三)　9:00 接受广东花城出版社和央视采访。

9 月 7 日(周六)　10:55 乘坐东方航空 MU2106 赴西安。

9 月 8 日(周日)　出席第四届"诗词中国"颁奖典礼,并为西安市宣传文化干部讲座:《传统文化与中国特色社会主义文化》。13:30 乘坐国航 CA1210 返回北京。

9 月 9 日(周一)　9:00 出席国家图书馆建馆 110 周年"图书馆与时代同行"国际研讨会开幕式。下午赴天津。

9 月 10 日(周二)　9:00 出席叶嘉莹教授"归国执教四十周年暨中华诗教国际学术研讨会"开幕式并讲话。下午返回北京。

9 月 16 日(周一)　15:00 在全国政协礼堂金厅出席历届全国政协委员座谈会。

9 月 17 日(周二)　国家主席习近平签署主席令,根据十三届全国人大常委会第十三次会议表决通过的全国人大常委会关于授予国家勋章和国家荣誉称号的决定,授予"人民艺术家"国家荣誉称号。

9 月 20 日(周五)　上午接受中央人民广播电视台新闻节目中心《中国之声》、中央电视台新闻中心社会新闻部采访。

9 月 23 日(周一)　上午在部南区接受《人民日报》等多家媒体集中采访。下午在部北区被授予中共中央、国务院、中央军委"庆祝中华人民共和国成立 70 周年纪念章"。

9 月 25 日(周三)　上午在部南区出席"庆祝新中国成立 70 周年暨王蒙同志被授予'人民艺术家'国家荣誉称号座谈会"。

9月26日(周四)　中午入住京西宾馆。下午拍摄"人民艺术家"照片。

9月27日(周五)　下午在北京展览馆参观"伟大历程 辉煌成就——庆祝中华人民共和国成立70周年大型成就展"。

9月28日(周六)　上午由夫人单三娅陪同在人民大会堂进行国家荣誉称号颁授仪式彩排。

9月29日(周日)　中华人民共和国国家勋章和国家荣誉称号颁授仪式上午10时在人民大会堂隆重举行。中共中央总书记、国家主席、中央军委主席习近平将向国家勋章和国家荣誉称号获得者分别授予"共和国勋章""友谊勋章"和国家荣誉称号奖章并发表重要讲话。14:30在部北区出席国家荣誉称号获得者交流座谈会。晚上在人民大会堂出席为庆祝中华人民共和国成立70周年文艺晚会上的音乐舞蹈史诗《奋斗吧中华儿女》。

9月30日(周一)　上午出席烈士纪念日向人民英雄纪念碑敬献花篮仪式。晚上在人民大会堂出席庆祝中华人民共和国成立70周年招待会。

11月4日(周一)　下午应中央电视台邀请在紫玉山庄拍摄《故事里的中国》。

11月6日(周三)　06:50乘坐阿联酋航空EK309赴迪拜。14:05乘坐阿联酋航空EK903赴约旦安曼。18:00在大使官邸与驻约旦大使潘伟芳会面。

11月7日(周四)　上午文化考察杰拉什古城。17:00在约旦皇家文化中心出席第四届"丝绸之路研讨会"并做了"文明·文学·文化"的发言。

11月8日(周五)　上午文化考察城堡山和古罗马剧场。下午与夫人单三娅赴死海考察。晚上在驻约旦大使馆为使馆人员讲述中国传统文化。22:00乘约旦航空RJ340航班从安曼赴以色列特拉维夫,乘大巴赴耶路撒冷。

11月9日(周六)　上午文化考察圣墓教堂、耶路撒冷哭墙。下午会见苏联在以色列汉学家托洛普采夫。

11月10日(周日)　上午参观大屠杀纪念馆。走访以色列诺贝尔文学奖得主阿格农故居并座谈交流。下午乘大巴从耶路撒冷赴特拉维夫。18:30会见驻以色列大使詹永新。

11月11日(周一)　上午前往凯撒利亚,文化考察十字军城堡遗址。下午赴以色列希伯来作家协会座谈交流。

11月12日(周二)　因空袭原因取消了访问特拉维夫中国文化中心的安排。18:00乘坐土耳其航空TK837从特拉维夫赴土耳其伊斯坦布尔。

11 月 13 日(周三)　01:55 由伊斯坦布尔乘坐土耳其航空 TK020 返回北京,16:10 降落首都机场。

11 月 16 日(周六)　9:00 应国际儒学联合会邀请在人民大会堂出席"纪念孔子诞辰 2570 周年国际学术研讨会暨国际儒学联合会第六届员大开幕式"。

11 月 17 日(周日)　在翠湖会见中央电视台《一堂好课》主持人康辉和导演等。

11 月 18 日(周一)　10:00 应北京金融商会邀请讲座:《传统文化与文化自信》。

11 月 21 日(周四)　9:15 应中国作协邀请出席在首都宾馆召开的"《文艺报》《人民文学》创刊 70 周年座谈会"。

11 月 23 日(周六)　下午应中央电视台、"喜马拉雅"邀请在中央美院录制《一堂好课》。

11 月 26 日(周二)　上午出席离退休干部局第一党支部参观香山革命纪念馆活动。14:00 在北京银泰中心柏悦酒店三层大宴会厅出席《这边风景》影视化的新闻发布会。

11 月 27 日(周三)　9:00 应中央文史馆邀请,在中央文史馆南楼 106 会议室学习四中全会精神,讨论优秀传统文化对治国理政的启示。14:20 乘坐国航 CA1323 赴广东珠海。

11 月 28 日(周四)　9:00 应广东出版集团有限公司邀请讲座。参观珠海日月贝大剧院。下午考察港珠澳大桥,参观西岛和控制室。17:06 乘坐高铁 G6340 赴深圳,19:10 抵达深圳。

11 月 29 日(周五)　8:30 出席茶道论坛——第一届茶文化论坛开幕礼。

11 月 30 日(周六)　15:00 讲座:《文学的世界》。

12 月 6 日(周五)　9:30 在现代文学馆出席第十届"茅台杯"《小说选刊》年度大奖颁奖活动,《生死恋》获中篇小说奖。13:45 乘坐国航 CA1517 经上海虹桥到苏州。

12 月 7 日(周六)　9:30 应苏州市委宣传部邀请在苏州保利剧院讲座:《传统文化与文化自信》。15:10 在上海乘坐吉祥航空 HO1225 赴海南三亚。

12 月 8 日(周日)　上午应邀在"三亚——财经国际论坛"全会上做主旨演讲。下午在文化界交流环节中致辞。

12 月 9 日(周一)　11:55 乘坐国航 CA1354 航班返回北京。

12月12日(周四) 10:00 应邀在樊登书店(回龙观店)出席"樊登读书会"节目录制,主题为孔孟老庄对王蒙先生影响。

12月14日(周六) 9:00 应中国实学研究会王杰老师邀请,在北京会议中心出席 2019 年中国实学大会开幕式。

12月17日(周二) 14:30 出席《光明日报》"新中国文学记忆"特刊座谈会。

12月18日(周三) 10:00 应故宫博物院邀请讲座:《传统文化与文化自信》。

12月25日(周三) 9:30 应中央党校邀请为新疆班讲座。

12月27日(周五) 14:00 应《当代》杂志社邀请出席创刊 40 周年座谈会。

12月28日(周六) 9:30 应胡德平先生邀请,在国家博物馆出席"曹雪芹红楼梦与中国文化研讨会"开幕式并致辞。

(张彬:文化与旅游部办公厅)

学位论文选载

小说·剧本·电影:《青春万岁》的改编透视

吉晓雨

《青春万岁》作为当代著名作家王蒙的长篇处女作与代表作,是作者本人最为喜爱和重视的作品之一。① 它以 20 世纪 50 年代中华人民共和国成立初期的一群女高学生为描写对象,生动展现了共和国初期青年一代的成长历程与精神风貌。这样一部承载着共和国青春岁月与时代光芒的作品在其出版畅销的过程中必定引人注目,并且,值得注意的是,《青春万岁》也是王蒙唯一一部成功改编为电影的作品。小说《青春万岁》创作于 1953 年,1979 年由人民文学出版社正式出版;1981 年,由张弦根据小说《青春万岁》改编的电影文学剧本《初春》在《电影新作》发表;1983 年,由上海电影制片厂制作发行的同名电影于全国公映,一时引发了全社会的怀旧热潮。

从小说到剧本到电影,《青春万岁》经历了三种媒介形式的转化,必然也会产生不同的呈现效果。而媒介本身的一些特点往往容易导致文本在相应的媒介形式中做出适当的改变,这也是我们在进行改编分析时往往会忽略的地方。那么,本文将从不同媒介的传播路径与受众测量出发,重新对《青春万岁》先后所经历的小说、剧本、电影这三种媒介进行一个有关改编得与失的整体分析,并由此探究作者王蒙在媒介互动环境中所做出的身份选择以及心理认同。

小说·剧本·电影: 不同媒介的传播路径与受众测量

众所周知,媒介的重要功能之一,便是传递和保存信息。如此一来,不同的

---

① 王蒙于 1997 年 5 月在《青春万岁》的再版后记中曾提及"本书经过两次修改"。王蒙本人一直希望恢复小说的原样,但原稿与样稿皆已丢失,而对照当年《文汇报》"版本"恢复的《青春万岁》算是目前为止最接近小说原貌的文本。鉴于上述原因,笔者在本文涉及小说与电影具体文本内容比较时,将选用《王蒙文集》第 1 卷的《青春万岁》,力图对二者的差异做最为清晰的对比。

媒介对比,必然也要涉及其传播方式或传播路径的比较以及信息接收者即受众的测量分析。媒介的传播路径即根据媒介本身的特点进行信息有效传播或传达的方式方法;而媒介受众则是不同媒介所对应的相对固定的信息接收者,媒介受众测量即媒介机构或相关的媒介工作者对受众的具体考察,涉及受众的年龄、性别、文化程度以及受众数量等等。当然,不同的媒介形式甚至是相同的媒介形式所涉及的传播路径和媒介受众都会有或多或少的差别,因此探讨这一问题还需具体问题具体分析。

《青春万岁》虽创作于1953年,但其小说单行本是在26年之后才由人民文学出版社正式出版。从小说完稿到正式出版,中途经历了近四分之一个世纪,而在这段漫长的时间里,小说的部分章节也曾短暂地在报刊上发表过,"1956年9月30日《北京日报》以'金色的日子'为题,选登了小说的最后一章;1957年1月11日到2月18日,上海《文汇报》副刊《笔会》连载了小说近三分之一的内容,共计29期11节"①。20世纪50年代,是报纸期刊等纸媒仍然占主流的时代,人们日常生活的信息来源主要还是依赖报纸和广播。而从《青春万岁》的发表情况来看,1956年9月30日《北京日报》最先选登了小说的最后一章。《北京日报》是创刊于1952年10月1日的中共北京市委机关报,毛主席曾在1952年亲自为《北京日报》题写过报头,由此可见其分量之重;与此同时,《北京日报》也是首都地区日报类发行量最大的报纸,这也意味着其读者数量也相对较多。那么,小说《青春万岁》的部分内容首先是以《北京日报》为传播媒介,其传播路径相对而言有一定的优势;并且其最先的读者群是以首都人民居多,而在这之中也不乏地位较高的领导层与文化精英。而到了1957年,《青春万岁》近三分之一的内容在上海《文汇报》的副刊《笔会》连载。《文汇报》早年是由进步知识分子创刊于上海,其副刊《笔会》创办于1946年7月,柯灵、唐弢任主编,钱锺书先生为《笔会》的刊头题词。《笔会》在新文学史上产生过伤痕文学的代表作《伤痕》,众多现当代作家(如巴金、郑振铎、王统照等)都有文章在《笔会》上发表过,因而其在现当代文学史上的地位不言而喻。那么,《青春万岁》近三分之一的内容曾在《笔会》上连载,一方面是使得作品的知识分子读者群进一步扩大;另一方面读者的范围也从原先的首都北京扩展到以上海为中心的江浙沪地带。如此看来,小说《青春万岁》在正式出版之前以报刊为媒介载体,从《北京日报》到

---

① 温奉桥、王雪敏《〈青春万岁〉:从小说到电影》,《井冈山大学学报(社会科学版)》2017年05期。

《文汇报》副刊《笔会》，无论是从传播途径还是媒介受众来看，都可视为一个成功的开端。当然，之后《青春万岁》由于当时政治形势的变化经历了长期的"难产"，这在某种程度上也与其最先发表的路径有些许关联，毕竟小说最早是在机关报发表，这使得读者群的范围必然会渗透到领导层与政治文化精英圈。

而到了 1979 年，政治形势恢复稳定，时任人民文学出版社总编辑的韦君宜拍板立马考虑出版小说《青春万岁》。韦君宜和历任人民文学出版社社长和总编辑一样，对当代文学的繁荣心怀崇高的使命感，她曾说过，"当代文学创作，特别是长篇小说，是人文社的牡丹花"①。正是基于这样的精神与信念，王蒙还远在伊犁之时，韦君宜就曾给王蒙去信鼓励他重新开始创作。而同样是在韦君宜的支持与信任之下，《青春万岁》在稍做修改之后最终顺利地以小说单行本的形式"重见天日"。至此，《青春万岁》完成了从报刊到书本的重要一步，而这一步的迈进，也意味着《青春万岁》的读者群将随着小说的出版发行进一步扩大。在此之后，《青春万岁》还分别有《中国文库》版、中华人民共和国成立 60 周年作家出版社版、天津百花文艺出版社《王蒙选集》版、华艺出版社《王蒙文集》版、人民文学出版社《王蒙文存》版等。总之，小说《青春万岁》以书本为媒介的传播方式使其克服了原本以报刊为载体的不完整性和不稳定性，书本的便携方便以及印刷文化特有的利于长期保存、反复阅读的特性也使得小说《青春万岁》的读者在岁月的变迁中能始终保持一个稳定上升的趋势。而尤其值得称道的是，从 20 世纪 50 年代到 80 年代再到 21 世纪，《青春万岁》的读者群中占比例最大的始终是青年。如此一来，小说《青春万岁》是以书本为媒介，并最终在广大青年读者的阅读世界中实现了真正意义上的"青春永驻"。

与小说《青春万岁》相比，剧本《初春》的传播路径较为单一，读者群的范围相对而言也比较固定和局限。《初春》是张弦根据小说《青春万岁》改编的电影文学剧本，发表在 1981 年《电影新作》的第 5 期。《电影新作》（双月刊）创刊于 1979 年，由上海电影艺术研究所和上海电影家协会主办，定位是电影理论和评论类的学术期刊。由于《电影新作》的针对性和学术性较强，因而其读者比较小众，且其中的大多数都是电影爱好者以及从事电影拍摄或电影研究的专业人士。我们不可否认《电影新作》与其他期刊一样，在史料研究方面始终占有第一手资料的核心地位，但遗憾的是，作为定期发刊的核心期刊，它的信息覆盖率较高，因而个人收藏性和保存性较书本而言就要逊色许多。如此一来，与小说《青

① 黄伊《编辑的故事》，金城出版社 2003 年版，第 30 页。

春万岁》相比，以期刊为媒介的剧本《初春》拥有的读者群体较少，基本上固定在
1981 年其刚刚发表的那个时期；并且，期刊更新换代的速度较快，这就使得《初
春》这一剧本几乎永远停留在了 20 世纪 80 年代，除了特定的研究需要外，《初
春》似乎再难回到大众的视野了。

　　与小说和剧本相比，电影《青春万岁》要更为特殊一些。小说和剧本都是以
印刷文字为基础媒介，只是书本和期刊二者的传播路径和所面向的人群要有所
差别。而电影作为电力时代最具突破性的媒介之一，它的传播方式和受众群体
相对于印刷媒介而言要更加地直接且趋向于大众化。电影《青春万岁》由上海
电影制片厂筹备拍摄并发行，1983 年正式上映，1984 年获第八届苏联塔什干国
际电影节优秀影片纪念奖。从 1983 年下半年到 1984 年上半年，在《电影新作》
《电影艺术》等期刊上集中出现了《形象·性格·时代感——影片〈青春万岁〉观
后》《社会主义的青春之歌——影片〈青春万岁〉漫评》《准确把握当代青年的审
美信息——看电影〈青春万岁〉有感》等近 7 篇有关电影《青春万岁》的漫谈或评
论。而同样是在 1983 年，由北京电影制片厂、上海电影制片厂、长春电影制片
厂等各大电影制片厂分别制作发行的影片包括《茶馆》《大桥下面》《不该发生的
故事》等共有 17 部。在这 17 部之中，影片《青春万岁》的关注度相对来说比较
高且具有一段时间的持续性，这是影片的成功之处。并且，由于电影本身定位
的主题是"青春"，因此这部电影的观影群体中以青年学生居多。虽然电影《青
春万岁》在刚上映的一段时期内获得了较多的关注度，且随后还收获了国际电
影节的奖项，但由于电影媒介的传播是一个连续的、共时的、由外到内的过程，
这就意味着观众观影的过程是持续的、观影时间与电影放映时间同步进行、并
且观众是由外在的电影画面逐渐深入内在主题的思考。这些基于媒介本身而
产生的传播特性无疑是对观众造成了一些束缚，公共且封闭的观影空间以及先
入为主的电影画面虽然能在短时间内给大部分观众带去感同身受般的兴奋与
喜悦，但毕竟这种感受是一种集体的暂时性的精神愉悦，等到电影散场走出电
影院的那一刻，真正停留在脑海中的值得思考的东西就会大幅度地减少。再加
上 80 年代是中国电影在改革开放大背景下所迎来的一个繁荣时代，1983 年前
后的电影产量也相对较多(1981～1984 国产电影发行量:1981 年 18 部、1982 年
10 部、1983 年 17 部、1984 年 17 部)①，这就使得电影覆盖率较高。新的电影题
材、新的拍摄手法、新的影片风格、新的电影演员等等，层出不穷，于是大众群体

①　李剑《现实主义与八十年代中国电影》，南京大学出版社 2015 年版，第 234～237 页。

尤其是青年学生在应接不暇的胶片放映中常常处于一边欣赏却又一边遗忘的状态。电影市场的优胜劣汰机制与观影群众的喜新厌旧心理紧密联系,最终导致了影片《青春万岁》在短暂的热度之后很快又陷入了沉寂。

从上述对比来看,在《青春万岁》所依托的小说、剧本、电影这三种媒介之中,剧本由于其所依赖的期刊相对来说比较小众,因而它的传播路径较窄,受众群也较少。而小说和电影这二者则是各有千秋,从小说版本的更新与重印来看,小说《青春万岁》的传播是一个厚积薄发的过程,并且至今仍然有读者市场;而电影则是在 80 年代初于短期内迅速打开了观众市场,制造了小说无法企及的一时热度。但是由于电影市场的更新与观众审美的多样化,电影《青春万岁》注定是和众多的电影一样只能昙花一现,再难重现往日的辉煌。当然,我们不能据此断言小说作为媒介要优于电影,毕竟媒介形式不同,其各自所承担的功能也会有所差异。但是就《青春万岁》的传播来看,电影在受众数量和传播持久度方面,暂时是无法与小说相比的,并且,这在今后的很长一段时间,也会是一个不争的事实。

从文字到光影:《青春万岁》改编的得与失

从整体上来看,《青春万岁》从文字到光影的改编是比较成功的。首先,编剧张弦在改编《青春万岁》时已经是一位相当成熟并且获得了业内认可的编剧(张弦于 1982 年凭借《被爱情遗忘的角落》获得了第二届中国电影金鸡奖最佳编剧奖的殊荣),他能够在剧本格式的特殊要求下依然做到去尊重原著、尊重他们所共同经历过的 20 世纪 50 年代,这一点难能可贵。因而剧本《初春》在浓缩了小说的同时,也相对真实地还原了小说中所要表达的大部分主题内容和思想形态,并且还为接下来电影的拍摄提供了影像化的文字表达。其次,以导演黄蜀芹为代表的电影《青春万岁》的幕后主创们是秉着一颗真诚的心去尽力呈现一段真实的生活,并且黄蜀芹本人对影片散文诗式的追求在很大程度上也贴近王蒙个人在作品中的抒情化表达,因而电影《青春万岁》在内容上和风格上基本实现了从文字到光影的成功组合。这在某种意义上是对小说生命力的另一种延续,它以电影媒介特有的具象特征和动态呈现为小说生命的延续注入了一股新鲜的血液。最后,电影媒介短期内能较大范围传播的方式也为小说的传播打开了新的领域。小说《青春万岁》在 1981 年曾被评选为全国"中学生最喜欢的十本书"之一,可见小说在 1979 年出版单行本之后便逐渐形成了一定的读者群体,且在这群体之中,广大中学生无疑是主力军。而随着电影《青春万岁》的上映,电影媒介本身的大众化定位也在无形之中为小说《青春万岁》争取了更多不同年龄、不同职业的读者群体;再加上 1984 年电影在苏联获得了国际电影奖的殊荣,这无疑是对电影《青春万岁》的最高肯定,也是对小说《青春万岁》的无形褒奖,在一定程度上都促进了小说《青春万岁》的国际传播,具有深远的意义。除上述所列三点之外,王蒙作为原著的作者,也毫不吝啬地对《青春万岁》的改编给予了高度评价,"对于那样一部缺乏扣人心弦的戏剧情节的小说,我以为这改编和拍摄是相当成功的。它不说教、不媚俗、不人为地吊胃口也不故弄玄虚,在单纯明快中现出丰富多彩,在质朴节制中现出洋溢的激情,实在难为了他们"①。这样看来,《青春万岁》的改编确实可视为一次比较成功的经验,且其成功之后对小说传播的意义是更为深远和持久的,因而从这个角度来看,《青春万岁》的改编是得大于失。

当然,上述评价并不意味着《青春万岁》的改编无可挑剔。因为从小说到剧本再到电影,媒介的二次转化必然会对原著的内容产生一定的影响。1983 年,在电影《青春万岁》上映之后,同时期的杂志期刊上发表的文章大多是一片赞美的声音。而在这片赞美声之中,也有未被淹没的真实的质疑声,这些声音主要是由当时上海市部分中学的学生代表在参加影片《青春万岁》座谈时发出的,"我感到影片在某些细节上还欠真实。譬如结尾部分,张世群他们一伙骑着自行车去旅行;在那个年代,学生们会有这么多自行车吗?""在原小说中,郑波是有发展的,影片中却没把她的思想感情的变化体现出来,很多戏让杨蔷云抢了。""总的来说,我觉得电影的味道不如小说浓。郑波这个形象交代不太清楚,因此显得有些单薄,应该还可以再挖掘一下。最不理想的是呼玛丽,小说中围绕着她有尖锐的斗争,现在表现得很少、很淡……"②这些都是摘录自影片座谈会中不同学生的部分发言内容,当然观点还有些稚嫩,但都是中学生们从自身阅读体验和观影感受出发所总结的真实想法,因而同样具备参考价值。并且,他们所提出的这些不足也是真实存在的。而除此之外,笔者个人认为小说中最动人也是最贴合中学生心理状态的那部分细腻情感的表达在电影画面中未能真正展现,其中最经典的就是杨蔷云和张世群之间青涩的感情线。

---

① 王蒙《比怀念更重要的——看〈青春万岁〉搬上银幕》,《王蒙文集》(第 16 卷),人民文学出版社 2014 年版,第 215 页。

② 黄蜀芹等《历史的回顾 青春的赞歌——上海市中学生座谈电影〈青春万岁〉的发言摘编》,《电影新作》1983 年 05 期。

归途上,蕾云和张世群走在一块儿,他们唱了许多曲子。互相炫耀又互相佩服。他们互相赠送了牵牛花。张世群问:"今儿晚上你表演节目吗?"蕾云眯着眼笑了。①

这一段选自小说《青春万岁》开篇的部分,一个发生在营火会前不经意的细节。但是,正是这个"互赠牵牛花"的小小举动,为下文两人之间隐隐约约的情感埋下了伏笔。因为"牵牛花"在当下所公认的花语是:名誉、爱情永固。不知当年19岁的作者写下这一细节是有心还是无意,但至少我们可以肯定的是,王蒙本人必然是心怀对美好情感的祝福写下这一"互赠牵牛花"的细节。而随着小说行文的发展,读者会注意到杨蕾云会在某个仰望星空的夜晚想念张世群,会在新年晚会上想起张世群,也会在与苏宁发生争执后想起张世群;当然,张世群也会陪杨蕾云一起看月亮、会给蕾云寄书籍作为新年贺礼,也会在蕾云毕业的时候给她写祝贺信。小说中在写到杨蕾云收到张世群的毕业贺信后,晚上睡觉做梦梦见了她去找张世群,这一段的梦境描写十分耐人寻味:

她走进张世群的屋子,张世群盖着被,脸烧得通红,躺在大铜床上,蕾云知道他病了,正要招呼他,被另一个人惊呆了。

离开大床远处,放着一个橙色的带扶手的藤椅,一个美丽的、高大的、成熟的女人坐在那里,一动也不动,像一尊石膏像。

那人的美丽使蕾云震惊,乌黑的头发波浪般地卷起,湿润的眼睛和蔼地望着蕾云……蕾云也向那人微笑,她觉得自己应该退走了。

张世群一扶床沿站了起来,他高兴地拉过蕾云,和她坐在一起,说:"你来了,你来了……"

于是他们说了一些话。

张世群亲热地告诉她:"这是我的表姐。"他用目光指向那人,又小声补充:"我把一张照片送给了她。"

蕾云快乐,因为张世群对她推心置腹。②

日有所思,夜有所梦,这一段出现在杨蕾云睡梦中的场景,实则细腻且清晰地表现了杨蕾云因张世群而产生的少女心事,也最能够体现青春时代女孩们细腻而敏感的心理状态。而可惜的是,这些贯穿小说始终的关于杨蕾云和张世群之间若隐若现的感情线索在经过剧本改编以及电影拍摄之后已经被大量的删

---

① 王蒙《青春万岁》,《王蒙文集》(第1卷),人民文学出版社2014年版,第9~10页。
② 王蒙《青春万岁》,《王蒙文集》(第1卷),人民文学出版社2014年版,第284~285页。

减。最终透过影片所看到的,是两人之间纯洁的"友谊",因在表现上过于节制和拘谨,反而令观众觉得不太自然。其实,无论是笔者所列举的这些内容上的删减,还是20世纪80年代中学生们所反映的表现形式上的不足,所有这些,都在无形之中暴露了改编必然会涉及的一个问题,那就是小说内容完整性与流畅性的"破坏"。当然,这里的"破坏"并不一定都是真正意义上的破坏,在某些具体的情境之中,它甚至可以意味着较为成功的创新。但是,就《青春万岁》的改编来看,电影在内容完整性和流畅性的表达上还稍有不足,尤其是在人物内心和细腻情感的表现上,电影画面终究是比不上文字表达更令人感同身受,因而从这一角度考量,《青春万岁》的改编是失大于得。

综合上述内容来看,《青春万岁》从文字到光影的过程不仅是一个媒介转化的过程,也还是一个得与失相倚相伴的过程。当然,我们去谈论《青春万岁》的改编得失问题也是一个从多角度出发不断换位思考的过程,并且,基于不同角度所做出的得失评断也都是相对的。此过程于我们而言并不是只为得出一个简单的结论,而是这一分析思考的过程本身就是对学界一直以来所公认的"一次成功的改编"这一观点的重新定位。据此,笔者对这一问题的最终结论便是《青春万岁》的改编只能视为一个阶段的成功,而这种阶段性便注定了它无法像小说一样走出80年代、走向更远的未来。

媒介互动格局中王蒙的身份选择与心理认同

80年代对许多作家而言,是一个重新选择的年代。从70年代末到80年代初,"文革"结束之后国家政治环境的日益恢复以及改革开放所带来的市场经济的发展都促使文学艺术领域也开始焕发着崭新的气象。在此大背景之下,纵观80年代初期的当代文坛,可以发现小说的创作也是空前的繁荣。而此时第四代导演也将选择电影剧本的目光转向同时期的文学作品上,于是这一时期小说改编电影的现象也逐渐成为趋势。等到80年代中期,中国第五代导演正式登上历史舞台,他们对当代文学作品的喜爱与青睐在某种程度上甚至可视为一种依赖。第五代导演代表张艺谋就曾说过:"我们谈到第五代电影的取向和走向,实际上应是文学作品给了我们第一步。……中国有好电影,首先要感谢作家们的好小说为电影提供了再创造的可能性。如果拿掉这些小说,中国电影的大部分作品都不会存在……就我个人而言,我离不开小说。"①张艺谋的这番话道出了

① 李尔葳《当红巨星——巩俐张艺谋》,十月文艺出版社1994年版,第120~122页。

第五代导演的心声,而纵观他们的电影作品,事实也确实如此,第五代导演的成名之作或得意之作也几乎都是来源于当代文学作品(比如第五代的开山之作——陈凯歌的电影代表作《黄土地》改编自柯蓝的《深谷回声》;张艺谋的电影代表作《红高粱》改编自莫言的"红高粱系列";黄建新的《黑炮事件》改编自张贤亮的小说《浪漫的黑炮》,等等)。而再往后的 1988 年,对中国电影和中国当代文学而言都是一个特殊的年份,王朔在这一年先后有四部同一类型的作品被改编成电影(分别是改编自同名小说的《顽主》、改编自《浮出海面》的《轮回》、改编自同名小说的《一般是火焰,一般是海水》以及改编自《橡皮人》的《大喘气》)。王朔因其作品与电影的成功结合使得他在这一年一炮而红,并且在争议和质疑中走向了名利双收。上述种种,都无不暗示着在社会经济发展的大背景之下,文学作品的价值也可以借助影视的现代传媒技术直接折现,并在短时间内实现利益和声誉的双赢。而尤其是到了 90 年代,商品经济的快速发展带动着大众传媒的日益更新,以电影、电视为代表的视觉媒介更加普及,这无疑在一定程度上冲击了传统文学的核心地位,以文学为主要生存方式的作家们也开始陷入了梦想与现实的两难境地:前有莫言、王朔等的作品与影视"联姻"的成功;后有文学出版日益艰难、以文为生难以为继的无助与窘迫。于是,在这一尴尬处境的促使之下,越来越多的当代作家开始转型,以直接或间接的方式参与了影视剧的创作,最终形成了 90 年代引人注目的文化现象,即文学"触电"。

在这一场 80 年代末至 90 年代中后期的文学"触电"大潮流之下,在文学创作方面日益高产的王蒙,继小说《青春万岁》成功搬上荧屏之后,便再也没有新的作品"触电",这无疑是一个值得深入关注的问题。众所周知,王蒙在 70 年代末至 80 年代初是创作上的一个高峰期,这个时期的王蒙除了保持着现实主义的创作之外,还进行了新的文体实验——"意识流"小说的成功创作。所以,若论及文学改编,王蒙不缺作品,更不缺风格多样的作品。与此同时,王蒙在"意识流"小说创作方面走在了 80 年代当代文坛的前列,因而被刘心武称作"最先敢吃蜗牛的人"①,这无疑是对王蒙探索精神和创新能力的一种肯定和褒扬。那时的王蒙作为一个曾经因文章而经历过改造、并且阔别文坛多年的年近半百的作家,在重返文坛之后仍能敢于尝试和探索新的文学体式,这无疑证明了王蒙骨子里就是一个对新事物新思想有着较强感知能力和较高接受能力的人。那么,这样一位对文坛新思想或新动向有着敏锐感知力的作家,却在媒介互动时

---

① 刘心武《他在吃蜗牛》,《北京晚报》1980 年 7 月 8 日。

代正式到来之前就适时止步,原因为何?

　　解释这一问题,就不得不追溯王蒙作为一个作家的创作初心和文学坚守。在一篇名为《走向文学》的文章中,王蒙回忆自己走向文学创作的最初是感动于爱伦堡的文章——《谈作家的工作》,"原来作家的工作是这样美好,创造、构思、风格、设计、夸张、灵感、激情、个性、想象、神秘、虚构、朦胧……所有这些平常要慎之又慎的用语,对于文学都是最最起码的素质,如果你从事文学,如果你在文学上有所作为,你就整天是创造和灵感,神秘和想象了。再往高里要求呢? 文学是真正的永远,文学比事业还要永久……什么都怕时间,除了文学"①。如此看来,王蒙是怀着一颗向往文学、热爱文学、追求个人与文学永恒的初心走向了文学创作之路。而在文坛经历了数十载风风雨雨之后,王蒙本人对文学创作除了最初的向往与热爱之外,也更多了一些责任与坚守,"我确实不仅仅是为了个人的出人头地,我坚决相信我们这一代人是不寻常的。我们亲眼看到旧中国的崩溃,我们甚至于参加了创造伟大崭新历史的斗争。我们少小年纪便担当起了革命的重任,我们少小年纪便尝到了人生百味看到了历史百图,而时代、历史,是过了这个村就没有这个店的。你如果不去写,你留下的是一大片空白,对于你,对于他和她,对于世界,对于历史。"②少年时代的革命生活、青春岁月的激情美好、旧社会的黑暗与束缚、新社会的光明与自由……这些所有的一切,在作家王蒙的心中都是大时代所造就的独一无二,需要有人为之执笔、使之永恒。这是作家内心深处所坚守的对文学的敬仰:它始终是一份比事业还要永久的真正的永远,这份永远在一定程度上承担了再现历史、铭记过往的责任,不容忽视、更不容亵玩!

　　作者王蒙内心这份对文学的坚守可以视为他在媒介互动时代仍能专注文学、专注创作、远离"触电"的最合理解释。作为一个对文学始终保持较高敏感度的作家,王蒙比同时期的大部分作家都明白文学"触电"看似是跨媒介的良性互动,是作家作品与影视传播的互利双赢,而实际上,在这看似良性的互动背后,做出更大牺牲的却正是作家及其作品本身。越来越多的作家在参与影视创作的巨大利益驱使之下,开始渐渐地违背了文学创作的初衷。"影视同期书"这一剧本式小说创作的热潮带动着部分作家开始走向模式化的作品生产之路,这其中的大部分作品在严格意义上来看都不能称为文学作品,只能视作供大众消

---

① 　王蒙《走向文学》,《我的人生笔记》,时代文艺出版社 2008 年版,第 44~45 页。
② 　王蒙《走向文学》,《我的人生笔记》,时代文艺出版社 2008 年版,第 46 页。

遣娱乐的俗套剧情的叠加和人物对白的堆砌,失了文学作品应有的审美价值和意蕴内涵。与此同时,消费时代语境之下,追求速度的商业化运作模式、以作家私人生活为噱头的炒作方式、追求数量与销量双同步的出版形式,等等,都在很大程度上使得文学创作越来越速度化、模式化以及娱乐化,甚至于某些作家本身也早已失去了对文学最基本的尊重。

文学作品的艺术价值和思想内涵不断被削弱,这就使得本就处于边缘位置的文学更加难以突破窘境、重返辉煌。所有这些,在以王蒙为代表的坚守纯文学立场的作家们看来无疑是一场文学的退步,而王蒙本人虽然对"触电"现象未曾公开表态,但沉默本身无疑就是观点的保留。并且,通过王蒙的同龄作家刘绍棠曾公开表达不会"触电"的明确表态以及其他一些同龄作家也鲜少有作品改编的事实,也都能够窥见那一代作家群体对于文学其实是有自己的坚守和底线。而作为他们之中在文坛上屹立不倒的"常青树",王蒙在"触电"热潮中能够明哲保身,并且仍然坚持文学创作,这就是以实际行动诠释了文学在他心中始终是无可取代的永恒,而作家也是他一生中最为骄傲的身份坚守!

(吉晓雨:硕士,江苏省苏州市昆山市周市高级中学教师)

书　讯

新版《王蒙文集》出版

　　2020 年 1 月，新版《王蒙文集》由人民文学出版社出版，新版《王蒙文集》获国家出版基金资助，收录了王蒙 1948 年至 2018 年的主要作品，近 2000 万字。

　　新版《王蒙文集》50 卷，包括 11 部长篇小说，2 部系列小说，6 卷中短篇小说，3 卷散文，1 卷诗歌，1 卷专栏文章，3 卷文论、评论，5 卷演讲、访谈，6 卷《红楼梦》研读，7 卷孔孟老庄研读，5 卷自传、回忆录等。文集分纸面精装和平装两种装帧方式。

《王蒙十五讲》出版

　　2019 年 7 月，中国海洋大学王蒙文学研究所教授、博士生导师温奉桥新著《王蒙十五讲》，由中国社会科学出版社出版。

　　《王蒙十五讲》突破了以往王蒙研究方法单一化、视野零散化的局限，运用多学科交叉方法，对王蒙文学创作、文艺思想、文化心理等进行多视角系统性研究，拓展了王蒙研究的学术视域和思维空间。《王蒙十五讲》注重精神史视野与具体个案相结合，理论阐释与文本细读相结合，文学外部研究与文本内部研究相融通，揭示一个全面立体的王蒙。同时，本书对王蒙经典小说进行重新解读、阐释，提出一系列新的学术观点。

征稿启事

　　《王蒙研究》是国内唯一的王蒙研究综合性学术刊物，2004年创刊，由中国海洋大学王蒙文学研究所主办，著名学者、北京大学教授严家炎先生担任主编，已出版13期（半年刊）。值王蒙先生80华诞暨从事文学创作60周年之际，从2014年始，改为以书代刊，拟由中国海洋大学出版社出版发行，每年一辑。

　　《王蒙研究》现向广大学者约稿，敬请各位作者不吝赐稿。

　　一、论文格式要求

　　（1）论文信息包括：标题、作者姓名、工作单位、地址及邮政编码，并附个人简介及联系方式。

　　（2）论文请用word格式。

　　（3）论文注释采用脚注形式，具体格式为：

　　著作类：

　　作者，著作名，出版社及出版年，页码。

　　如：王蒙《王蒙文存》（第21卷），人民文学出版社2003年版，第278页。

　　论文类：

　　作者，文章名，期刊名及期次。

　　如：严家炎《论金庸小说的现代精神》，《文学评论》1996年第3期。

　　（4）论文遵循学术规范，文责自负。

　　二、投稿及联系方式

　　投稿信箱：wangmengyanjiu@163.com 或 wenfengqiao@163.com。如投稿三个月内仍未收到用稿通知，请作者自行处理，恕不退稿。

《王蒙研究》编辑部